# 民國文化與文學研究文叢

十二編

李怡 主編

## 第9冊

### 精神分析與創傷文本

王幼華 著

國家圖書館出版品預行編目資料

精神分析與創傷文本／王幼華 著 -- 初版 -- 新北市：花木蘭
文化事業有限公司，2020〔民 109〕
序 2+ 目 2+178 面；19×26 公分
（民國文化與文學研究文叢 十二編；第 9 冊）
ISBN 978-986-518-244-1（精裝）
1. 中國文學 2. 作家 3. 文學心理學 4. 文學評論
820.9                                      109010998

ISBN-978-986-518-244-1

9 789865 182441

特邀編委（以姓氏筆畫為序）：

| 丁 帆 | 王德威 | 宋如珊 |
| 岩佐昌暲 | 奚 密 | 張中良 |
| 張堂錡 | 張福貴 | 須文蔚 |
| 馮 鐵 | 劉秀美 | |

民國文化與文學研究文叢
十二編 第九冊                    ISBN：978-986-518-244-1

精神分析與創傷文本

作　　者　王幼華
主　　編　李 怡
企　　劃　四川大學中國詩歌研究院
總 編 輯　杜潔祥
副總編輯　楊嘉樂
編　　輯　許郁翎、張雅淋　美術編輯　陳逸婷
出　　版　花木蘭文化事業有限公司
發 行 人　高小娟
聯絡地址　235 新北市中和區中安街七二號十三樓
　　　　　電話：02-2923-1455／傳真：02-2923-1452
網　　址　http://www.huamulan.tw 信箱 hml810518@gmail.com
印　　刷　普羅文化出版廣告事業
初　　版　2020 年 9 月
全書字數　173235 字
定　　價　十二編 14 冊（精裝）台幣 36,000 元

# 精神分析與創傷文本

王幼華 著

## 作者簡介

王幼華（1956 年～），國立中興大學中文博士，曾任國立聯合大學華語文學系系主任，現任國立聯合大學台灣語文傳播學系專任教授。出版作品有《土地與靈魂》、《騷動的島》等小說、散文集。學術論著有：《清代台灣漢語文獻原住民記述研究》、《考辨與詮說──清代台灣論述》、《蚌病成珠──古今作家論》、《修辭與考辨》、《苗栗縣文學誌》（與林良雅合著）等。

## 提　要

　　本書討論的作家主要是民國以來的作家：包括張愛玲、魯迅、郁達夫、章克標、吳濁流、鍾理和、王幼華、林燿德等八位。主要是運用的精神分析理論包括：1. 哈利・哈嘍（Harry F. Harlow）的「偽母親（ inanimate surrogate mothers ）」的實驗結論，2. 佛洛伊德（Sigmund Freud）心理分析關鍵詞創傷固著（trauma fixed）現象，表現於作品的癥候，3. 梅寧哲（Dr. Kare Menninger）所闡述人性中存在的自毀（Self-destruction）與自存（Self-preservation）兩種矛盾力量，4. 人類嬉鬧行為與朱光潛《文藝心理學》〈笑與喜劇〉中的幽默理論，5. 榮格（Carl Gustav Jung）的「人格面具」原型理論，6. 喬伊・沙維瑞恩（Joy Schaverien）藝術治療理論中的「泰利斯曼」（talisman）及「代罪羔羊」（a scapegoat）的轉移行為理論，7. 阿多諾（Theodor Ludwig Wiesengrund Adorno）美學論述中的否定論述（negativity）、痛苦意識，8. 以林燿德定義的「都市文學」理論，檢視其散文創作文本。本書以這些理論對八位作家、作品做不同角度的分析。

# 民國時期新文學史料的保存與整理
## ——《民國文化與文學》第十二編引言

李　怡

　　與過去的中國現代文學研究相比，作為新框架的民國文學研究尤其強調豐富的文獻史料。因此，如何延續中國文學在民國時期的文獻工作就顯得十分必要了。

　　中國現代文學自民國時期一路走來，浩浩蕩蕩，波瀾壯闊，這百年歷程中的一切文學現象——作家作品、文學運動、思潮、論爭之種種信息，乃至影響文學發展的各種社會法規、制度、文化流俗等等都可以被稱作是不可或缺的「史料」，對百年中國文學發展歷程的所有總結回顧，首先就得立足於對「史料」的勘定和梳理。史料與闡釋，可以說是文學研究的兩翼，前者是基礎，後者則是我們的目標；而文學研究的興起則大體上經歷了這樣的過程：先是對文學新作於文學現象的急切的解讀闡釋，然後轉入對史料文獻的仔細梳理和考辨，再後可能是又一輪的再闡釋與再解讀。

　　民國創立，這是中國現代文學發生發展的最重要的時代，伴隨著現代文學影響的逐步擴大，除了宣示性推介或者批評性的闡釋之外，作品的結集、特定文獻的輯錄也日顯重要，這其實就是史料工作的開始。

　　史料意識的興起，反映著一個時代的知識分子對其所遭遇歷史的重視程度和估價敏感度。在這個意義上看，中國現代文學的史料意識大約是在它出現之後的數年就已經顯露，在十多年之後逐漸強化起來，反映速度也還是頗為可觀的。

　　如果暫不考慮個人文集的出版，那麼對特定主題或特定年代的文學作品

的彙編則肯定已經體現了一種保存文獻、收藏歷史的「史料意識」。

1920 年，在現代文學創立的第四個年頭，中國出版界就出現了對不同文學文體的總結性結集。

《新詩集》（第一編），由新詩社編輯部編輯，新詩社出版部 1920 年 1 月出版，收入胡適、劉半農、沈玄廬、康白情、周作人、俞平伯等人的初期白話新詩 103 首，分「寫實」、「寫景」、「寫意」、「寫情」四類編排。在序文《吾們為什麼要印新詩集》中，編者闡述了編輯工作的四大目的：一、彙集幾年試驗的成績，打消懷疑派的懷疑；二、提供一個寫新詩的範本；三、編輯起來便於閱讀新詩；四、便於對新詩進行批評。〔註 1〕這樣的目的已經體現出了清晰的史料意識。正如劉福春所指出的那樣：「這是我國出版的第一部新詩集。如果將發表在 1918 年 1 月 15 日《新青年》上胡適、沈尹默、劉半農的 9 首白話詩看作是第一次發表的新詩的話，至此詩集出版才兩年的時間，不能不說編者確是很有眼光。」「從詩集所注明的作品出處看，103 首詩共錄自 20 餘種報刊，這些報刊除《新青年》、《新潮》等影響較大的之外，有不少現今已很難見到，像《新空氣》、《黑潮》、《女界鐘》等。很多詩作因這本詩集不是『選』而得到了保存，使得我們今天重新回顧這段歷史的時候，可以較真實、完整地看到新詩最初的足跡。」〔註 2〕也在這一年，許德鄰編《分類白話詩選》由上海崇文書局於 1920 年 8 月出版，收入初期白話新詩 230 餘首，同樣按「寫景」、「寫實」、「寫情」與「寫意」四類編排。

在散文方面則有《白話文苑》（第一冊）與《白話文苑》（第二冊），洪北平編，上海商務印書館 1920 年 5 月出版，分別收入胡適、錢玄同、梁啟超、蔡元培等人白話散文作品 33 篇和 16 篇；同年，《白話文趣》由苔溪孤雛編，群英 1921 年出版，收入蔡元培、陳獨秀、錢玄同、梁啟超、魯迅等人白話的雜文、記敘文共 17 篇。

小說方面，止水編《小說》第一集由北京晨報社出版部 1920 年 11 月出版，編入止水、冰心、大悲、魯迅、晨曦等人的白話短篇小說共 25 篇，1922 年 5 月，「文學研究會叢書」推出《小說彙刊》，由上海商務印書館出版。匯輯葉紹鈞、朱自清、盧隱、許地山等人的短篇小說共 16 篇。

---

〔註 1〕《吾們為什麼要印新詩集？》，《新詩集》第 1 頁，上海新詩社出版部 1920 年 1 月初版。

〔註 2〕劉福春《尋詩散錄》第 5 頁，廣西師範大學出版社 2008 年。

　　戲劇方面，1924 年 2 月，淩夢痕編《綠湖第一集》由民智書局出版，收入淩夢痕、侯曜、尤福謂等人的獨幕劇本 6 部；1925 年 3 月，上海戲劇協社編《劇本彙刊第一集》在上海商務印書館出版，收入歐陽予倩、汪仲賢、洪深等人的獨幕劇共 3 部。

　　由以上的簡述我們大體可以知道，隨著現代文學的傳播，史料保存意識也迅速發展起來，無論是為了自我的宣傳、討論還是提供新文體的寫作範本，各種文學樣式的匯輯整理工作都很快展開了，從現代文學誕生直到新中國的建立，這種依循時代發展而出現的各種文學年選、文體彙編持續不斷，成為民國時期中國現代文學史料保存的主要方式。與新中國建立以後日益發展起來的強烈的「著史」追求不同，民國時期的文學史料的保存常常在以鑒賞、批評為主要功能的文學選本之中：

　　以文體和時間歸集的選本，例如 1923 年《中國創作小說選》（第一集），1924 年《中國創作小說選》（第二集），1925 年《彌灑社創作集》，1926 年《戀歌（中國近代戀歌集）》，1928 年《中國近代短篇小說傑作集》，1929 年《中國近十年散文集》，1930 年《現代中國散文選》，1931 年《當代文粹》、《新劇本》，1932 年《當代小說讀本》、《現代中國小說選》，1933 年《現代中國詩歌選》、《初期白話詩稿》、《現代小品文選》、、《現代散文選》、《模範散文選注》，1935 年《中華現代文學選》、《現代青年傑作文庫》、《注釋現代詩歌選》、《注釋現代戲劇選》，1936 年《現代新詩選》、《現代創作新詩選》、《幽默小品文選》，1938 年《時代劇選》，1939 年《現代最佳劇選》，1944 年《戰前中國新詩選》，1947 年《歷史短劇》、1949 年《獨幕劇選》等等。

　　以作家性別結集的選本，例如 1932 年《現代中國女作家創作選》，1933 年《女作家小品選》、《女作家隨筆選》，1934 年《女作家詩歌選》、《女作家戲劇選》，1935 年《當代女作家小說》，1936 年《現代女作家詩歌選》、《現代女作家戲劇選》等。

　　抗戰是民國時期最為重大的國家民族事件，我們也可以見到大量關於這一主題的文學選集，例如 1932 年《上海事變與報告文學》，1933 年《抗日救國詩歌》、《滬戰文藝評選》、1937 年《抗戰頌》、《戰時詩歌選》、1938 年《抗戰詩選》、《抗戰詩歌集》、《抗戰獨幕劇集》、《抗戰劇本選集》、《國防話劇初選》、《戰時兒童獨幕劇選》、《街頭劇創作集》、1939 年《抗戰文藝選》、、1941 年《抗戰劇選》等等。從中透露出了文學界與出版界強烈的時代意識和民族

意識，或者也可以說，是特殊時代的民族情感強化人們對現代文學的文獻價值的認定。

就作家個人史料的整理出版方面，最值得一提的是魯迅逝世引發的悼念潮與全集出版。早在魯迅生前，就有回憶文字見諸報端（如 1924 年曾秋士《關於魯迅先生》，〔註 3〕1934 年王森然撰寫第一個魯迅評傳〔註 4〕），魯迅逝後，報刊雜誌上發表了大量歷史回憶，親朋舊友開始撰寫出版紀念著作（如許廣平、許壽裳、蔡元培、周作人、許欽文、孫伏園、郁達夫等），包括魯迅先生紀念委員會編《魯迅先生紀念集》等著述〔註 5〕匯成了現代文學有史以來最大規模的個人史料，《魯迅全集》在 1938 年的編輯出版（上海復社版），是魯迅先生逝世之後，中國文學界一次前所未有的對當代作家文獻的搜集彙編工程，編輯委員會由蔡元培、馬裕藻、許壽裳、沈兼士、茅盾、周作人、許廣平等組成，參與編輯的有近百人。胡愈之、張宗麟總攬全域並籌措經費，許廣平與王任叔（巴人）為編校，參與校對的還包括金性堯、唐弢、柯靈、王任叔等一大批人，黃幼雄、胡仲持負責出版，徐鶴、吳阿盛、陳熬生分別聯繫排版、印刷與裝訂事宜，陳明負責發行。搜集、整理、編輯、出版乃至序跋、題簽等由一代文化界精英承擔，盡顯現代文學作為時代文化主流的強大力量。

到作家選集的編輯出版已經成為「常態」的今天，人們格外注意搜集選編的「史料」又包括了那些影響文學史整體發展的思潮、流派、論爭的文字，其實，這方面的整理、呈現工作也始於民國時期，那些文學運動、文學論爭的當事人和富有歷史眼光的學人都十分在意這方面材料的保存。據我掌握的材料看，早在 1921 年 1 月，新文學運動的開展、白話新詩的倡導才剛剛 3、4 年，胡懷琛就編輯出版了《嘗試集的批評與討論》，〔註 6〕到 1920 年代後期的「革命文學」論爭之時，又有錢杏邨編輯的《現代中國文學作家》（上海泰東圖書局，1928 年），霽樓編輯的《革命文學論爭集》（生路社，1928），它們都收錄多位論爭參與人的言論。之後，我們還可以讀到各種的文學論爭資料，包括李何麟編的《中國文藝論戰》（中國書店 1929 年）、蘇汶編《文藝自由論

---

〔註 3〕曾秋士《關於魯迅先生》，《晨報副刊》1924 年 1 月 12 日，曾秋士即孫伏園。
〔註 4〕王森然：《周樹人先生評傳》，收入《近代二十家評傳》，北平杏岩書屋 1934 年 6 月版。
〔註 5〕北新書局 1936 年 12 月初版。
〔註 6〕胡懷琛：《嘗試集的批評與討論》，上海泰東書局 1921 年 3 月。

辨集》（現代書局 1933 年）、吳原編《民族文藝論文集》（正中書局 1934 年）、胡懷琛編《詩學討論集》、胡風編《民族形式討論集》（華中圖書公司 1941）等。

1930 年代，在現代文學發展進入第二個十年之後，文學的歷史意識也有所加強，「新文壇」、「新文學史」這樣的歷史概括也出現在學者的筆下，值得注意的是，這些對「新文壇」、「新文學」的記錄都努力保存各種文獻史料。1933 年，王哲甫編撰出版了《中國新文學運動史》（北平傑成印書局），除了對現代文學運動的描述、評論外，著作還列有「新文學作家傳略」、「作家圖片」、「著作目錄」等，皆有史論與史料彙編的雙重功能。同年阮無名《中國新文壇秘錄》（上海南強書局）出版，雖然「秘錄」一語帶有明顯的商業意味，但全書卻體現了頗為嚴謹的文獻意識，正如今人所評，該書「一方面為了保存歷史的真實和完整，對資料不輕易摘引、節錄；一方面更注意搜集容易被人忽略的零碎資料，前後加以串聯，詳加說明，使之條理分明，獨成系統。雖然，他聲明在組織這些材料時，盡量不加評論，當然在編輯過程中也無法掩飾自己的觀點，只要暗示幾筆也就夠了。」〔註 7〕阮無名即阿英（錢杏邨），他是中國現代文學史上最早具有自覺的史料文獻意識的學人。1934 年，阿英再編輯出版了《中國新文學運動史資料》（上海光明書局，署名張若英），這部著作雖然以新文學運動的發展為線索安排專題性的章節，但卻不是編者的評論，而是在每一專題下收羅了相關的歷史文獻，可謂是現代文學發展演變的史料大彙編。對讀今日出版的現代文學著作，我們不難見出，阿英這些最早的文獻工作足以構建起了歷史景觀的主要骨架。

在民國時期，現代文學史料整理工作最具規模也最具有影響力的成果是《中國新文學大系》的出版。

1935 年，良友圖書公司隆重推出趙家璧主編《中國新文學大系》10 大卷，其中「創作」的 7 卷，共收小說 81 家的 153 篇作品，散文 33 家的 202 篇作品，新詩 59 家的 441 首詩作，話劇 18 家的 18 個劇本，「理論」與「論爭」兩卷，「史料‧索引」一卷，加以「創作」各卷的「導言」，收錄的理論文章也有近 200 篇，可以說是全方位彙集、展示了現代文學創立以來的全貌。從文學發展的角度來說，這是推動新文學作品「經典化」的重要努力，從現代文學歷史的梳理來說，則可以說是第一次文學文獻的大匯輯。《史料‧索引》

---

〔註 7〕 姜德明：《書邊草山》第 176 頁，杭州：浙江人民出版社，1982 年。

由阿英主持，在編輯中，他注意到了現代文學的版本流變問題，又將「史料」分作作家作品史料、理論論爭史料、文學會社史料、官方關於文藝的公文、翻譯作品史料、雜誌目錄等十一類，我們可以認為，這是中國現代文學史料學的第一次自覺的建構。

不過，即便良友圖書公司和史家阿英有著這樣自覺的史料學的追求與建構，在當時歸根結底也屬於民間的和學者個人的愛好與選擇，而不是國家事業的組成部分，甚至也沒有成為學科發展、學科建設的工作願景。由此觀之，我們可以發現，民國時期中國現代文學史料的保存、整理與出版工作的顯著特點。

就如同中國現代文學本身在整體上屬於作家個人、同人群體的創造活動一樣，在整個民國時期，這些文獻史料的搜集、保存和整理出版工作的主要動力還在民間的趣味和熱情，在國家政府一方面，幾乎就沒有獲得過太多的直接支持，當然，也就因為尚未被納入國家大計而最終淪為國家政府意志的附庸。這樣的現實有兩個值得注意的結果：

其一，由於缺乏來自國家層面的頂層學科規劃，現代文學的文獻史料工作的民間發展受到了種種物質和制度上的限制，長遠的學科發展方略遲遲未能成型，文學史料工作在學術規範、學理探究、思想交流等方面建樹不多。

其二，同樣道理，由於國家政府放棄了對文史工作的強力介入，更由於現代文學陣營本身對民國專制政府的從未停止的抵抗和鬥爭，各種類型的文學著作不斷撕開書報檢查的縫隙，持續為我們揭示歷史的真相，因而，在總體上我們又可以認為，民國時期的文獻史料是豐富和多樣的，如果我們將所有的文學出版物都視作必不可少的「史料」，那麼，這些風格各異、思想多元的民國文學——包括作家個人的文集、選集、全集以及各種思潮、流派、運動、論爭的文字留存，共同構築了現代文學文獻史料的巍峨大廈，足以為後世的研究提供源源不絕的資源和靈感。

2020 年 2 月改於成都

# 自　序

　　本人於 2012 年以 2010 年大安出版社的《蚌病成珠──古今作家論》專門著作升等為教授，本書以「創傷敘述」等相關理論，分析古今作家、作品，然書出版後對其中幾篇當代作家的論述，個人以為頗有不足，因此擴大篇幅，做了許多補充與修正，其內容即為本集的 1 至 6 篇。此外為全書的完整性，民國之前作家、作品的論述皆予以割捨，以期能達集中之效。附錄第 1 篇〈否定記述與荒謬拼貼──《騷動的島》創作試詮〉為升等時的參考著作，第 2 篇〈林燿德《迷宮零件》創作法論〉則屬當代作家研究的延續，現整理為一集，用以呈現個人多年來相關研究的脈絡。

# 目次

# 偽母親的災難——
# 張愛玲的人生顛躓與怨毒修辭

## 一、前言

哈利・哈婁教授（Harry F. Harlow）（1905～1981），是美國知名的心理學教授，他在 1956 年去到威斯康辛大學（University of Wisconsin-Madison）任教。在實驗室中，用恆河猴子做的親子關係研究，建立了非常具有價值的報告〔註 1〕。這系列最早的論文發表於 1959 年 8 月的《SCIENCE》，題目為〈*Affectional Responsein the Infant Monke'-Orphaned baby monkeys develop a strong and persisterattachment to inanimate surrogate mothers*〉〔註 2〕，本篇論文詳細說明了實驗的內容，仔細的分析及統計了實驗結果，引起非常多的注目。其後十餘年他持續進行相關的研究，並與同儕及學生共同發表論文。

哈利・哈婁系列的研究主題，在探討自幼被「偽母親（inanimate surrogate mothers）」〔註 3〕餵養的猴子，會有怎樣的反應，幼猴成長後又會在性格及行為上表現出什麼特質。所謂的「偽母親」基本上是由鐵絲編的圓筒、木製的

〔註 1〕他在 University of Wisconsin-Madison 的時間由 1956 年至 1974 年，有關親子關係最重要的理論皆在這段時間完成。

〔註 2〕Harry F. Harlow and Robert R. Zimmermann 21 August 1959, Volume 130, Number 3373, 421～432.參考網頁 http://muskingum.edu/~psych/psycweb/history/harlow.htm 等。

〔註 3〕inanimate surrogate mothers 直譯為「無生命的代理母親」，本文斟酌其意將之譯為「偽母親」。

頭像和奶瓶所製成的實驗器材。「她」不會對孩子主動表現情感，沒有擁抱、語言，也沒有表情。被實驗的對象則是剛出生不久的幼猴，這些幼猴由其團隊設計各種情狀，進行模擬測試。在一連串刺激、反應後，做了完整的紀錄。哈利‧哈婁教授這些實驗的目的之一，是發現許多人因為缺乏或被剝奪母愛，或被錯誤的方式教導，以致產生異於常軌的行為。但何以致此，其間親子互動的因果為何，是他想要了解及證明的。由於無法以人做為對象，因此選擇與人十分相近的靈長類做實驗。

相關論文對本文撰述具有參考價值的部份，包括以下三個方面，其一以鐵絲編就的兩個母親做比較，包有絨布提供溫暖感的母親，遠較沒有絨布的受到幼猴的歡迎〔註4〕。其二是幼猴受到外界干擾，或攻擊，牠奔回尋求庇佑的是鋪有絨布的母親，而非提只有鐵絲和無表情臉像的母親。其三被實驗的幼猴，因長期處在孤立的狀態，成長後不知道如何與其他猴群相處，也無法與異性發生良性互動。而在以人工方式強迫懷孕生出來的幼猴〔註5〕，因母猴沒有經驗與能力，對幼猴會產生嫌憎感。被母猴排斥的幼猴，常遭到惡性攻擊，甚至凌虐致死。

哈利‧哈婁的研究遭到許多批評，認為應用真實的母親及案例來做實驗，其研究過於機械化，樣本數不足。此外還包括在實驗室的研究環境與猴子實際生活不能等同，所以研究的信度不足〔註6〕。雖然如此，亦無法否認其研究的貢獻。事實上其所設計的情境，與許多人們自幼遭遇的狀況類似。對某些

〔註4〕他以鐵絲編就的兩個母親，共分四組來實驗，其一是只有鐵絲和無表情類臉像的母親，供應生存必須的奶水。其二是不供應奶水，但有畫著歡樂面容的木頭臉孔，身體還鋪有絨布。三是供應奶水，有畫著歡樂面容的木頭臉孔，身體也鋪有絨布。四是有鐵絲和無表情類臉像的母親，不供應奶水。結論是第四項最不能受小猴接納。第一項冷漠無反應的母親，雖然提供生存必備的奶水，但仍比不上第二項沒有提供奶水，但具有溫暖絨布媽媽受歡迎。幼猴通常在第一個鐵絲媽媽身上喝完奶後，會迅速離去，來到第二個鋪有絨布的母親身邊。鋪有絨布的母猴較受歡迎，是來自絨布本身的可親性與柔軟感。見 Harry F. Harlow and Robert R. Zimmermann 21 August 1959, Volume 130, Number 3373, 421～422。

〔註5〕實驗室中是將母猴綁在木架上，無法動彈，由公猴用強迫的方式使母猴懷孕。這種情況類似人類社會中，如買賣式的婚姻、父母之命的婚姻等許多無法自主的婚姻。

〔註6〕這點在論文中已有說明，"To attain control over maternal variables, we took the calculated risk of constructingand using inanimate mother surrogates rather than real mothers." 同上註。

人不正常（或譯變態）的心理（abnormal psychology）形成過程，及後續的療癒、改善（Recovery）方式，有很高的參酌意義。在哈利・哈婁過世後，亦有不少研究者用種屬不同的猴子，或者黑猩猩作類似的實驗。

　　對作家的研究來說，行為科學的論證，往往比文獻收集、文本分析更有助益，「偽母親」的實驗，能夠解釋許多相關的問題。古今中外許多作家與母親的關係十分惡劣，不良的母子關係是其終身痛苦的來源之一，缺乏親情與關照，使其人生行路顛躓不已。本文集中於討論作家筆下的偽母親，所謂「偽母親」包括了母親角色扮演不足，未盡到教養之責，以惡劣方式對待孩子等。由於相關資料來自作者的自述及研究者的調查，因此又可分為真實世界與文本中的偽母親兩種，然而真實的母親與文本中的母親，亦常有交織並存的現象。不少作家如，聶紺弩（1903～1986）〔註 7〕、蕭紅（1911～1942）〔註 8〕、張愛玲（1920～1995）〔註 9〕、拜倫（George Gordon Byron, 6th Baron Byron, 1788～1824）〔註 10〕、叔本華（Arthur Schopenhauer, 1788～1860）〔註 11〕、巴爾札克（Honoré de Balzac, 1799～1850）〔註 12〕、屠格涅夫（Иван Сергеевич

---

〔註 7〕參見聶紺弩，〈怎樣做母親〉一文，作者生動的記述兒童時期，遭母親不當教養的經過，認為以打罵的方式教育孩子最不恰當。聶紺弩全集編輯委員會，〈雜文〉，《聶紺弩全集》第一卷，（湖北，武漢出版社，2004），頁 3～15。

〔註 8〕蕭紅的祖母與生母重男輕女，對她態度冷淡，生母在她八歲時過世，繼母和她的相處不佳，十分苛刻。而父親常對她惡言咒罵，且拳腳相向，讓她走向叛逆者的不歸路。參見季紅真，〈母親之死與繼母過門〉，《蕭紅傳》第五章，（北京，十月文藝出版社，2000），頁 153～201。

〔註 9〕詳後文。

〔註 10〕拜倫的前幾代家族都為躁鬱症所苦，又因為是近親通婚，遺傳疾病的基因反覆的傳遞。她的母親非常容易發怒，不能控制情緒，經常有難以測知的行為。拜倫不只一次敘述母親瘋了，且經常造成他的痛苦。參見凱・傑米森（Kay Redfield Jamison）著，王雅茵、易之新譯，〈5. 心志消蝕於暴烈的情緒中「喬治・戈登・拜倫爵士」〉，《瘋狂天才 Man Touched with Fire manic-depressive illness and the artistic temperament》，（台北市，心靈工坊文化，2002），頁 224～226。

〔註 11〕叔本華的母親耽於自我樂趣的追尋，對他十分冷淡，叔本華懷疑父親的意外死亡，與她不無關係，兩人關係惡劣，彼此惡言相向，最後斷絕關係。參見鄧慶安著，〈叔本華的生平及著作〉，《叔本華》第一章，（台北市，東大圖書公司，1998），頁 1～48。

〔註 12〕巴爾札克曾多次在文字中描述母親的冷酷無情，自幼兒時起飽受折磨，他否認有母親的存在，並說，「我母親就是給我生命帶來一切災難的根源。」參見褚威格（Stefan Zweig 188 年～1942）著，陳文雄譯，《巴爾札克傳（Honoré de Balzac 1799～1850）》，（台北市，志文出版社，1986 再版），頁 25、26。

Тургенев, 1818～1883）〔註13〕、里爾克（Rainer Maria Rilke, 1875～1926）〔註14〕、勞倫斯（David Herbert Lawrence, 1885～1930）〔註15〕、海明威（Ernest Miller Hemingway, 1899～1961）〔註16〕等等，都是母子關係不良的例子。有些作家在文字中直接描述了與母親關係的惡劣，有的雖僅偶爾提及，但用語都非常激切。本文探討的張愛玲的家庭背景，不論是作家自述或他人的研究，都已累積可觀的資料〔註17〕。其與生母、繼母之間的衝突，讓她在人生道路上舉步艱難；缺乏母愛的指導與支持，使她在感情世界裏，歷經挫敗，而這些暗影與傷害，在作品中表現出異質、滄桑的心眼，對世人的愛情與婚姻，懷有一種悻悻然的冷峻。就張愛玲來說「偽母親」，可說是其痛苦的根源之一，也是寫出動人小說的驅力。

　　本文選擇張愛玲作為分析的範例，嘗試將心理學家的理論與文學家的記述做一論列，在文本上舉〈金鎖記〉、〈鴻鸞禧〉、〈紅玫瑰與白玫瑰〉、〈留情〉、

〔註13〕 屠格涅夫的母親是個嚴酷的地主，經常虐待佃農，性格陰晴不定，動輒毆打孩子，屠格涅夫與她的思想觀念差距甚大，衝突不斷，相互憎恨。參見李宜佳編著，〈屠格涅夫的一生〉，《屠格涅夫》，（台北市，國家出版社，1994），頁1～60。

〔註14〕 里爾克二十九歲寫給女友薩洛美的信中說，「我們雖然不常見面，但是如你所知──每次跟母親見面就像舊病復發。……我總是會盡力地想遠離她及幼年時的那段回憶。但是，不管我逃了多久，還是不能離她很遠……」。另一首離了十一年的詩作，第一段說，「嗚呼，我母親撕碎了我，我在身邊疊起一塊又一塊石頭，蓋起了傲然獨立的小屋一座。白晝氣宇軒昂地圍著屋子盤旋。現在母親來了，來了，撕碎了我。」可見里爾克對冷淡又世俗母親的厭惡，母親對他的傷害既深且重，是其一生亟欲擺脫又難以擺脫的夢魘。參見冉雲飛，《里爾克──尖銳的春天》，（台北市，牧村出版社，2004），頁12～14。

〔註15〕 伍厚愷，《勞倫斯──尋找生命的彩虹》說，「《兒子與情人》裏的保羅便是青年勞倫斯的自我寫照，他因受母親格楚的影響而形成戀母疾父心理，病嚴重挫傷了自己正常的性愛能力和獨立人格的形成。」（台北市，牧村出版社，2004），頁25～26。

〔註16〕 海明威幼年時期就與母親相處不佳，爭執不斷，二十歲與母親決裂，幾乎不再來往。他的作品如〈醫生和醫生之妻〉、〈我們的時代〉很多這方面的影射與描述。1928年擔任醫生的父親自殺，讓他對家庭更無依戀，更加絕決。參見海明威著，楊耐冬譯，〈海明威的生平及其勝利者一無所獲〉，《勝利者一無所獲》，（台北市，志文出版社，1990再版），頁9～27。

〔註17〕 以童年及母親為主題的論文，如：何清、楊愛林，〈童年缺失性體驗與張愛玲的創作〉，《宜賓學院學報》2010第8期、秦弓，〈張愛玲對母親形象的陰性書寫〉，《華文文學》2007.2，第79期、李富華，〈母性精神之塔的坍塌──張愛玲小說中母親形像探析〉，《雁北師院學報》1997，第6期等。以上諸篇以「童年缺失性」、「陰性書寫」、「母性坍塌」等觀點進行論述，對本文有一定的助益。

〈小團圓〉等作品為例，以「偽母親們」、「冷眼瞅視與怨毒修辭」、「可憐身是書中人」三個段落，探討其創作的內在糾葛與外顯特徵。

## 二、偽母親們

哈利·哈婁的研究最終目的，其實是在為受創者尋求愛與療癒的可能，「製造」致病原因的情境，模擬及記錄那些不正常的心理（abnormal psychology）形成的過程。哈利·哈婁對母子關係的實驗及討論，最初是對赫爾學派（John Frederick Herbart School, 1776～1841）〔註18〕、史肯納學派（Barrhus Frederic Skinner School）〔註19〕等人育嬰理論的反駁，赫爾學派認為教育學生應該態度嚴格，強制規範其行為，管理方法上包括了威嚇、監督、命令、禁止和懲罰等。史肯納則強調強化與獎賞對受教者的功用，他以自己女兒做實驗，設計了有名的「Baby in box」實驗箱，用刺激、反應的做法養大孩子，這樣的教育法雖看得出某些成果，最後造成難以挽回的悲劇〔註20〕。哈利·哈婁認為親密的接觸、愛撫及關照，對初生的孩子非常重要，嬰兒的感官比許多心理學家認識的還多、還重要〔註21〕。嚴苛與制約式的教育，將會造成人格的偏差。如前所述，比較提供奶水不提供絨布（溫暖）與提供絨布不提供奶水的偽母親，幼猴更寧願親近後者；平常也都願意依偎在有絨布的母親身邊。出身於「致病家庭」的張愛玲，有著無能、吸毒、顢頇、暴力的父親，以及三個「偽母親」。父親對她的傷害可能更直接，更不堪忍受，本文不擬於此多做討論，集中於母親和她的成長歷程為主。張愛玲的三個母親基本上都可說是「母親角色扮演不足」的例子，都未曾給予孩子足夠的溫暖、關懷與愛。她們的問題應該是出自「原生家庭」，也可能是依循傳統中國的某些育兒常規及相處模式，對孩子的傷害並沒有自覺，也不認為有何不宜。就張愛玲成長過

〔註18〕赫爾（John Frederick Herbart, 1776 ～ 1841），參見《CATHOLIC ENCYCLOPEDIA》:Herbart and Herbartianism，http://www.newadvent.org/cathen/07248a.htm，2012.4.15 檢索。

〔註19〕史肯納（Barrhus Frederic Skinne, 1904～1990）的實驗，行為學派（Behavioral Approach）教育理論的建構者之一。

〔註20〕史肯納對女兒的各項實驗，初期成效顯著，讓她成為知名的藝術家。但在三十餘歲時出現精神崩潰的症狀，並向法院控告父親虐待兒童。不久後以自殺結束生命。參見〈One Man and a baby box〉http://www.snopes.com/science/skinner.asp，2012.4.18 檢索。

〔註21〕見 Deborh Blum 著，鄭谷苑譯，《愛在暴力公園──哈利·哈洛（婁）與情感的科學研究》，（台北市，遠流出版社，2004），頁 247。

程來說，哈利·哈婁實驗及定義裏的「鐵絲媽媽」，是足以解析其人一生的經歷與創作的制約現象。

## （一）疏離與不在

　　張愛玲生母黃素瓊〔註22〕出身官宦家庭，經由雙方家長的安排，1915 年嫁給了張廷重。黃素瓊父母早逝，又為庶出，雖纏過小腳，卻深受「五四運動」的影響，勇於反抗傳統，追求新女性的生活，是夾雜在新舊思潮裏的矛盾人物。她與兩個孩子的關係是疏遠和冷淡的，就一個人最需要母愛的成長期來說，張愛玲 1920 年出生到 1939 年進入香港大學，母子之間相處的時間斷斷續續算起來大約十年，十年間比較有幸福感的僅有 1928 年～1930 年而已。哈利·哈婁認為孩子需要很多母親的溫暖與關愛，幼兒的感官及認知是多樣而複雜的，能敏感的察覺到母親的態度。實驗室中的幼猴會去尋求包有絨布的母親，依偎在她懷裏，除了吃奶外對沒有包絨布的鐵絲母猴，絲毫沒有親近的意願，就是非常好的證明。而冷漠及嚴苛的養育方式，會造成人格上的變形。張愛玲曾多次敘述了與生母之間感情的疏離與匱乏，母親對她而言是「不在」的，「難以依附的」，不容易親近的〔註23〕，基本上便是是一種哈利·哈婁設計的沒有絨布的鐵絲媽媽〔註24〕。秦弓以「表面上在場，實質上缺席」、「祈求的母親與真正的母親」來形容張愛玲對母親的描述，很真切的反映了彼此間的關係〔註25〕。黃素瓊也是婚姻受害者，但她勇於追求自己的世界，對抗不合理的夫家，然而也同時放棄了一個做母親的責任，沒有給

〔註22〕黃素瓊祖父黃翼升出身清末湘軍系統，曾任長江七省水師提督。父親黃宗炎，任廣西鹽道，但不到一年便染風土病過世，年僅三十。黃素瓊（1893～1957）後改名黃逸梵。黃素瓊父母早逝，又為庶出，雖纏過小腳，卻深受五四運動的影響，勇於追求新女性的生活；是夾雜在新舊思潮裏的矛盾人物。參見張子靜，〈家世──張家、李家、黃家、孫家〉，《我的姊姊張愛玲》第一章，頁15～43 及〈早慧──發展她的天才夢〉第四章，頁 108。（台北市，時報文化出版社，1996）。另參見蔡登山，〈最後貴族的記憶與鞭笞〉，《傳奇未完　張愛玲》第一幕，（台北市，天下遠見文化事業群，2003），頁 17、18。
〔註23〕張愛玲，〈私語〉，《流言》，（台北市，皇冠出版社，1977），頁 144。
〔註24〕冷漠的母親會造成病態的孩子，作家厄尼斯·米勒·海明威的孩子葛瑞格利·海明威曾這樣敘述母親愛麗絲·湯瑪斯，「我厭恨這個賤女人，她缺乏母性本能，對我從未表現出一絲疼愛。就我所知，我有生以來，她從未親過我一次，也從未抱過我。」葛瑞格利·海明威（醫學博士）患有變裝癖、躁鬱症等，後來還做了一個乳房及去勢手術，曾在邁阿密因妨害風化被捕。參見約翰·海明威著，殷鏗譯，《海明威家族的詛咒》，（台北市，天培出版社，2009）。
〔註25〕秦弓，〈張愛玲對母親形象的陰性書寫〉，《華文文學》，頁 54。

與兩個孩子足夠的關愛。被原生家庭及生母遺棄的張愛玲，必須自己去面對艱難的人生，謀求活下去的資源。她可以說是「缺乏母性的母親（motherless mothers）」〔註26〕的某種類型。

張愛玲讀中學時便已是一個有問題的學生，這點他的國文老師張宏聲曾經有所記述，1944 年在〈記張愛玲〉中談到家庭的不幸讓她成為「一個十分沉默的人，不說話，懶惰，不交朋友，不活動，精神長期的萎靡不振。」她的外表瘦骨嶙峋，表情板滯，就算張老師如何的公開讚美她的文章寫得好，張愛玲還是一幅冷淡的模樣，這是問題學生常有的癥候。她所顯現的毛病還包括欠交作業、不認真聽講、房間混亂、鞋子不按規定擺放，嘲弄教師等，這些由內而外的問題，很早便被學校有經驗的老師觀察到了〔註27〕。1937 年從聖瑪麗亞中學畢業，張愛玲提出想去英國留學，張廷重認為她是受了黃素瓊唆使，不願出這筆錢，關係因此變得很緊張。不久日本侵華的上海之戰爆發，她逃去和母親同住了兩週，因沒有清楚交代去向，回家後發生嚴重衝突。繼母打了她的嘴巴，張愛玲想還手，父親出來喝止。隨後動手將她打得很慘，還揚言開槍。鬧完之後，張廷重把她關在一間空房內，不再理會。張愛玲被囚禁期間患了痢疾，不給請醫生、不給藥，似乎希望她死掉〔註28〕。這段期間母親同樣也是不在的，半年多過後，她活下來並逃離家庭，在 1938 年投靠黃素瓊。這個慘痛的經驗，使她在心靈受到永遠無法康復的創傷。

基於天性，幼猴渴望獲得母愛，就算母猴如何不友善的對待，仍盼望能夠依偎親近，不願離開。雖然牠並不知道實驗室安排的是假的母親，在有限的知能裏，只能以為所有的母親都是如此。年輕的張愛玲對很不親近的母親曾有「羅曼蒂克的愛」〔註29〕，母親在孩子的眼中仍「是遙遠而神秘的」，那種疏離感、不安全感，始終沒消失過。〈童言無忌〉中曾記述，有次穿過馬路

---

〔註26〕Harry F. Harlow and Stephen J. Suomi Proc. Nat. Acad. Sci. USA, Volume 68, No. 7, pp.1534～1538, July 1971. 詳見下文。

〔註27〕原文見 1944 年上海出版的雜誌《語林》，本文引自 http://www.china.com.cn/ culture/weekend/2010-01/07/content_19197741.htm，2012.4.30 檢索。

〔註28〕據張子靜的講法，當時父親聽了老僕人何干的建議，怕女兒死在家裏，名聲不好，所以拿了抗生素消炎針，自己給張愛玲注射了幾次。其後在何干的照料下逐漸好了起來。張愛玲並未寫父親給她注射的事，應該是認為父親是怕出事招致批評，才這樣做；且這針未必有效，等於沒有做什麼事，所以並不領情。見張子靜，〈青春〉，《我的姊姊張愛玲》第三章，頁91。

〔註29〕張愛玲，〈童言無忌〉，《流言》，頁 10。

時，母親拉她的手，讓她感覺到「生疏的刺激感」，由此可見兩人之間的隔閡。張愛玲逃家投靠，為了讀書必須向經濟情況困窘的母親拿錢，必須忍受陰晴不定的脾氣，不置可否的懸宕，與擺出近乎乞求的姿態，那種難堪「一點點的毀壞了我的愛」〔註30〕。1939 年，張愛玲進入香港大學就讀，母親偕同美國男友離開上海，去到新加坡〔註31〕，之後母女間沒有太多的接觸。

### （二）曖昧與猥褻

〈童言無忌〉提到在五歲時，父親就有一個妾，是比父親年紀大的「妓女」，「名喚老八」〔註32〕。這位出身風塵的姨太太，曾給小女孩的生命開啟另一扇風景，讓她了解那種出身背景的女人是怎麼一回事。未入門前，父親還逼迫去那兒與她相熟。不知如何應付的孩子，雖然知道一些其間的「差異」，卻與之週旋的相當合宜。黃素瓊到英國之後，張廷重合理的將姨太太接來同住。後來姨太太與張廷重相處發生問題，兩人暴力相向，據張的講法是她連父親也打了。不久後被逐出張家。姨太太走時帶了兩車的家具和銀器，獲利不少〔註33〕。

四、五歲時的張愛玲辨識得出，她並非真正的母親；而是另一類曖昧存在的「偽母親」。老八入門後，努力拉攏與孩子的關係，希望能在這個家生活下去。共同相處的幾年裏，這個母親給了她幾個啟示：其一這種女人是卑賤的，就算進了門，也僅能住在陰暗雜亂的大房間，在家中沒有地位；其二男人雖然輕賤這種女人，卻願意為她們犧牲很多，付出很大的代價；其三女人是可以販賣自己，以寄附的方式存在這個社會裏；其四婚姻關係也可能等於另一種「長期的賣淫」〔註34〕。在傳統中國男尊女卑的社會裏，不論她喜不喜歡，這是家庭給與的教育。姨太太被趕走時帶走了很多值錢的「家私」，以出身的卑微，人們不認為受了委屈，反而是得到了比她應得更多的好處，是值得羨慕的。在觀察人的眼光或小說裏的人物塑造，「妓女老八」給了她一個視角，張愛玲認

---

〔註30〕張愛玲，〈童言無忌〉，《流言》，頁 10。
〔註31〕1941 年，新加坡淪陷於日本之手，母親男友被炸死，她搭難民船逃到印度。1946 年，由印度回上海。1948 年，再次離開中國。1957 年，死於英國。
〔註32〕張愛玲，〈童言無忌〉，《流言》，頁 15。
〔註33〕張愛玲，〈私語〉，《流言》，頁 146。張子靜的說法則是因父親吸毒、娶姨太太等劣行遭人議論，聲名太差，被解職後才趕走了姨太太。
〔註34〕見〈傾城之戀〉中范柳原對白流蘇的對話，張愛玲，《傾城之戀》，《張愛玲全集短篇小說之一》，（台北市，皇冠出版社，1991 典藏版），頁 216。

為現實社會裏女子「賣淫」，或變相的賣淫，在儒家倫理道德、母慈子孝的假面之下，是被人們默許與接受的。女人是可以用這樣的方式，謀求生活的資源。

## （三）無情與敵對

1930 年父母親離婚，1934 年張愛玲被姑姑告知父親將再娶，她將會有新的母親。這個消息令她非常吃驚，反應非常戲劇化。有關母親被外力強制代換，對孩子有何影響，哈利‧哈婁實驗室裏曾有這樣的紀錄：學生施密特和齊莫曼尚未將代理母親的臉部畫好，一隻幼猴便提早出生，這隻幼猴和光禿的沒有臉的木球，相處了三個月。三個月後他們將裝飾好的，畫好臉的木球放進籠子裏，把原來光禿的木球拿走。沒想到這隻幼猴看到這張陌生的臉，產生強烈的反應，不停尖叫，表現出退縮、沮喪的肢體動作，完全不能接受這樣的母親。當科學家們不知如何處理這種情況時，幼猴自己向前解決了這個狀況。牠把母猴的臉轉向，讓光禿的一面面向自己，這樣才安靜下來。科學家一天之內轉了幾十次，希望有五官的臉（一般認知裏正常的臉）面向幼猴，但幼猴又一再轉了回去。幼猴不願接受這樣的母親，一週後牠甚至上前拔掉了母猴的頭，丟棄在旁邊，之後便不再看她一眼〔註35〕。

張愛玲不能接受新母親的事實，始終表現排斥與嫌憎的情緒〔註36〕。她混淆了想像與現實，表現了預設立場。繼母孫用蕃亦是出生官宦世家，嫁給張廷重時已三十五歲，且有吸食鴉片煙的習慣。孫用蕃是個未經同意，或未讓孩子心理準備好，就強制「置入的母親」，她的行事風格激發了張愛玲桀驁不馴的抗拒。對繼母反應激烈，與幼猴的情況類似。不同的是實驗室的狀況較單純，張愛玲則須要面對更多錯綜複雜的人際互動。孫用蕃進入張家後，因已進入中學讀書，張愛玲大多寄住在學校，偶爾才回來，年幼的弟弟則留在家中。父親的嚴格與繼母的陰沉，缺乏溫情與關愛的張子靜「逃學、忤逆、沒志氣」〔註37〕，變成一個人們口中無用而討人嫌的孩子。〈童言無忌〉中記載了一段張家人吃晚飯時，令人難忘的衝突情景。由於弟弟表現欠佳，許多人都向姊姊投訴他的不是，因感到羞愧或者恨鐵不成鋼，張愛玲在飯桌前也加入指責弟弟的行

〔註35〕Deborh Blum 著，鄭谷苑譯，《愛在暴力公園──哈利‧哈洛（婁）與情感的科學研究》，頁 225～226。
〔註36〕張愛玲，〈私語〉，《流言》，頁 149、150。張愛玲電影劇本〈小兒女〉，寫後母進入家庭的可怕狀態，是複寫了曾有的經歷。
〔註37〕張愛玲，〈私語〉，《流言》，頁 17。

列，讓張子靜被父親當眾打了一巴掌。這個出乎意料難堪的場面，令她大感震驚。當時便忍不住掉淚，接著丟下碗筷衝到浴室裏去，在裏頭一面無聲的抽噎，一面咬著牙說「我要報仇，有一天我要報仇」〔註38〕。為何要報仇，向誰報仇，要如何報仇，是作者沒有說出口，但讀者都能感受到的。如前所言，張愛玲因日軍入侵上海離家兩週與孫用蕃口角，遭到父親、繼母聯合的攻擊；反擊不成，進而造成一生中最難堪的景況。張愛玲被囚禁的半年間，幾乎送命。逃到生母家後，繼母將她的衣物分送給別人，「只當我死了」〔註39〕。在決裂式的衝突之後，張愛玲徹底脫離了「那個家庭」。與被置入新臉孔的幼猴一般，她從未接納過孫用蕃，彼此的敵意，終兩人的一生都未改善過。

　　〈童言無忌〉、〈私語〉這兩篇作品發表於 1944 年 4 月到 7 月之間，當時二十四歲，離她開始以「賣文為生」的 1942 年，不到兩年。〈童言無忌〉寫於 4 月，〈私語〉寫在其後一兩個月。兩篇內容不少相類之處，〈私語〉可以說是〈童言無忌〉的補充，內容更詳盡了些〔註40〕。〈私語〉作者的前言說，是出自編輯的催稿，而寫這篇文章是倉促中寫成的，然據張子靜的描述，相關的內容她之前以英文寫了一篇，發表在《大美晚報》（Evening Post），編者用〈What a life What a girl's life〉做為標題，張廷重訂有這份晚報，也看到這篇文章。張子靜認為姊姊是「以文字還擊，置我父親於難堪之境。」而張廷重雖然憤怒，但亦無可奈何〔註41〕。這些東西是她非常熟悉的，不必多想就能寫出來〔註42〕。張愛玲以筆做為報復的武器，文字是冷靜的，情緒是穩定的，可怕的恨意隱藏在文字之間，而且這文章可以「賣錢」，「錢」是她認為最重要的〔註43〕，是她活下去的憑藉。由她受歡迎的程度看來，顯然有非常

〔註38〕張愛玲，〈私語〉，《流言》，頁 17、18。
〔註39〕張愛玲，〈私語〉，《流言》，頁 167。
〔註40〕張愛玲，〈童言無忌〉，《流言》，頁 5～16。張愛玲 1943 年在《紫羅蘭》雜誌發表了〈沉香屑──第一爐香〉、〈沉香屑──第二爐香〉，又陸續在《萬象》雜誌發表〈茉莉香片〉、〈心經〉等作品，引起了廣大的迴響。1944 年作品還包括，〈傾城之戀〉、〈金鎖記〉、〈紅玫瑰白玫瑰〉、〈阿小悲秋〉等。這兩年發表了長、短不一的小說約二十六萬字，散文約十五萬字。作品數字統計見蔡登山，〈英雄與凡人的對話〉，《傳奇未完　張愛玲》第四幕，頁 98。
〔註41〕張子靜，〈成名──命中註定，千載一時〉，《我的姊姊張愛玲》第五章，頁 147。
〔註42〕張愛玲，〈私語〉，《流言》，頁 153～168。這裏張並沒有說得很完整、很誠實，其實她先前已用英文寫了內容相類的文章。
〔註43〕張愛玲，〈童言無忌〉，《流言》，頁 6～9。張愛玲毫不諱言對金錢的需求和渴望，這種渴望在許多作品中重複被提出。

多讀者喜愛看這種剖白，熱切的盼望看到「富貴人家」一齣齣精采鬧劇。張愛玲與生母疏離與繼母衝突，更有一位不時暴力相向的父親〔註 44〕，種種的衝突與紛爭，成為不可或忘的傷痛。這樣激烈而沉重的爭執，讓她的世界變成扭曲而殘酷，對人的看法，也不容易是健康、溫暖的。她將苦難展現在眾人面前，誠實的程度讓人感到驚訝。

如前所述，幼猴對母猴的依賴是種本能，即使母猴不斷對牠排斥、攻擊，幼猴仍不願離開，除非已經成長到某一程度，才可能做出決絕的行動。否則幼猴至死都不能，也不會逃走。張愛玲離家時已經十八歲了，懷著重大的創傷與恨意離家。對偽母親們的怨念，之後也投射在許多小說中，她書寫了許多令人印象深刻的、可怕的母親。如《心經》中的許太太容忍先生與女兒的畸戀，如傳統社會大多數婦女一般，對先生的行為及家醜，一味隱忍妥協，後來將女兒遠嫁了事。《傾城之戀》裏的白老太太對庶出的七小姐照顧有加，婚禮辦得熱鬧非常，卻對親身女兒白流蘇的未來冷淡、自私，心裏充滿著利己的盤算。〈金鎖記〉主要人物七巧，將扭曲的心靈，變態的意志，強壓在周遭親人的身上，造成許多人難以挽回的悲劇。〈花凋〉裏鄭川嫦美麗的母親不捨得花私房錢，醫治重病的女兒，坐視她飽受病痛折磨至死。〈琉璃瓦〉的姚太太為了先生職業上的發展，將如花似玉的女兒一個個嫁給不恰當的人，毫不顧念她們的幸福。《沉香屑──第一爐香》對金錢、物質充滿野心的梁太太，除了自己沉浸在情慾中外，也讓姪女葛薇龍成為善於引誘男人，十分稱職的「半賣淫」女子。張愛玲在小說中塑造了眾多的「惡母親」，一再證明這世界有這麼多可怕的母親。雖然有些成為這樣的女人，常是受到環境的制約，並非本即如此。但是她們終究親手製造了這樣的結果，讓自己和周邊的人「一級一級，走進沒有光的所在。」〔註45〕

## （四）顛躓的人生行路

哈利‧哈婁 1970 年另一篇報告〈*Social Recovery by Isolation-Reared Monkeys*〉討論從小便生活在孤立環境中的猴子，因沒有被母猴照顧過的經驗，也缺乏社交行為，會有很多異常的行為。這樣的猴子在性成熟後，以人工方式

---

〔註44〕張廷重曾打過妻子黃素瓊、妹妹張茂淵、姨太太老八、女兒張愛玲、兒子張子靜等等。他動輒對親人施暴，是當時父權社會很多家庭的普遍現象，許多母親也以打罵的方式教養小孩。張廷重自己也是在這種教養方式下成長的。
〔註45〕張愛玲，〈金鎖記〉，《傾城之戀》，頁 184。

強迫懷孕，使牠們生下小猴。科學家發現因為孤立以及缺少愛的過程，母猴對生下的小猴，大部分會用視而不見、忽略、虐待等的方式對待牠們，最嚴重甚至會將之殺死。哈利・哈婁對有這樣行為的猴子稱做「缺乏母性的母親（motherless mothers）」〔註46〕。這個報告可以解釋許多母親為什麼會對自己的孩子，表現出冷漠、虐待甚或攻擊致死的行動。傳統中國社會裏，兒女的婚姻通常來自父母之命，媒妁之言；是被安排、被設計的。兒女沒有經濟、情感乃致身體的自主權。不理想的婚姻，經常造成各式各樣的悲劇，以男性為中心的觀念，男人的嫖妓，納妾是常有的現象。女性的選擇權及屈辱感，往往不被重視，許多女性的婚姻或非正式的婚姻，如同「被強暴的母猴」一般，在不情不願的狀況下生下幼猴。對丈夫的憎恨感，也常常會被轉移到孩子身上。雖然也有很多成功的例子，父慈子孝，母儀足式，家庭和樂，如冰心、胡適之、梁實秋、琦君等人的記述，然而張愛玲並無如此的幸運。〔註47〕

張愛玲與三個偽母親的關係，是「作家張愛玲」形成重要條件，母愛的不在，父母之間關係的惡劣，是張愛玲在人生行路上、男女情感上顛躓困頓的重要因素。她的原生家庭給與的大多是負面影響，不可靠的父母，猥褻的男女關係，衰敗的家族、親友。讓她感到自己的生命，有著不堪負荷的沉重與灰暗。迅雨（傅雷）在〈論張愛玲的小說〉中談到張愛玲早期的六、七篇作品，「青春、熱情、幻想、希望，都沒有存身的地方。」作品處處呈現「沒有波瀾的寂寂的死氣」〔註48〕。驚訝於其間的滄桑與沉重。如果了解張愛玲曾經歷過的創傷，對這樣暮氣、陰沉的小說世界就不足為怪了。張愛玲的成長期缺乏母親的愛與指導，似乎一直不知道在人世間該站在哪個位置較適當，在家庭之中、人際關係、愛情、婚姻、工作甚或政治意識上，往往顯得突兀與不合適。生母黃素瓊離婚後，生活得並不好。1939年與美國籍男友去新加坡做生意，1941年日軍攻陷新加坡，男友死於轟炸，她匆忙逃到印度，生活困頓〔註49〕。1946年回上海，1948年再次離開中國，1957年死於英國。自顧不暇的她，輾轉流離，無法給女兒什麼指導與援助。張愛玲脫離原生家庭後，除了姑姑外，已和父母沒有什麼

---

〔註46〕Harry F. Harlow and Stephen J. Suomi Proc. Nat. Acad. Sci. USA, Volume 68, No. 7, pp.1534～1538, July 1971.

〔註47〕其中梁實秋〈想我的母親〉可說是語體文版清代文士蔣士詮所寫的〈鳴機夜課圖〉一類的遺續，傳承了某些書寫父母的模式。

〔註48〕迅雨（傅雷），〈觸及了鮮血淋漓的現實〉，季季、關鴻編，《永遠的張愛玲》，（上海，學林出版社，1996），頁149。

〔註49〕張子靜，〈青春〉，《我的姊姊張愛玲》第三章，頁95。

牽扯，幾乎不往來。1944 年《傳奇》一書出版，在淪陷區上海成為爆紅的女作家，「是上海最紅的專業作家」〔註50〕，受到不少文壇人士吹捧，慕名及追求者眾。同年便與熱烈追求她的胡蘭成結婚。胡因為親日，1939 年就任汪精衛政府的宣傳部政務副部長、行政院法制局局長等，跟日本佔領者的關係良好。1944 年張愛玲因此曾列名第三屆「大東亞文學者大會」（後來請求除名且並未參加），1945 年參加《新中國報》辦的「納涼會」等等〔註51〕。與日本統治階層的接觸，在抗戰勝利後立場顯得十分尷尬，1945 年 11 月曾被司馬文森編的《文化漢奸罪惡史》列為十七，為漢奸作家的一員〔註52〕。張、胡之戀 1947 年在胡蘭成移情別戀的情況下離婚。1949 年中華人民共和國成立，她的作品並不符合共產主義的路線，除了是知名作家外，對「社會人心與政權」並無影響力，除了被點名為「文化漢奸」、「海上文妖」，遭到文字與輿論的攻擊，一年多無法發表作品外，並未遭其他實際的為難。1952 年重返香港，任職美國新聞處，接受金錢補助寫了《秧歌》與《赤地之戀》，成了反共作家。《赤地之戀》的故事大綱甚至是別人擬定的，由她來編寫完成〔註53〕。父親張廷重在幾乎敗光家產後，與孫用藩居住在上海一間狹小的房子，1953 年因肺病去世。張愛玲結婚，張廷重去世，彼此都不相聞問。1955 年離港赴美，1956 年與大她二十九歲的甫德南·賴雅（Ferdinand Reyher）結婚；婚前曾懷孕，但應賴雅要求墮胎〔註54〕。她喪失了做母親的機會，若依哈利·哈婁的實驗，從小被「偽母親」帶大的孩子，是很難成為稱職的母親。1959 年正式成為美國公民。他的第二位先生年長若父，且身體不健康。1961 年再度中風，1963 年癱倒在床，1967 年過世。兩人婚後以翻譯、寫稿維持生活，生活十分拮据。她的創作在香港及台灣地區受到歡迎，中國大陸在 1990 年代之前則對這種「政治背景」及寫作主題的作家，並無好感〔註55〕。1967 年先生甫德南·賴雅死去之後，在美國一直孤單的生活著，表現

〔註50〕張子靜，〈前言　如果我不寫出來〉，《我的姊姊張愛玲》，頁 2。張子靜說張愛玲發表〈童言無忌〉時二十四歲，正受到廣大的注目。

〔註51〕蔡登山，〈幾番風雨海上花〉，《傳奇未完　張愛玲》第一幕，頁 44。

〔註52〕蔡登山，〈幾番風雨海上花〉，《傳奇未完　張愛玲》第一幕，頁 44。

〔註53〕見水晶，〈夜訪張愛玲〉一文，季季、關鴻編，《永遠的張愛玲》，頁 317。

〔註54〕參見鄭樹森，〈張愛玲與賴雅〉一文，季季、關鴻編，《永遠的張愛玲》，頁 333～338。

〔註55〕張愛玲對中國、日本軍閥、國民黨、共產黨等等，都不在意，她只關心自己的發展，一心想脫離這不值得留戀的「原鄉」。年輕時想去英國不成，但並未死心。國家民族意識對她來說，是一種父權的延伸，對「國家主義的控制」力量深表反感。她不曾真的向那一個政治實體靠攏；只是哪個對她有利，便

一種離群索居的退化現象。有很長的一段時間在美國各地居住，1984 年到 1988
年的三年半間，還住在各州便宜的汽車旅館，到處遷徙，不讓人知道她的行蹤
〔註 56〕。在去世前幾年，幾乎與世隔絕，僅與少數人來往，最後孤獨的死在公
寓之中。她的創傷從年輕時便未曾離開，因苦難而變形的心靈，使她成為特立
獨行的人〔註 57〕。

## 三、冷眼瞅視與怨毒修辭

本節所謂冷眼瞅視指的是張愛玲，以一個家庭受創者冷凜的眼光，對她
所經歷的世界進行審視。由於作者自我認知上是個「創餘者」，修辭遣字上充
滿金聖嘆所謂「怨毒著書」的作意〔註 58〕。莫爾達（Albert Mordell）在《愛
與文學·第四章　戀母情結與兄妹情結》說到，

> 為什麼叔本華和拜倫如此悲觀？日後為他們的作品帶來悲哀
> 及絕望調子的原因很多，其中一項便是兩人與母親的關係都不好。
>
> 他們與母親的爭吵，成為文學史上的材料〔註 59〕。

叔本華、拜倫與母親關係的惡劣，莫爾達認為反應在作品中的即是一種
悲哀、灰暗的調子。張愛玲作品最重要主題環繞著殘缺的愛情、不可靠的婚
姻、崩解的大家庭等，而最具有強度及張力，是三十歲之前的作品，處處顯
露作家內在的驅力及苦悶的鬱結。對入世未深的作家來說，所能書寫的也僅
就是所熟悉的世界。家族、親友的種種，便是她創作的「原鄉」和起點；而
這些作品是最足以做分析的文本。韓蕊在〈張愛玲與毛姆小說主題〉一文指

---

與之合作。她安於言情男女的世界，在其間取得身心平衡與生活資源。「買雜
誌的大眾」才是她真正介意的，這個觀點見〈童言無忌·錢〉一節。她歷經
種種艱辛，最後如願以償的「脫逃」，成為美國人。
〔註 56〕林式同，〈有緣識得張愛玲〉，皇冠編輯，《華麗與蒼涼——張愛玲紀念文集》，
（台北市，皇冠文學出版社，1996 二刷），頁 17～26。
〔註 57〕參見王幼華，〈蚌病成珠——魯迅與張愛玲作品的創傷固著現象〉，《蚌病成珠
——古今作家論》，（台北市，大安出版社，2011），頁 147、148。
〔註 58〕明、清之際的金聖嘆繼承李贄的說法，在《水滸傳》第十八回「林沖水寨大
拼火　晁蓋梁山小奪泊」的眉批上，針對阮氏兄弟痛罵官吏、林沖怒殺腐儒
王倫論說，「其言激憤，然怨毒著書，史遷不免，於稗官又奚責焉？」。〔明〕
李贄，《焚書·忠義水滸傳序》，（台北市，漢京出版社，1984），頁 109。
〔註 59〕阿爾伯特·莫爾達（Albert Mordell）著，鄭秋水譯，〈戀母情結與兄妹情結〉，
《愛與文學（The Erotic Motive in Literature）》第四章，（台北市，遠流出版社，
1990），頁 55。參見王幼華，〈蚌病成珠——魯迅與張愛玲作品的創傷固著現
象〉，《蚌病成珠——古今作家論》，頁 144、145。

出，周瘦娟、施蟄存等人認為張愛玲深受英國作家毛姆（William Somerset Maugham, 1874 年～1965 年）的影響，而其影響包括幾個方面，主題的相通、藝術的借鑑、「對人對事的否定情緒」以及使用「冷靜而挑剔的眼光，來洞察人物心理。」等〔註 60〕。就其作品來說「冷靜而挑剔的眼光」與「否定情緒」是最明顯的特徵。這兩個特徵具體表現於文字上的，便是「怨毒修辭」。這類修辭在技巧方面由人物的聲音、外表、動作、對話等來呈現，藉他人之心、眼、口來訴說。因為大部分用的是傳統小說的全知觀點，作者也經常主觀的插入自己的批判〔註 61〕。歸納這幾篇作品的技巧，以否定式的譬喻格最多，其使用方式有諷刺式的與笑謔式的分別，此外還有意在言外的譏嘲、直接批判等方式，分析如下：

## （一）否定式的譬喻〔註62〕

### 1. 諷刺

〈留情〉裏對女主角敦鳳的描述是不懷好意的，她說敦鳳和傭人說話，有一種特殊的聲調「沉澱的聲調，很蒼老，脾氣很壞似的，卻又有點膩搭搭。」，這樣的聲音「像個權威的鴇母」〔註 63〕。對於敦鳳為了吸引男人，所表現出來的媚態則說，這女人從小跟著父親的老姨太太長大，不知不覺養成了「老法長三堂子那一路的嬌媚」。長三堂子是晚清上海的高級妓院，敦鳳的女人味，是向風塵女子學來的。敦鳳雖然出身極有根底，是上海屬一屬二的大商家，但筆下的她卻像個高級妓女，甚且是個「權威的鴇母」〔註 64〕。

〈紅玫瑰與白玫瑰〉則在一開始便設定了一個序說，作者說也許每個男

---

〔註60〕韓蕊，〈張愛玲與毛姆小說主題〉，《吉林省教育學院學報》，2005 年，第四期，第二十一卷，頁 61～65。其論文主要在闡述毛姆因為八歲母親難產死亡，十歲父親病逝，從小仰人鼻息生活，個子矮小，又有口吃的毛病，所以作品往往表現人性之惡，如自私、追求金錢、虛偽、受到原欲控制不可自拔等，其筆法冷靜、客觀但充滿嘲弄與諷刺。張愛玲的〈心經〉、〈金鎖記〉、〈連環套〉、〈傾城之戀〉、〈花凋〉等作品都與毛姆之作有相通之處。

〔註61〕張愛玲說，「我一向沿用舊小說的全知觀點摻用在場人物觀點。」張愛玲，〈表姨細姨及其他〉，《張愛玲　續集》，（台北市，皇冠出版社，1988），頁 36。在〈自己的文章〉裏重複的說自己喜歡用「參差對照的方法」寫人物，因為那比較接近真實。見〈自己的文章〉，《流言》，頁 20。

〔註62〕本文譬喻的用法引自黃慶萱〈譬喻的定義〉，《修辭學》第十二章，（台北市，三民書局，19834 版），頁 227。

〔註63〕張愛玲，〈留情〉，《傾城之戀》，頁 11。

〔註64〕張愛玲，〈留情〉，《傾城之戀》，頁 11。

子全都有過「熱烈的情婦（紅玫瑰）」與「聖潔的妻子（白玫瑰）」兩個女人，「至少兩個」。接下來為男女情愛與婚姻關係，用排比句法和幾個譬喻下了價值斷語，

> 娶了紅玫瑰，久而久之，紅的變成了牆上的一抹蚊子血，白的還是『床前明月光』；娶了白玫瑰，白的便是衣服上沾的一粒飯黏子，紅的卻是心口上一顆硃砂痣〔註65〕。

那曾經美好的兩個女人，不論男人娶了誰，久而久之，紅的會變成「一抹蚊子血」、白的會成為「一粒飯黏子」，結局都一樣，會是狼狽且難堪的。振保後來娶的是白玫瑰，婚姻並不幸福，男主角的日子充滿吃喝嫖賭。一次振保想送一對銀瓶給弟弟，要妻子包紮好，匆忙間烟鸝（白玫瑰）無法包紮好，甚至把包裝紙都弄破了，平常即嫌憎她的振保罵道：「人笨凡事難！」受辱的烟鸝，臉上掠過的是像「卑妾的怨憤」。作者以卑微的「妾」的憤怒，來形容受到壓抑之苦的烟鸝。受到丈夫冷落的妻子，與裁縫有染（可能），造成兩人間更多的齟齬，沒完沒了的爭執。〈傾城之戀〉范柳原在電話裡則說白流蘇把婚姻比作「長期的賣淫」〔註66〕，這個讓人驚異的用語，凜凜道出張愛玲式的真理，婚姻對某些女人來說，就像是長期的出賣身體，供男人發洩的用具而已。這個觀點的「啟發」，應該源自她的「偽母親」之一姨太太老八。

〈金鎖記〉裏她用了酸澀感十足的譬喻，來形容愈來愈像七巧的女兒長安，「再年輕些也不過是一棵較嫩的雪裏紅──鹽醃過的。」〔註67〕，雪裏紅本是非常青翠耐寒的植物，受到霜打後會變成紅色，因此得名。雪裏紅新鮮的即可食用，鹽醃製過的就會變得顏色泥褐、晦暗。

## 2. 笑謔

〈留情〉米先生因為太太即將病死，找到一位勉可陪伴餘生的女人敦鳳，兩人勉強湊在一起。作者對這個男人外表很不以為然，米先生除了戴眼鏡，整個的像個嬰兒，穿了西裝就像打了包的嬰孩。那模樣「像個三號配給麵粉製的高樁饅頭，鄭重托在襯衫領上。」〔註68〕，用打包的嬰孩及高樁饅頭「鄭重托在」襯衫領上，諧謔的刻畫這個男人。〈鴻鸞禧〉中的兩姊妹二喬、四美

---

〔註65〕張愛玲，〈紅玫瑰與白玫瑰〉，《傾城之戀》，頁52。

〔註66〕張愛玲，〈傾城之戀〉，《傾城之戀》，頁216。

〔註67〕張愛玲，〈金鎖記〉，《傾城之戀》，頁169。

〔註68〕張愛玲，〈留情〉，《傾城之戀》，頁22、23。

頗似〈灰姑娘〉中的兩位矯飾、善妒的姊妹，對即將嫁入家中的大嫂，極盡刻薄挖苦之能事，二喬、四美對大哥未婚妻子玉清身體骨多肉少，很有意見，七嘴八舌的攻擊。四美說那樣的身體「碰一碰，骨頭克察克察響。」二喬說她「骨頭架子大」，四美更諧謔的說「簡直『擲地作金石聲』！」兩位小姑嘲笑未來大嫂身架大，瘦骨稜稜的模樣〔註69〕。又對大嫂皮膚的白進行攻擊，「白倒挺白，就可惜是白骨。」〔註70〕，所謂「白骨」引的是《西遊記》中的妖媚殃人的白骨精，然而作者也不遑多讓的投入批判她的外表，玉清的臉「光整坦蕩，像一張新鋪好的床」，而這張床「加上了憂愁的重壓，就好像有人一屁股在床上坐下了。」〔註71〕。做為婚禮中最受注目的新娘，作者沒有放過最重要的場景，玉清在結婚進行曲伴奏下走進來時，「半閉著眼睛的白色的新娘，像復活的清晨還沒醒過來的屍體，有一種收斂的光。」〔註72〕。第二天看照片，玉清和婁大陸的合照，因為她把罩紗拉下來，因此面目模糊，照片像無意中拍進去的「一個冤鬼的影子」〔註73〕。作者認為新娘不堪負荷結婚這樣的重任，或者所有結婚的女子都是該被詛咒的。她面目醜陋，像具最不宜在婚禮吉日說出的不祥語「屍體」，而這個詞作者卻連用了兩次。主婚人婁太太的兒子婁大陸，應該是無害的，作者卻這樣描述，一張甜淨的小臉，招風耳朵，生得像「白雪公主裏的啞子」〔註74〕。雖然生動如見其人，但畢竟令人有種難以承受之重。張愛玲無所不在的，沒有放過來參加婚宴的來賓。她先敘述宴會大房間，像是個玻璃球，球心有五彩的碎花圖案，來參加宴會的客人們「都是小心翼翼順著球面爬行的蒼蠅，無法爬進去。」〔註75〕。〈鴻鸞禧〉這篇小說在其筆下，通篇是喧鬧可笑的荒謬劇，充份顯示作者對世俗婚禮的嫌憎感，對所謂男女關係發展到「結婚」這一層次，充滿虛無與譏詆的惡趣。

　　〈阿小悲秋〉寫一個洋人單身男子哥兒達，到處留情，喜歡獲得各類女人的喜愛。他的房間充滿中國式的小趣味，如，彩綢墊子、北京紅藍小地毯、

〔註69〕張愛玲，〈鴻鸞禧〉，《傾城之戀》，頁35。
〔註70〕張愛玲，〈鴻鸞禧〉，《傾城之戀》，頁35。
〔註71〕張愛玲，〈鴻鸞禧〉，《傾城之戀》，頁36。
〔註72〕張愛玲，〈鴻鸞禧〉，《傾城之戀》，頁46。
〔註73〕張愛玲，〈鴻鸞禧〉，《傾城之戀》，頁48。
〔註74〕張愛玲，〈鴻鸞禧〉，《傾城之戀》，頁41。
〔註75〕張愛玲，〈鴻鸞禧〉，《傾城之戀》，頁45。

宮燈式的字紙簍、大、小紅木雕花几。對他的品味，作者認為「有點像個上等白俄妓女的粧閣。」〔註 76〕。這人把中國的枝枝葉葉銜來，佈置一個安樂窩。可惜終究是猥褻而低賤的。哥兒達家附近搬來一家新婚夫婦，做為僕人的阿小，很是努力的去打聽了這家新人的背景。當做短工的阿姐問起這家人的情形時，阿小說樓上的男女雙方家都有錢，房子、傢俱、幾十床被窩、十擔米、十擔煤。四個傭人陪嫁：一男一女、一個廚子、一個三輪車伕。作家藉阿小之口說那四個傭人「像喪事裏紙紮的童男童女，一個一個直挺挺站在那裏。」〔註 77〕。在「作者」的眼光裏，將這對新婚夫妻的好日子，描繪得如同辦喪事般的晦氣，將之荒謬化、恐怖化了。

### （二）意在言外的譏嘲

小說〈留情〉裏的人物楊太太，將自己家經營的像個沙龍，各色各樣的男男女女來來去去，十分熱鬧。楊太太很重視自己在客廳的形象，尤其是男人對她的感覺，若「旁邊沒有男人，她把她那些活潑全部收了起來。」〔註 78〕。作者尖刻的暗示，她習慣對異性賣弄風情，吸引注意力；而對女人則又是另一種面貌。〈紅玫瑰與白玫瑰〉小說中夾敘了一對英國母女，即艾許太太及其女兒。艾許太太是英國人，因為嫁了個雜種人，害怕人們輕看她，「因此處處留心，英國得格外道地。」〔註 79〕，努力維持英國人的高貴形貌。張愛玲自幼對英國有著崇高的幻想，想到倫敦去讀書，母親、姑姑也曾在那兒遊學〔註80〕。眼前這對母女，卻似乎沒有這樣的尊貴感，張愛玲描述這位外國太太，很敏感的在他人面前維持她「道地」的味道。雖然她已經嫁了一個雜種人，不可能純粹了。

### （三）直言批判

作者對描寫的人物用否定式的文字，直接加以批判。〈留情〉小說中另一位關鍵人物是敦鳳的表嫂楊太太，敦鳳與米先生就是在這裏認識的，敦鳳與

〔註76〕張愛玲，〈阿小悲秋〉，《傾城之戀》，頁 123。
〔註77〕張愛玲，〈阿小悲秋〉，《傾城之戀》，頁 126。
〔註78〕張愛玲，〈留情〉，《傾城之戀》，頁 26。
〔註79〕張愛玲，〈紅玫瑰與白玫瑰〉，《傾城之戀》，頁 76。
〔註80〕張愛玲中學時非常努力的學習英文，立志要到英國去。雖已申請到倫敦大學的許可，因戰爭因素無法成行，只能唸香港大學，使她原先的夢想破滅。這種只能退而求其次的委屈感，不能到英國本土去，只能在殖民地，華洋雜處之地讀書，張愛玲自覺身價打了折扣，也將這種「雜種感」投射在作品裏。

楊太太雖是親戚，但彼此間存在著某些矛盾與鉤心鬥角。如前所述，楊太太是個喜歡引起各類男人注意的女人，而楊太太對敦鳳的缺乏氣度，在小錢上打轉，心裏給的評斷是「活脫是個姨太太。」覺得這個運氣好，撿到一個還不錯男人的女人，是不能成為一位「真太太」的。

〈紅玫瑰與白玫瑰〉中作者對天真、熱情的嬌蕊（紅玫瑰），做了許多至情真性的描寫。在與振保的畸戀之後，兩人分手，多年後在電車相遇，對年華老去不再嬌美的紅玫瑰，卻套上了「俗豔」的用辭，評價甚低。至於聖潔的妻子烟鸝，在作者冷眼的瞅視下，做了這樣的描寫，身材細高，一直線下去，只在幼小的乳有點波折，胯骨凸出，十分單薄。張愛玲顯然對這種壓抑原慾型的，傳統倫理教養下，等著做家庭主婦的女子很不欣賞。因為身材單薄、奶小，更顯得無趣。作者說男主角振保，在她身上找不到熱情，挑不起情慾，於是在外過著風花雪月，公然挾妓的生活。這篇小說中英國人艾許太太的女兒，長得不好看，在已不時興父母之命、媒妁之言，講求自由戀愛的時代裏，能不能找到好男人，是不看好的；一般女人都有困難了，何況「地位全然沒有準繩的雜種姑娘」〔註 81〕。作者以自己傷痛的經驗，毫不留情的批評了這樣的女孩，並預言她的未來不被看好。

〈阿小悲秋〉寫一個洋人單身男子哥兒達，到處留情，以獲得各類女人的喜愛為樂。他喜歡的女人是「良家婦女及半賣淫的女子」〔註 82〕，這樣的癖好顯然十分與眾不同。哥兒達家附近搬來一家新婚夫婦，新婚三天後，新人吵起架來，甚至打起架來，住的新房發出很多物品撞擊的聲音，女方喊著要跳樓。婚姻果然是靠不住的，阿小認為是女方可能有外遇，才會如此。作者藉阿小內在思緒的波動，演繹出了自己一貫的看法，男女之間是靠不住的，婚姻是遲早會出問題的。而阿小（或者作者）料中會出問題，之後果然醜了，讓她充滿幸災樂禍的樂趣。

張愛玲對愛情與婚姻近乎詛咒的修辭，還包括了〈留情〉的結尾，作者評論到「生在這世上，沒有一樣感情不是千瘡百孔的。」〔註 83〕。她以歷經滄桑式的口吻，很肯定的認為，男女之間不可能會有好的結果。事實上 1945年發表這篇文章時，不過二十五歲，對於愛情或者婚姻都缺乏真正的體驗，

---

〔註 81〕張愛玲，〈紅玫瑰與白玫瑰〉，《傾城之戀》，頁 76。
〔註 82〕張愛玲，〈阿小悲秋〉，《傾城之戀》，頁 124。
〔註 83〕張愛玲，〈留情〉，《傾城之戀》，頁 32。

這些論斷只能說是由周遭觀察來的。張愛玲第一段婚姻則在次年 1946，遇到胡蘭成後才開始。這段婚姻維持了三年，是在男方的背叛下匆匆了結。她對愛情與婚姻怨毒的詛咒，殘忍的或說如其所願的，應驗在自己身上。

　　張愛玲反映了那個時代女性的位置與觀點，認為女人不過是男人淫慾的玩物，女人靠出賣身體以換取存活的位置；只有男人的喜愛，女人的意義才能顯現，而婚姻與愛情是靠不住的，變動性是很大的。她的作品裏充滿爾虞我詐的男歡女愛，不可靠的婚姻、外遇、嫖妓、吸毒、爭奪財產等等。這樣病殃的眼光，來自無用且橫暴的父親，疏離（黃素瓊）、挫敗（孫用蕃）與猥褻（老八）三個「偽母親」的影響。她沒有見到，或刻意迴避那個時代許多母親的正面形象，事實上大部分婦女們忍受艱苦，操持家務，慈愛孩子，扮演家庭穩定的主要力量。為家庭奉獻犧牲的可貴情操，都不在她的世界裏。〈童言無忌〉中令人難忘的場面，她衝到浴室，咬著牙說，「我要報仇，有一天我要報仇。」〔註84〕。張愛玲小說中的「奇情」韻味，再加上暴露「家醜」的「引人入勝」，很快風靡了文壇，適逢其時的成為知名作家〔註85〕。黃愛平、王明科〈從報復模式看張愛玲小說的家庭文化反思〉一文，指出這是種「無愛家庭的報復模式」，並歸納其內容有代際報復、夫妻報復、同輩報復、轉移報復四種模式，以此解析張愛玲充滿怨念的書寫內涵〔註86〕。飽受家庭傷害的張愛玲，呈現在小說中冷酷的眼光，怨毒的修辭，或許便是她在浴室內吶喊「一定要報仇」的具體行動。

## 四、可憐身是書中人

　　張愛玲想以筆成功、成名，在香港大學讀書時便以英文寫作、翻譯，並在許多雜誌發表文章。當時模仿的對像是林語堂。她一心想到英國去，成為一個匯通東西方文化的作家。不過戰爭摧毀了她的計畫，中止了學業，家庭關係的惡劣，逼迫她必須想辦法謀生。張愛玲以自己家族為軸心的素材，是許多重要作品的主要部份。她的祖父張佩綸與外曾祖父李鴻章都是歷史上重

---

〔註84〕張愛玲，〈童言無忌〉，《流言》，頁 17、18。

〔註85〕張子靜，〈成名——命中註定，千載一時〉，《我的姊姊張愛玲》第五章，頁 146。

〔註86〕黃愛平、王明科，〈從報復模式看張愛玲小說的家庭文化反思〉，《江西社會科學》，2007 年 3 月。所謂，「代際報復主要是父母親通過對兒女命運的控制，來實現對自己命運的補償性報復；夫妻報復主要通過金錢補償、虐待對方、以不忠來對抗不忠等方式來實現；同輩報復主要方式有使別人與自己命運趨同、故意與對方心願相違背等；轉移報復除了自我報復以外，在一定的條件下主要是針對他人而進行的報復。」，頁 82。本篇論文或有引申過度的狀況。然以「報復」的觀點解讀相關作品，有其獨到之處。

要人物，祖父娶李菊耦的故事，被曾樸寫入《孽海花》，內容雖然以編造、主觀臆想的成份較多，然而因為繪聲繪影，暴露名人隱私，引人談論，所以廣為流傳。《孽海花》的成功給了啟示，她對自己的家庭、親友，有很多話想說，很期望「那種狀況」，經由報章雜誌的發表，可以「讓別人看到」〔註87〕。那些充滿張力的、怨恨的作品，來自傷痕累累的心靈，毫不避諱的揭露，顯示了一種絕決的心態。以自己及家庭、親友的故事來寫作並非她的本意，若有順遂的環境與經濟條件，是不會只寫通篇「我我我」的「身邊文學」。她雖有這樣的自覺，「但也還是寫了」〔註88〕。

如前所言，真實的世界與文本的世界，常常會有交織混淆的現象，然而大多以身邊人做為素材的作家，是不難理出其間人物與情節的。1944年3月她參加上海「新中國報社」召開的「女作家聚談會」，對作品如何取材時說，一些是聽來的，也有臆造的，將一些故事、臉形、對白張冠李戴，拼湊出來〔註89〕。1971年接受水晶訪問時，她曾稱《傳奇》（1944年8月初版）這本集子裏的人物和故事，差不多都「各有所本的」〔註90〕。張子靜說，〈金鎖記〉和〈花凋〉中的真實人物，「和現實人物只有半步之遙」〔註91〕。就其所言可以查知的，如，〈金鎖記〉是以外祖父李鴻章次子李國杰弟兄的家事為藍本〔註92〕；三爺季澤賣房子、土地，與其父張廷重行徑相似。七巧的女兒長安曾罹患痢疾，七巧勸她吸鴉片改善病況。張愛玲被父親軟禁期間也曾患痢疾，幾乎喪命。〈花凋〉（1944年）以舅舅黃定柱家庭發展過程做為模型，描述一個清末舊豪門世家及其親人沒落的「蒼涼」，女主角鄭川嫦的遭遇，是三表姊黃家漪的故事〔註93〕。而鄭川嫦的母親，坐視女兒病死，也有她罹患痢疾時父親不給看醫生情節的改寫。

〔註87〕《孽海花》寫及張佩綸與李菊耦的情節，原先姊弟並不知情，因為小說中不少批判之辭，張廷重沒有告訴姊弟。其後在他們十幾歲時，已能知不少世事，才拿著書告知他們。張子靜，〈早慧——發展她的天才夢〉，《我的姊姊張愛玲》第四章，頁111～113。

〔註88〕張愛玲，〈童言無忌〉，《流言》，頁8。

〔註89〕蔡登山，〈幾番風雨海上花〉，《傳奇未完　張愛玲》第一幕，頁14。

〔註90〕蔡登山，〈幾番風雨海上花〉，《傳奇未完　張愛玲》第一幕，頁34。

〔註91〕張子靜又說在她身邊的知情者，「一看她的小說就知道，她寫的是哪一家的哪一個人。」見張子靜，〈故事〈金鎖記〉和〈花凋〉中的真實人物〉，《我的姊姊張愛玲》第九章，頁241。

〔註92〕張子靜，〈故事〈金鎖記〉和〈花凋〉中的真實人物〉，《我的姊姊張愛玲》第九章，頁242、271。

〔註93〕張子靜，〈故事〈金鎖記〉和〈花凋〉中的真實人物〉，《我的姊姊張愛玲》第九章，頁242。

川嫦與痢疾之間的關係乃「穿腸之病」，有諧音的隱喻。〈留情〉楊府老太太賣骨董字畫，〈創世記〉裏匡老太太賣皮衣皮貨，這個情境是以六姑奶李經溥的婆家任家為素材的再寫〔註94〕。〈留情〉中喪偶的敦鳳，流露的是「老法長三堂子」女人的嫵媚，這個認識是來自父親的姨太太老八，張愛玲與她共同生活了幾年。宋家宏認為〈茉莉香片〉是張愛玲小說中自敘傳色彩最濃厚的〔註95〕，聶介臣及其後妻吸食鴉片的情景，就是父母在上海大洋房中生活圖象的複製。柔弱的聶傳慶，便是其弟張子靜的影寫。

　　勇於讓他人看見，仍舊出現在 1976 年完稿的《小團圓》，這本遺作遲至2009 年才出版。她說寫《小團圓》不是為了發洩出氣，她認為寫作最好的材料「是你最深知的材料」〔註96〕。小說中的盛九莉便是張愛玲自己，許多人物與身邊親友背景都頗相符合。九莉在港大讀書的原因是「歐戰出洋去不成，只好改到香港」〔註97〕，她的父母離了婚，母親長得像廣東人、雜種人。安竹斯應該就是教歷史的佛朗士，他戰爭時被徵召，死在前線。勞以德是母親黃素瓊的情人，後來在新加坡被炸死。通篇小說氣氛很冷淡，應該是時間遠了，心境平靜多了，可以用漠然的態度娓娓道來。她仍舊知道自己是有市場的，廣大的群眾喜愛看她一再演繹鋪陳的故事。她不忌諱人們猜測小說中寫的人物是誰，那正是吸引讀者閱讀的釣餌之一，許多人在猜解、比對的過程得到無窮樂趣。被發掘出來的人物與「真相」，往往是寫作者期望的結果。張愛玲直到1995 年 8 月過世，童年時期的創傷都未曾恢復，並未離開那個「家庭」，也一再讓自己的身影穿梭在作品內，向世人展現那些恨意與傷口。

## 五、結語

　　哈利·哈婁認為生命應該從愛開始，人們從家庭學會人類彼此間的關係，這就是塑造自己生命的基礎。如果人類不能在嬰兒時期就學會愛，也許「就再也沒有機會懂得愛了。」〔註98〕。就「偽母親」的觀念來說，被挑選實驗

〔註94〕馮祖貽，〈5. 亂世文章〉，《百年家族——張愛玲》，(台北市，立緒出版社，1999年)，頁 260。

〔註95〕馮祖貽，〈5. 亂世文章〉，《百年家族——張愛玲》，(台北市，立緒出版社，1999年)，頁 29。

〔註96〕張愛玲，《小團圓·前言》，(台北市，皇冠出版社，2009 年初版 11 刷)，頁 8。

〔註97〕張愛玲，《小團圓·前言》，頁 19。

〔註98〕Deborh Blum 著，鄭谷苑譯，《愛在暴力公園——哈利·哈洛（婁）與情感的科學研究》，頁 46。

的幼猴沒有選擇的餘地與能力，只能本能的接受科學家的安排。就這點來說，每個人會出身在怎樣的家庭，是毫無選擇能力的，而缺乏責任感的、沒有愛的意願的母親，其實並不少見。哈利‧哈婁的實驗提出了「偽母親」、「鐵絲媽媽」、「缺乏母性的母親」等用語，在解析許多「異常者」的言行上，給予許多啟發。就張愛玲來說，藉助這樣理論，讓人們能夠更貼近與知解她的心靈與創作。很不幸的是因為在幼兒期沒有被愛，也沒有學會愛人，之後也不懂得愛了。由蕭紅、張愛玲、拜倫、叔本華、巴爾札克、屠格涅夫、勞倫斯、海明威等人的例子來看，他們一生都有著自棄、自毀的傾向，不被「愛」的孤獨感，讓他們不斷的傷害自己，陷溺於創傷中而無法自拔。張愛玲用陰森森的，甚至幸災樂禍式的筆調，刻劃自己家以及親友間的敗壞。這些創作的「原鄉」和起點的書寫，是最具生命力，最能顯露為痛苦而掙扎的作品〔註99〕。張子靜曾說姊姊張愛玲於 1938 年逃出家庭，1948 年逃出中國，言下頗為欣羨與感嘆，認為她的勇氣是自己無法做到的〔註100〕。事實上以「作家張愛玲」來說，她從未離開家庭，也不曾離開中國。

出身於「致病家庭」的張愛玲，對自己的狀況是有高度自覺的。〈留情〉的第一段用木炭作的譬喻，很可以說明當時以及之後的心靈狀態，炭原本是樹木，後來死了，通過紅隱隱的火又活過來了，然而不久就成灰了。「第一個生命是青綠的，第二個是暗紅的。」〔註101〕。她在十八歲與父親、繼母絕裂那次〔註102〕，身心都陷入瀕死的狀態，雖然再復活過來，已經不是原來的「我」。生母雖然出現了，畢竟還是假的，仍然邈遠、不在，沒有給與真正的溫暖與關愛。吊詭的是創作成為她報復、療傷與謀生的工具。她將內在的病熱燃燒起來，以怨毒的修辭、瑰麗的意象，鋪陳編織成動人的篇章。這種無顧忌的自我揭露，也引起社會許多有著類似創傷經驗的人，產生激動與共鳴。

〔註99〕見張愛玲，《惘然記》，（台北市，皇冠出版社，1987，5 版）。其後的作品如〈浮花浪蕊〉、〈相見歡〉、〈多少恨〉、〈色，戒〉等都無法見到強烈的自我表述與情感。為反共而寫的《秧歌》、《赤地之戀》，則顯得造作。電影劇本《太太萬歲》、《不了情》、《南北一家親》等，雖也有自己的感情經歷在內，但主要是寫給世俗大眾閱讀的言情作品。

〔註100〕張子靜，〈青春〉，《我的姊姊張愛玲》第三章，頁 99。

〔註101〕張愛玲，〈留情〉，頁 10。

〔註102〕張愛玲，〈私語〉，《流言》，頁 151～155。

## 六、引用書目（按出版時間前後排序）

1. 張愛玲，《流言》，台北市，皇冠出版社，1977 年。

2. 黃慶萱，《修辭學》，台北市，三民書局，1983 年 4 版。

3. 〔明〕李贄，《焚書・忠義水滸傳》，台北市，漢京出版社，1984 年。

4. 褚威格（Stefan Zweig）著，陳文雄譯，《巴爾札克傳（Honoré de Balzac）》，台北市，志文出版社，1986 年再版。

5. 張愛玲，《惘然記》，台北市，皇冠出版社，1987 年 5 版。

6. 張愛玲，《張愛玲續集》，台北市，皇冠出版社，1988 年。

7. 海明威著，楊耐冬譯，《勝利者一無所獲》，台北市，志文出版社，1990 年再版。

8. 阿爾伯特・莫爾達（Albert Mordell）著，鄭秋水譯，《愛與文學（The Erotic Motive in Literature）》，台北市，遠流出版社，1990 年。

9. 張愛玲，《傾城之戀》，《張愛玲全集短篇小說之一》，台北市，皇冠出版社，1991 年典藏版。

10. 李宜佳編著，《屠格涅夫》，台北市，國家出版社，1994 年。

11. 張子靜，《我的姊姊張愛玲》，台北市，時報文化出版社，1996 年。

12. 季季、關鴻編，《永遠的張愛玲》，上海，學林出版社，1996 年。

13. 皇冠編輯，《華麗與蒼涼——張愛玲紀念文集》，台北市，皇冠文學出版社，1996 年二刷。

14. 鄧慶安，《叔本華》，台北市，東大圖書公司，1998 年。

15. 馮祖貽，《百年家族——張愛玲》，台北市，立緒出版社，1999 年。

16. 季紅真，《蕭紅傳》，北京，十月文藝出版社，2000 年。

17. 凱・傑米森（Kay Redfield Jamison）著，王雅茵、易之新譯，《瘋狂天才 Man Touched with Fire manic-depressive illness and the artistic temperament》，台北市，心靈工坊文化，2002 年。

18. 蔡登山，《傳奇未完　張愛玲》，台北市，天下遠見文化事業群，2003 年。

19. 聶紺弩全集編輯委員會，《聶紺弩全集》，湖北，武漢出版社，2004 年。

20. 舟雲飛，《里爾克——尖銳的春天》，台北市，牧村出版社，2004 年。

21. 伍厚愷，《勞倫斯——尋找生命的彩虹》，台北市，牧村出版社，2004 年。

22. Deborh Blum 著，鄭谷苑譯，《愛在暴力公園——哈利・哈洛（婁）與情感的科學研究》，台北市，遠流出版社，2004 年。

23. 張愛玲，《小團圓》，台北市，皇冠出版社，2009 年初版 11 刷。

24. 約翰・海明威著，殷鏗譯，《海明威家族的詛咒》，台北市，天培出版社，2009 年。

25. 王幼華，《蚌病成珠──古今作家論》，台北市，大安出版社，2011 年。

## 七、期刊論文

1. Harry F. Harlow and Robert R. Zimmermann, 21 August 1959, Volume 130, Number 3373.

2. Harry F. Harlow and Stephen J. Suomi Proc. Nat. Acad. Sci. USA, Volume 68, No. 7, July 1971.

3. 李富華，〈母性精神之塔的坍塌──張愛玲小說中母親形像探析〉，《雁北師院學報》，1997 年，第 6 期。

4. 韓蕊，〈張愛玲與毛姆小說主題〉，《吉林省教育學院學報》，2005 年第四期，第二十一卷。

5. 黃愛平、王明科，〈從報復模式看張愛玲小說的家庭文化反思〉，《江西社會科學》，2007 年 3 月。

6. 秦弓，〈張愛玲對母親形象的陰性書寫〉，《華文文學》，2007 年，第 79 期。

7. 何清、楊愛林，〈童年缺失性體驗與張愛玲的創作〉《宜賓學院學報》，2010 年，第 8 期。

# 蚌病成珠——魯迅作品的創傷固著現象

## 一、創傷固著與創作之間

### （一）何謂創傷固著

關於這個癥候，佛洛伊德（Sigmund Freud, 1856～1939）以兩個實例來說明，在他的病人中有兩位曾在過去受過創傷，時間過去很久但仍固著（fixed）於那種情境之中，不知如何擺脫、消解，以致行為出現不平常的現象。第一位是離婚的女子，雖然與丈夫分手很久了，但始終無法脫離這個陰影。和丈夫分手時她還年輕，還有吸引男人的條件，但她拒絕見生客，不整理儀容，不再對異性有興趣。甚且，說到前夫，還不斷的讚美他，仍然沉浸於過去彼此之間美好的回憶。第二位是青春期期間，對父親發生迷戀行為的女子，父女之間這樣的關係時間很長，一直無法中止。這位女子對自身的行為有自覺，認為自己有病，不能和他人結婚，亦不會有正常的男女交往。這兩位病人曾有的創傷經歷，持續影響她們的生活，因為從前不能充分應付這種困境，現在也不能完成消解，以致於造成許多精神官能上的困境。佛洛伊德（Sigmund Freud）以「創傷固著」（trauma fixed）〔註 1〕這個名詞，來為這種症狀定義。

〔註 1〕佛洛伊德（Sigmund Freud）著，葉頌壽譯，〈第十八講　創傷的固著，潛意識〉，《精神分析引論、精神分析新論二冊合訂本》（台北，志文出版社，1988再版），頁 262～265。必須加以說明的是，佛洛伊德所舉的例子有兩種不同的發展，其一是病者完全停滯於創傷情境之中，無法自拔，以致行為有僵化、退化現象，如進入修道院隱晦的渡此餘生，或變成離群索居的人。其二是病者持續生活，但創傷會有所影響，這固著的症狀會轉化成潛意識，形成精神官能症。

這兩個病例都有「強迫性」行為的特徵，第一位離婚的女子藉各種理由，不論是真實的還是想像的，持續的保持對前夫「自己認為」的「忠貞」，不與異性接觸。她一坐下就不容易起來，拒絕簽名或送禮物給他人，認為這樣別人就不能擁有屬於她的東西，以這樣的方式來維持「自我的純潔」。第二個病人給自己訂了奇特的規矩，那就是在臥室內長枕和床架不能碰觸到。她一直努力執行這個規定，雖然不知道訂這個規矩的原因何在，這兩者不能碰到的理由何在。也曾經掙扎過、憤怒過，想擺脫這種莫名其妙的舉動，但都以失敗收場，仍然不由自主的執行這個「規矩」。佛洛伊德（Sigmund Freud）分析這些「怪異」的行為，其實是患者對創傷的反應，因為一直固著這個情境，無法解脫，創傷轉化成不能知覺或不能自我控制的潛意識行為。患者不斷重複做某種特殊的動作，其實都是「創傷固著」（trauma fixed）的外現〔註 2〕。佛洛伊德（Sigmund Freud）也明白的舉出，知名作家左拉（E. Zola, 1840～1902）患有相似的症狀，生活中出現許多古怪的強迫性行為，自己無法控制，亦不確知原因何在，這些症狀讓他終身困擾不已〔註 3〕。

## （二）固著行為與創作

在許多作家的作品中，可以發現某些不斷重複的主題，作家對某種情境會再三的描寫。這些主題或情境和寫作者成長的經歷有關，作者可能懷念美好的故鄉，讚頌孩童天真的心靈、母愛的偉大，歌詠愛情的不朽；感激恩人的協助與提拔，或表現多智的、優雅的知識涵養。如冰心、錢鍾書、梁實秋、陳西瀅、徐志摩、琦君等，他們的作品是看不到強烈的好惡情緒，以及創傷、折磨情境的描述，縱使有也以委婉、清淡的筆調寫出。但很多作家會將家庭的、事業的、身體的各種痛苦經驗，以濃重的色彩，強烈的修辭，不憚其煩

---

〔註 2〕佛洛伊德（Sigmund Freud）著，葉頌壽譯，〈第十八講　創傷的固著，潛意識〉，《精神分析引論、精神分析新論二冊合訂本》，頁 266、267。

〔註 3〕佛洛伊德（Sigmund Freud）著，葉頌壽譯，〈第十七講　症狀的意義〉，《精神分析引論、精神分析新論二冊合訂本》，頁 250。傅先俊編著，〈第十一章　兩個家庭，兩種人格〉，《左拉傳》（台北，業強出版社，1997 年），頁 205、206。本節記載左拉在 1895 年接受當時巴黎精神病院醫師愛德華‧圖盧茲的研究，此項研究是在一年內對作家進行各項記錄，內容包括夢境與憂應，童年經驗，身世，性生活，家族病史等；並測試說話表達及各種感官的反應。1898 年圖盧茲醫生發表了〈愛彌兒‧左拉，一份關於智力和神經系統疾病之關係的醫學心理調查報告〉，對左拉的精神狀況有很科學的紀錄及分析，並做出一些診斷，這是一個具有特殊意義的嘗試與研究。

的編述出來，他們大部分作品基本上就是一種創傷經驗的重組與再述。藉著各種對作家的研究，可以找到這些人創作的源頭，可以找到作家創作的最大「驅力」。有的作家會明白的陳述自己的人生經歷及寫作動機，由書序、訪問記、文本等透露內容，有的則由研究者從文本、實查、親友、訪談、他者記述等，整理出創作者的傳記，分析其寫作原因，指出纏繞其心的「情結」（complex），進而指出作品與作家之間的關係。分析作者或研究者提供的資料，往往便可以歸納出作品的「核心」主題。許多作家事實上一生主要的作品，都在自覺或不自覺的表現「固著」（fixed）的現象。他們一再重述某些經驗，複製某些過往的印象，沉溺於某種情境，持續的書寫，表現出難以擺脫的困局。古今中外的作家，有非常多這樣的「癥候」，他們像遭到外物入侵的蚌一樣，為治療入侵物造成的傷害，努力分泌內在腺體，將有害物體包裹起來，以保護自己的生命。這個自保的動作，讓它慢慢凝結出充滿光輝的珍珠〔註4〕。這個凝結物被視為珍貴的物品，在人世間具有很高的價值。本文所討論的即在「創傷固著」（trauma fixed）與文學創作兩者之間的關係，很多作家自覺或不自覺的出現這樣的癥候，他們藉由文字的鋪陳，情節的再現，抒發這些牢鬱，將創痛經歷編製成文學作品，因而寫出了不朽的作品。

### （三）作品是否足以表現症狀

一般尋求精神科醫生治療或被迫治療的病患，患者的行為與病情是由醫生分析、歸納而來。病者敘述能力因人而異，甚或拒絕敘述，醫生判斷病情需要在不完整的紀錄與支離破碎的語言，或者謊言中拼湊、重整出事件或情節的輪廓，以做為病情的判斷，來協助患者治療。作家以創傷經驗為主的文本，作為精神分析的樣本，則必須做更多的考量。考量的疑慮包括，其一是否能將作家寫作的文本當作病歷，視做病患的陳述。是否能有足夠的直接證據或旁證，來說明作家確實具有精神方面的困擾。其二作家的敘述經常含有大量虛構的成份，或者是挪用、仿用他人的經歷做為描述的對象，要證明作

---

〔註4〕劉勰曾舉東漢馮衍寫〈顯志賦〉的例子說，馮衍生在盛世，與東漢光武帝劉秀、新陽侯陰就等外戚、顯貴關係良好，卻始終不能得意，「坎壈盛世，顯志自序，亦蚌病成珠矣。」他一生志在凌雲，但屢受讒毀，未受提拔，二十餘年陸陸續續寫了不少經國治世的文章，最後寫了這篇賦，來抒發情感的苦悶。劉勰說他因為內心的挫折，長期慾求不遂，幸好具有優秀的才情和摛文鋪藻的能力，寫出精采絕倫的文章，為自己的挫折做見證。見〔梁〕劉勰，〈才略〉，《文心雕龍》，范文瀾，《文心雕龍注》（台北，台灣開明書局，1966 四版），頁 4。

者就有這樣的症狀，有許多不確定的可能。其三作家寫出的文本通常是完整的，文字、情節、邏輯等都非常清楚，甚至包括了許多象徵、譬喻、誇飾、排偶、引用、類疊等高度文學技巧；為情造文或為文造情的現象亦很多；這樣的「文本」是否足以作為分析的樣本。據有高度文學技巧能力的作家，寫出理性特徵明顯、邏輯精確的文本，是否就不會是精神病症的患者。事實上佛洛伊德（Sigmund Freud）在建構期精神分析理論時引用了許多作家的生平事蹟、作品，來解說精神症狀，如 1908 年發表〈詩人與白日夢〉論文，對詩作與夢境進行病癥探討。1915 年～1917 年〈精神分析引論〉引用歌德《西東詩集》等例子做為「自戀」行為的分析。1917 年發表〈詩與真實中的少年時代的回憶〉再度談到詩與精神分析之間的關係。1928 年在〈杜斯妥也夫斯基與弒父者〉一文中談到人類弒父的潛意識。他與里爾克（Rainer Maria Rilke, 1875～1926）、羅曼·羅蘭（Romain Rolland, 1866～1944）、褚威格（Stefan Zweig, 1881～1942）、湯瑪斯曼（Paul Thomas Mann, 1875～1955），等詩人、小說家都有往來，且深受這些文人的推崇〔註 5〕。與佛洛伊德（Sigmund Freud）頗有交情的評論家阿爾伯特·莫爾達（Albert Mordell）在《愛與文學·第十四章　濟慈的情詩》說，

> 我反駁道，佛洛伊德和我都不曾主張，把作品改成藝術形式不需要意識的作用。我們認為，原來的衝動、情緒或刺激是潛意識的，即使經過改寫，它仍會留在原詩中〔註 6〕。

這裏的「我們」指的是佛洛依德（Sigmund Freud）和作者，兩人共同的意見是，即使文學作品經過不斷的修訂，精心的修改，潛意識仍然會存在其中，可以做出有效的分析。爾伯特·莫爾達（Albert Mordell）的詮釋與佛洛依德（Sigmund Freud）的研究較能相契，他曾引用相許多關理論，對文學家與作品發表許多論述，都能引起廣泛迴響。他的闡釋亦在本論文各節中多所運用。

---

〔註 5〕佛洛伊德（Sigmund Freud）著，葉頌壽譯，〈精神分析引論·第三篇第 26 講 1915 年～1917 年原欲論與自戀症〉，《精神分析引論、精神分析新論二冊合訂本》引用歌德《西東詩集》，頁 393。另與作家們的交往見同書〈佛洛伊德年譜〉，頁 615～627。

〔註 6〕阿爾伯特·莫爾達（Albert Mordell）著，鄭秋水譯，〈第十四章　濟慈的情詩（XIV KEATS' PERSONAL LOVE POEMS）〉《愛與文學（The Erotic Motive in Literature）》（台北，遠景出版社，1982 年六刷），頁 213。本書於 1919 年由 New York: Boni and Liveright 出版，全書已製作成原版式電子書，見 Ameriean Libraries http://www.archive.org/details/eroticmotiveinli00mord，2009.8.31 檢索。

本文將盡量避免使用過多醫學上精神病症的名詞，來描述討論的作家及文本，而是引用相關論述中的症狀現象，作謹慎的探討。雖然許多作家被證實具有精神方面的困擾，在行為上或文本中呈現了這種可能，甚至作家本人也不諱言自己心智上的狀況，會去尋求藥物或醫生的協助。不過仍以佛洛伊德（Sigmund Freud）闡釋出來的精神分析詞語，進行相關的討論。

## 二、魯迅的例子

作品中具有「創傷固著」（trauma fixed）現象的是非常多的，魯迅、巴金、蕭紅、路翎、張愛玲、吳濁流、鍾理和、李喬、七等生等都明顯帶有這種特質。佛洛伊德（Sigmund Freud）在〈關於文明、文化與現代人的問題〉談到人逃避苦惱的方式有 1. 藥物中毒 2. 抑制衝動 3. 昇華 4. 幻想 5. 脫離現實，「而，太多的挫折則是造成精神病的重要因素。」〔註 7〕，在「昇華」一項中說，「即藉著自我的提昇把自己從心理上的困境，以更合理或積極的方式表達出來。」〔註8〕。寫作無疑是一種可見到的昇華表現之一，是寫作者運用「積極而合理」的方式，將苦難宣洩出來的做法。他指出藝術是幻想的出路，在本能需求的壓迫下的，利用興趣和原慾「在幻想的生活中創造他的願望。」〔註9〕，並藉此感動世人，引起共鳴，獲得榮耀尊崇、權勢、財富等。本文以魯迅、張愛玲的作品及相關記述為對象，嘗試分析這兩位作家的「創傷固著」現象。

### （一）受傷的少年

魯迅家族的創傷經驗，無疑是形塑魯迅的重要因素。根據曹聚仁的《魯迅評傳・魯迅的童年》寫到，原先家裏有四、五十畝田，生活無憂，他的祖父周福清是同治十年（1871）的進士，曾任職翰林院，後在京師為官。光緒十九年（1893）丁憂在家，因代鄉親賄賂鄉試主考官殷如璋、周錫恩，因處理欠當，

---

〔註7〕佛洛伊德（Sigmund Freud）著，楊庸一譯，〈關於文明、文化與現代人的問題〉《圖騰與禁忌 Totem And Taboo》（台北，志文出版社，1986 年再版），頁9～10。所謂「藥物中毒」指的是長期的服用某些藥品，形成依賴性，難以斷絕。

〔註8〕佛洛伊德（Sigmund Freud）著，楊庸一譯，〈關於文明、文化與現代人的問題〉《圖騰與禁忌 Totem And Taboo》（台北，志文出版社，1986 年再版），頁 10。所謂「藥物中毒」指的是長期的服用某些藥品，形成依賴性，難以斷絕。

〔註9〕佛洛伊德（Sigmund Freud）著，葉頌壽譯，〈精神分析引論・第三篇第 23 講　症狀行成的過程〉，《精神分析引論、精神分析新論二冊合訂本》，頁 354。

遭到揭發，事情爆發後，被判了斬監候的罪。從此以後，家庭便籠罩在災難之中。魯迅當時十二歲，被送往外婆家暫住。為了拯救祖父，家裏不斷的疏通關節，幾年內經濟便陷入困境。因犯了不名譽的罪，親友不往來，鄉人指指點點，他們家由原來的官紳之家，成為千夫所指的「罪犯」之家。祖父周福清是位恃才傲物，不合時宜的人，根據周作人的回憶說「介孚公愛罵人，自然是家裏的人最感痛苦。」〔註 10〕，他由昏太后（慈禧）、呆皇帝（光緒）一直罵到不成材的子姪輩，批評的對象非常多。他的罵法十分高明，往往話中有話，明喻暗刺，指桑罵槐，讓人疑神疑鬼，以為其中的話罵的和自己有關。周作人舉了一個例子，祖父說他夢見什麼壞人死了後反穿皮馬褂來告別，這個話有很多意義，其一是此人死後變成禽獸了，來還被害人的債，其二是傳統看法，這人孤獨窮困，老了感到後悔。其三是這人在地獄裏被判了極刑，不給孟婆湯，讓冤魂永遠在那裏回憶過去的榮華富貴。周作人提示祖父如此尖刻，應該是「師爺學風的餘留」〔註 11〕，他在《知堂回想錄》的〈一四、杭州〉、〈二五、風暴的餘波〉兩度提到祖父發起怒「咬手指甲，和畜生蟲豸的咒罵。」〔註 12〕、「這裏明示暗喻，倍極刻薄，說到憤極處，咬嚼指甲戛戛作響」〔註 13〕，可見其祖父情緒激動時的可怖。曹聚仁引用了這段話，分析了魯迅「抑鬱心境的由來」，且自幼即認為社會是「冷酷」的、「無情義」的，而「介孚公」的特質「一部分也在他的精神中再現」〔註 14〕。曹聚仁的觀察對了解魯迅的性格來說，具有

〔註 10〕引見聚仁（曹聚仁），〈魯迅的童年〉，《魯迅評傳》（台北，瑞德出版，1982），頁 18。

〔註 11〕聚仁（曹聚仁），〈魯迅的童年〉，《魯迅評傳》（台北，瑞德出版，1982），頁 18。周作人，《知堂回想錄》相似的記載在〈四、風暴的前後（中）〉、〈下）〉、〈五、風暴的前後（下）〉〈一四、杭州〉〈二五、風暴的餘波〉皆有提及。（台北，龍文出版社，1989 年），《魯迅的故家》，（河北，教育出版社，2002 年）。另，《知堂乙酉文編・五十年前之杭州府獄》亦有所記述，然而周作人對祖父罵人有些不同的體會，他覺得祖父善罵階級地位高或相當的人，對地位較低的人如獄卒、罪犯或晚輩則較寬容，至少他覺得自己是被寬容的（因為年較小），沒受過祖父尖刻的攻擊。這點又與魯迅對孩子、對青年較能容忍類似。

〔註 12〕周作人，〈一四、杭州〉，《知堂回想錄》，頁 42。

〔註 13〕周作人，〈二五、風暴的餘波〉《知堂回想錄》，頁 85。梅寧哲(Dr. Kare Menninger)著，符傳孝等譯，〈第四部　局部自殺〉《生之掙扎——破壞自己的人 Man Against Himself》，引用 Dr Robert Knight 的說法，咬指甲的行動可能源自原始肉食者攻擊敵人，因為原始人類用手和來撕裂敵人，咬指甲是用牙齒懲罰或毀滅敵人的方法。（台北，志文出版社，1975 年再版），頁 212。

〔註 14〕聚仁（曹聚仁）曹聚仁，〈魯迅的童年〉，黃菊等編，《魯迅評傳》，頁 18～19。

很深刻的意義，掌握的非常具體而充份。不論是體質遺傳或是行為複製，都可讓人更貼近的知解他的「黑暗之心」。

魯迅父親有一段時間，代替逃避朝廷追緝的祖父入監，出獄後性情大變，開始吸食鴉片、酗酒，情緒喜怒無常，有病的身體卻為庸醫所誤，1896 年三十七歲便病故，當時魯迅十五歲〔註 15〕。在 1922《吶喊·自序》〔註 16〕、1927《朝華夕拾·父親的病》〔註 17〕，都有很詳細的描述。魯迅曾有四年時間經常出入當鋪與藥店，因為是長孫，必須承擔家族的災難。典當家中的衣服或首飾，是為了支付祖父的官司，進出藥店買藥，是為了治療父親的病。原本小康的家庭，為祖父與父親陷入困境。魯迅到日本習醫，動機之一便是對中醫不過是「一種有意或無意的騙子」〔註 18〕感到憤憤不平。由於有這樣的體悟，他對被騙的病人及其家族，感到同病相憐的關心。對中國社會人群的野蠻、落後、缺乏新知，十分不滿。

由魯迅十二歲到十五歲這段時間（1893～1896），可以看出家庭的變動如何在他身上烙上不可消解的創傷。周福清繫獄七年後，在光緒二十七年（1901）被放出來。祖父犯的是賄賂主考官的大罪，是一種相當可恥的行為，讓家族蒙羞。事發後他還逃跑一陣子，讓兒子成代罪羔羊。不得已投案後，家中人經常必須去各相關官員處幫他打點，期望最後的判決能夠輕放，不被殺頭。四處打通關節、求人拯救的日子持續了七年之長。祖父後來終於免罪釋放，放出來後並未深深反省，反而變成面目猙獰的刺蝟，將羞恥轉化為攻擊，虐人也自虐，不斷的批評他人以掩飾內心的惶恐。魯迅在成為全國知名人士時，他筆下的「敵人」分佈的層面之廣，對象之多，與其祖父相較其實是遠遠超過。對「敵人」所使用的文字，凜凜然的刀鋒氣，技巧之高明、嘲弄之曲折，當然可謂青出於藍。必須注意的是，這段青春期的恥辱與創傷，始終固著（fixed）在他的心裏，形成性格與行為的特徵，進一步成為魯迅文學的核心特色。關於這個現象莫爾達《愛與文學·第六章　潛意識自慰機械》說，「所

〔註 15〕聚仁（曹聚仁）曹聚仁，〈魯迅的童年〉，黃菊等編，《魯迅評傳》，頁 17～31。
〔註 16〕魯迅，〈自序〉，《吶喊》，黃菊等編，《魯迅全集，第二卷》（台北，唐山出版社，1989 年），頁 6～12。
〔註 17〕魯迅，〈父親的病〉，《朝華夕拾》，《魯迅全集，第四卷》，頁 57～64。〈小引〉《朝華夕拾》「……後五篇卻在廈門大學的圖書館的樓上，已經是被學者們擠出集團之後了。」，頁 6。1927 年.5.1 寫於廣州白雲樓。
〔註 18〕魯迅，〈自序〉，《吶喊》，黃菊等編，《魯迅全集，第二卷》，頁 6～12。

有精神性神經病都是想要淨化自己壓抑的情感而沒有成功的結果。」〔註19〕。魯迅的文章確實表現了過去的創傷疤痕，這些經歷並未因年紀的成長而消失，未曾「淨化」，反而在二十餘年後，移轉、強化為凌厲而尖銳的文字，累積了大量的憎恨、憤怒式的文字，形成了「魯迅式」的核心風格。幾乎無所不批判的心態，無所不能嫌憎的心靈，不能不使人凜然於這人「固執」，驚訝於耽溺於攻擊的樂趣。

### （二）神聖的憎惡

事實上魯迅曾寫出許多膾炙人口的傑作，如收錄在《吶喊》中的〈狂人日記〉、〈藥〉、〈阿 Q 正傳〉、〈孔乙己〉，《徬徨》中的〈在酒樓上〉、〈肥皂〉等。這些作品可以感受到作者出自淑世的熱情，恨鐵不成鋼的焦慮，對「吃人」的傳統禮教、愚昧的國民性發出厲聲批判，然而，離開自我投射、虛實相間的小說創作後，魯迅在雜文寫作上，表現了直接的、強烈的被害意識與憎惡感。他代表的是那個時代知識階層的急迫感，對落後顢頇中國的愛恨交織，魯迅的「憎恨」具有普遍性，切中時代心曲，所以能引起廣大的認同。瞿秋白曾以「神聖的憎惡與諷刺的鋒芒」來稱讚魯迅不可遏抑的文章風格〔註20〕。在雜文集及書信中，他冷嘲熱諷的範圍很廣泛，如，對政治、社會的攻擊、對國民性的不滿、對文壇人士的諷諛、對身邊人、事、物的遷怒等等。在政治、社會的攻擊方面，除了免除他工作的章士釗、屠殺學生的段祺瑞外，《華蓋集·補白》（1925）諷刺的是投機仕紳與商人。清朝末年社會人士大都視革命黨如蛇蠍，不過，「南京政府一成立，漂亮的仕紳和商人看見似乎革命黨的人，便親密的說道，『我們本來都是「草字頭」一路的呵。』」〔註21〕，十分生動的表現出投機者可恥的嘴臉。《偽自由書·從盛宣懷說到有理的壓迫》（1933）是對「賣國賊」盛宣懷的譏嘲，「盛氏的祖宗基德很厚，他們的子孫就舉行了兩次『收復失地』的盛典，一次還是在袁世凱的民國政府治下，一次就在當今國民政府治下。」〔註22〕，文章以「祖宗基德很厚」為開頭，尖刻的批評袁世凱當政及眼下政府，對這位前清大老的「寬容」，竟然奉還了盛

〔註19〕阿爾伯特·莫爾達（Albert Mordell）著，鄭秋水譯，〈第六章　潛意識自慰機械〉，《愛與文學（*The Erotic Motive in Literature*）》，頁 97。
〔註20〕引見王瑤，〈魯迅和北京〉，黃菊等編，《魯迅全集，第十三卷》，頁 399。
〔註21〕魯迅，〈補白〉，《華蓋集》，黃菊等編，《魯迅全集，第三卷》，頁 103。
〔註22〕魯迅，〈從盛宣懷說到有理的壓迫〉，《偽自由書》，黃菊等編，《魯迅全集，第六卷》，頁 140。

氏曾被充公的家產。魯迅批評對這類人物縱容，卻嚴格要求平民百姓守法，不敢得罪鉅紳，卻勇於壓迫百姓。《兩地書‧八》則對民國二次革命之後的政局不滿，「使奴才主持家政，哪裡會有好樣子。最初的革命是排滿，容易做到的，其次的改革是要國民改革自己的壞根性，於是就不肯了。」〔註23〕，這段文字除了批判當權者的不堪，也對國民性普遍的劣質，提出針砭。他認為若國民性不能改變，國家也無法得救。

對文壇人士的諷譄的文字甚多，而且再三的對某些文士學者，極盡挪揄嘲諷，如《而已集》、《南腔北調集》諷刺胡適、梁實秋，說他們從杜威的實驗主義、白璧德人文主義，「零零碎碎販運一點回來的，就變了中國的訶斥八極的學者。」〔註24〕，只是販賣一些零碎的東西，便回中國頤指氣使。對攻擊他的人更是不留餘地的，《華蓋集續集》首先引了陳西瀅的說法，指責魯迅一下筆就要，「構陷人家的罪狀」然後說「……有些東西，為要顯示他傷害你的時候的公正，在不相干的地方就稱讚你幾句，似乎有賞有罰，使別人看去，很像無私……」〔註25〕，在此之前他便對他的批評甚為不悅，因此有了「正人君子」的筆戰（見《而已集》），其後對陳西瀅的攻擊都未鬆過口。對老友錢玄同的嘲斥，更有為罵人而罵人的理由《集外集‧我來說『持中』的真象》說，我有一位老同學錢玄同，往往在背後「褒貶」我，褒是可以的，貶則不能接受「今天尋出漏洞，雖然與我無干，報仇雪恨，春秋之義也。但也就來回敬一箭吧。」〔註26〕。此外對成仿吾、郭沫若、林語堂，語多譏刺。魯迅對「不肖」的後生晚輩，也不假辭色，譬如蔣光赤、錢杏邨、高長虹的批判，對高長虹的話說得較重《兩地書‧七九》他說一般來說青年攻擊或譏笑的，是向來不去還手的，而高長虹卻得寸進尺，罵個沒完，「好像我即使避到棺材裏去，也要戮屍的樣子。所以我昨天就決定，無論什麼青年，我不再留情面。」〔註27〕。文字之間氣極敗壞，義憤填膺之情，溢於言表。他又擔心「敵人」無所不在，聽信「流布」之言，會趁暫時避難南下，無處發表文章之際，對他進行攻擊。魯迅向許廣平傾吐自己幻設的敵人，是多麼惡毒的情狀，他說自己來廈門是為了暫避軍閥官僚和「正人君子」們的迫害，不料有些人誤以

〔註23〕魯迅，《兩地書‧八》，黃菊等編，《魯迅全集，第七卷》，頁35。

〔註24〕魯迅，《南腔北調集》，黃菊等編，《魯迅全集，第六卷》，頁132。

〔註25〕魯迅，《華蓋集續集》，黃菊等編，《魯迅全集，第三卷》，頁71、72。

〔註26〕魯迅，〈我來說『持中』的真象〉，黃菊等編，《集外集，第六卷》，頁67。

〔註27〕魯迅，《兩地書‧八》，黃菊等編，《魯迅全集，第七卷》，頁234。

為他被奪掉筆墨了，失去了媒體舞台《兩地書・一○二》，「不再有開口的可能，即便翻臉攻擊，想踏著死屍站上來，以顯他的英雄，並報他自己心造的仇恨。」〔註28〕，決定不會就此投降，不會讓那些討厭他的人稱心如意。

此外，對反對白話文運動的人，用了令人驚心的文字如《朝華夕拾・二十四孝圖》說，「我總要上下四方尋求，得到一種最黑、最黑、最黑的咒文，來詛咒一切反對白話，妨害白話者。」〔註29〕。用如此直接而怨毒的話，攻擊反對白話文的人們，還說這些擁有「最惡的心」的，應該墮入地獄，甚至「都應該滅亡」〔註30〕。這種咒罵方式，欲致人於死地的憎恨，不只是情緒激動，內心不平而已了。

魯迅對身邊人事物，也很容易遷怒，在廈門大學與人有所扞格，便連這裏的風土人民都有嫌棄之感《兩地書・九十三》說，廈門氣候水土對居民都很不好，本地人胖子很少，十之九都「黃瘦」。女性「很少有豐滿活潑的」空地墳墓很多，所以人壽保險比其它地方貴，他認為應該請國學院研究改善此的衛生與水土〔註31〕。廈門大學的號房也是討厭的人物，給許廣平的信上說《兩地書・一○三》，「那個號房不是好人。畫報（圖書館定的）寄到，他常常扣留住，但又不能明責他，因為他進過公會，一不小心，就可以來包圍。」〔註32〕。雖內心不喜歡這個傢伙，卻不敢得罪，因為這人是參加公會的，惹惱了可能會被群眾「包圍」。魯迅雖然經常號召群眾抗爭，為弱勢者發言，但對號房這種可以糾結群眾的「壞人」，卻也不敢怒目以對，不敢得罪。廈門大學的紛爭實在令他困惱《兩地書・一○六》又說，「實在，這裏的派別之紛繁和糾葛，是絕非久在北京的簡單的人們所能想像的。」〔註33〕，後來終於離開這個是非地回到北方。到北京後有不少學生來邀他去北京大學任教，但感覺有不少教授害怕他來搶飯碗，因此「流佈」說了不少壞話〔註34〕。魯迅去看病危的韋素園，聽了一些閒話，讓他甚感不樂《兩地書・一三五》，「知道灑漫這裏的，依然是『敬而遠之』和傾陷，甚至比『正人君子』時代還要分明。」〔註35〕。北京是他樂居之地，

---

〔註28〕魯迅，《兩地書・一○二》，黃菊等編，《魯迅全集，第七卷》，頁289。
〔註29〕魯迅，〈二十四孝圖〉，黃菊等編，《朝華夕拾》《魯迅全集，第四卷》，頁26。
〔註30〕魯迅，〈二十四孝圖〉，黃菊等編，《朝華夕拾》《魯迅全集，第四卷》，頁27。
〔註31〕魯迅，《兩地書・九十三》，黃菊等編，《魯迅全集，第七卷》，頁270。
〔註32〕魯迅，《兩地書・一○二》，黃菊等編，《魯迅全集，第七卷》，頁290。
〔註33〕魯迅，《兩地書・一○二》，黃菊等編，《魯迅全集，第七卷》，頁296。
〔註34〕魯迅，《兩地書・一三一》，黃菊等編，《魯迅全集，第七卷》，第七卷，頁347。
〔註35〕魯迅，《兩地書・一三五》，黃菊等編，《魯迅全集，第七卷》，第七卷，頁353。

但氛圍欠佳，又無法找到好工作，短暫居留後又去到上海。

## （三）一生的厭世者

　　周福清給予魯迅青春期的教育，有那麼多的憤怒與陰森，在意識與潛意識之間影響，讓他在自覺與不自覺間，依循著祖父的模式，著力「毀壞」中國這個「鐵屋子」。魯迅由父親為中醫所誤的經驗裏，獲得憎恨傳統中國的另一焦點，到日本習醫，其目的，依他的說法是這樣的，一是希望藉文明先進的醫術，為中國同樣被誤診的同胞服務；二是若發生戰爭了，可以做一名好的軍醫；三是藉行醫鼓吹國人對「維新」的信仰。後來他放棄了前兩項，著力於第三項〔註36〕。雖然第三項的內容與目標擴大許多，也並非當時所設想的那麼單純。放棄習醫後他從事文藝活動，翻譯各國文章、自行創作和收集文獻，研究學術。由於對公眾事務的興趣，又加入政治團體參與活動，擔任過教師、公務人員以及某些團體的領導人。在三十七歲（1918）〈狂人日記〉發表後，才逐步真正發揮出埋藏許久的「啟蒙」與「喚醒」的力量。此後他奮力的「吶喊」，將長期以來內在的壓抑、苦悶、徬徨宣洩出來。莫爾達在《愛與文學·第八章天才與潛意識》認為，「文學作品大多是作者受壓抑的成果，結果，他自然會喊出他的悲哀，或描繪沒有悲哀存在的理想情境。」〔註37〕。魯迅的喊叫在1936年去世前的近二十年間，逐步引起了廣大的迴響，然而他一生激楚、憤怒的基調，沉重的厭世感，事實上表現的是佛洛伊德所謂「創傷固著」（trauma fixed）的癥候。雖是如此魯迅的意義在於擴大了範圍，攻擊的是整個中國的病灶，撼動的是傳統中國陳舊、因循、不知長進的沉痾，而不僅只是為自己謀求福利。他從自己的創傷出發，觸動了那個時代的心絃「他寫作的手法必須使遭受同樣壓抑（或能夠想樣這些壓抑）的人從他作品中找到共鳴。」〔註38〕，引起群眾雜然、喧囂的回應。他的強迫症表現在不斷的攻擊昏昧的社會、腐敗的執政者、反對他的論者、以及所謂背叛者。這些作品凸顯了他的創作核心現象，至死都甚為一致〔註39〕。魯迅的主要著作，甚

---

〔註36〕魯迅，〈自序〉《吶喊》，黃菊等編，《魯迅全集，第二卷》，頁6～12。

〔註37〕阿爾伯特·莫爾達莫爾達（Albert Mordell）著，鄭秋水譯，〈第八章　天才與潛意識〉，《愛與文學（*The Erotic Motive in Literature*）》，頁119、120。

〔註38〕阿爾伯特·莫爾達莫爾達（Albert Mordell）著，鄭秋水譯，〈第八章　天才與潛意識〉，《愛與文學（*The Erotic Motive in Literature*）》，頁119、120。

〔註39〕周作人曾在〈自序二〉，《雨天的書》言及紹興師爺的「習氣」，包括滿口柴胡，嫉惡如仇，睚眦必報，易怒多疑，苛刻嚴峻，冷靜、文思周密等。（台北，里

至給「愛人」許廣平的信件（《兩地書》1932）總是陰沉、憤恨的，就算有些溫暖，也是在重重的傷痕裏隱微的熱度，遠不如前者所發出尖銳、刺眼的強光〔註 40〕。不過他對中國當時民族性的敗壞，軍閥的惡行惡狀，執政者以剿共為名，屠殺異己的鞭撻，確實起了喚醒與反省的作用，是本身的「癥候」轉化為文字，對中國產生重大的貢獻。他對年輕人的關愛，呼籲「救救孩子」〔註41〕的熱情，則在父祖輩中是看不到的，也是那些長輩無法想見的襟懷。

## 三、結語

　　作家與所有人一樣，都會有心理創傷或罹患精神病。不同的是許多作家會把創傷經歷書寫出來，或不自覺的在作品中呈現症狀。這樣的文本，足以做為解析的其心智的病歷表。許多人無法由創傷中恢復過來，因此造成行為的違常，或者表面上壓抑了傷痛，卻不能有效的「淨化」、「消解」，這個傷口轉化成下意識的東西，藉由各種方式表現出來。魯迅對精神病是有認識的，成名作〈狂人日記〉便是描寫一位患有迫害妄想症的人物，雖是藉此喻彼，但細節上的敘述確十分真實〔註42〕。《野草》則是充滿夢魘式的書寫〔註43〕，

　　　　仁出版社，1982 年據 1933 年北新書局版影印），頁 5、6。許多人以「紹興師爺」之病來指稱魯迅的文風，然而應該說魯迅自幼接觸過這種文化的薰陶，熟悉這種文化特質，魯迅之所以為魯迅主要還是在於內在創傷的驅動，且其文章的曲折、多樣，知識的豐富，胸襟、識見之大，當非依附主官維生的「刀筆吏」所能比擬。

〔註40〕如，1922《吶喊》、1924《野草》、1925《熱風》、1925《華蓋集》、1926《朝花夕拾》、《徬徨》、《墳》、《華蓋集續編》、1928《而已集》、1932《三閒集》、《二心集》、1933《南腔北調集》、《偽自由書》、1934《集外集》、《準風月談》、1935《且介亭雜文》、《且介亭雜文二集》、《集外集拾遺》、1936《且介亭雜文末編》等。

〔註41〕魯迅，〈狂人日記〉，《吶喊》，黃菊等編，《魯迅全集，第二卷》，頁 27。

〔註42〕魯迅的多疑與缺乏安全感是頗為顯著的人格特質，他在床下藏有刀子「以備不時之需」，〈狂人日記〉中的人物實際上是有所本的，此人據姜德明《談魯迅日記》的研究，引見黃菊等編，《魯迅全集第，十三卷》，頁 408。是其姨表兄弟阮久孫，阮久孫 1916 年患了迫害妄想症，魯迅為他的病奔波了一陣子，也從他的病得到不少靈感，事實上魯迅行事的表現，也多少帶有這種症狀的癥候，就其文章表現的陰鬱與憤恨看來，可能都和病症發作有所關係，或可當做另一個角度探討的資料。

〔註43〕1924 年魯迅寫《野草》集內的作品時，正在翻譯廚川白村的《苦悶的象徵》，《野草》集內的風格具有很強的實驗性，受到這本書創作觀念的影響很大，而廚川白村是第一個引介自佛洛伊德理論到日本的學者。孫乃修《佛洛依德與中國現代作家》列舉了魯迅、郭沫若、郁達夫、穆時英、劉吶鷗、施蟄存

夏濟安則說他的作品中不斷出現「葬禮、墳墓、死刑,尤其是砍頭,甚至連疾病……」等,強調的是心靈的陰暗,並以「病態的天才」〔註44〕來加以評論。魯迅寫過對佛洛依德理論的意見,《南腔北調集‧聽說夢》中說「但佛洛伊特以被壓抑為夢的根柢——人為什麼被壓抑的呢?這就和社會制度,習慣之類連結了起來。」談到的是夢與壓抑的問題,然而又以輕薄的語氣加以批判「不過佛洛伊特恐怕是有幾文錢,吃得飽飽的,所以沒感到吃飯之難,只注意於性慾。」〔註45〕,魯迅言下之意有「飽暖才思淫欲」的嘲諷味道,這並不是公平的說法〔註46〕。

由前所述,魯迅的創傷來自少年時期的家庭,那些疤痕一生都未離開,都未真正的消解。他其後的人生道路都不順遂,梁實秋說他有股怨氣橫亙胸中,「禮教、制度、傳統、政府,全成了他的洩憤的對象。」〔註47〕,他的人際關係很差,「所至與人衝突」〔註48〕沒有一個地方能久於其位,沒有不與人衝突的。雖然成為左翼文壇的領袖,但最後幾年在上海仍以賣文為生。

「創傷」是有可能被消解的,有的是因為獲得適當治療,有的是因為際遇變好,有的是藉時間將其淡化。魯迅並不如此,他始終都有金錢、工作、人際關係,甚至意識型態上的困擾。魯迅一生的處境艱難(他者或自己造成的),他必須不停的鬥爭,生命也經常遭到威脅。到了晚年,他們年輕時的創傷並未消失,始終固著在心靈深處,經過歲月的滄桑,新的矛盾與挫敗只有增加沒有減少。反映在作品裏的,仍是青春期的傷害。魯迅承襲了祖父介孚公的恃才傲物。尖酸刻薄,父親的傷感、自棄與頹廢,在人生道上藉由文學創作,揭出自己與傳統中國的病態。毛澤東在〈論魯迅〉一文讚美魯迅,「是一個偉大的文學家」、「魯迅在中國的價值,據我看要算是中國的一等聖人」〔註49〕,當然政

---

等十六位作家,分析他們作品受佛洛依德影響的情形,有關魯迅的部分見該書 p.2～p.28。(台北,業強出版社,1995 年)。

〔註44〕夏濟安,〈魯迅作品的黑暗面〉,引見《魯迅全集,第十三卷》,頁 436、437。

〔註45〕魯迅,《南腔北調集》,黃菊等編,《魯迅全集,第六卷》,頁 52。

〔註46〕魯迅談到佛洛依德之處不少,然態度頗多冷嘲熱諷,筆調輕薄。孫乃修,《佛洛依德與中國現代作家‧魯迅》文中認為這是一種「欲褒故貶、似罵實愛的筆法而已。」,頁 5。不過這應該是魯迅內在傲慢與自卑情感的轉化,雖受其影響仍要加以嘲諷,目的在表現自己的高度。

〔註47〕梁實秋,〈關於魯迅〉,引見《魯迅全集,第十三卷》,頁 383。

〔註48〕梁實秋,〈關於魯迅〉,引見《魯迅全集,第十三卷》,頁 383。

〔註49〕中共中央文獻研究室編,〈論魯迅〉,《毛澤東文集,第二卷》(北京,人民出版社,1993 年),頁 42、43。

治人物的讚美，不外虛應故事或者是想收編或利用而已。艾寶權〈魯迅研究在國外〉說：「魯迅是享有世界地位和國際威望與聲譽的偉大作家」〔註 50〕，對魯迅的讚譽是非常崇隆，艾寶權這篇文章收集了日本、俄國、法國、美國等外國人的讚美，來加強魯迅作品的價值。楊義在《中國現代小說史‧第三章》的標題，稱魯迅為「中國現代小說之父」、「曠代的巨人」〔註51〕。這樣的「定位」，當然顯示的是寫史者個人的見解。佛洛伊德（Sigmund Freud）在診斷遭到先生拋棄與對父親發生迷戀兩位女子的案例裏，分析出患者「創傷固著」（trauma fixed）的行為，因為無法解脫這個情境，創傷轉化成不能知覺或自我控制的潛意識行為。患者不斷重複做某種特殊的動作，而不能停止。魯迅的「症狀」雖不必盡符這樣的「診斷」，不過他們懷藏著心理創傷，長期不斷的創作，反芻並釋放這樣的經驗，寫出閃耀著光芒的作品，讓無數人震驚、感動，而影響又是無遠弗屆的。

## 四、引用書目

1. 范文瀾，《文心雕龍注》，台北，台灣開明書局，1966 年四版。

2. 梅寧哲（Dr. Kare Menninger）著，符傳孝等譯，《生之掙扎——破壞自己的人 Man Against Himself》，台北，志文出版社，1975 年再版。

3. 夏志清，《中國現代小說史》，香港，友聯出版社，1979 年。

4. 阿爾伯特‧莫爾達（Albert Mordell）著，鄭秋水譯，《愛與文學（The Erotic Motive in Literature）》，台北，遠景出版社，1982 年六刷。

5. 曹聚仁，《魯迅評傳》，台北，瑞德出版，1982 年。

6. 佛洛伊德（Sigmund Freud）著，楊庸一譯，《圖騰與禁忌 Totem And Taboo》，台北，志文出版社，1986 年再版。

7. 佛洛伊德（Sigmund Freud）著，葉頌壽譯，《精神分析引論、精神分析新論二冊合訂本》，台北，志文出版社，1988 年再版。

8. 周作人，《知堂回想錄》，台北，龍文出版社，1989 年。

9. 黃菊等編，《魯迅全集》，台北，唐山出版社，1989 年。

〔註 50〕艾寶權，〈魯迅研究在國外〉，引見《魯迅全集，第十三卷》，頁 449。

〔註 51〕楊義，〈第三章　中國現代小說之父——魯迅〉，《中國現代小說史》（北京，人民文學出版社，1998 年），頁 151。

10. 中共中央文獻研究室編，《毛澤東文集》，北京，人民出版社，1993 年。

11. 姜德明，《談魯迅日記》，台北，業強出版社，1995 年。

12. 傅先俊編著，《左拉傳》，台北，業強出版社，1997 年。

13. 楊義，《中國現代小說史》，北京，人民文學出版社，1998 年。

# 創作與自毀——以郁達夫為例

## 一、有關於自毀的探討

　　美國著名的精神病學者梅寧哲（Dr. Kare Menninger, 1893～1990）在《生之掙扎——破壞自己的人 Man Against Himself》這本書中談到人類具有創造與破壞的雙重力量〔註 1〕。人不斷在創造新的文明，發展新的科技，另一方面卻不斷的破壞它，用各種難以想像的方法，摧毀辛苦建造出來的事物。創造與破壞的相反力量，始終在人類社會循環。歷史上發生的幾次世界大戰，就是很好的例子。人的身上存在著自毀（Self-destruction）與自存（Self-preservation）〔註 2〕的兩種力量。為何如此，他引用佛洛伊德（Sigmund Freud, 1856～1939）的假設，認為這兩種力量：

　　　　就如同物理學、化學、生物學中互相拮抗的二個力量。創造與破壞、建設與摧毀是人格新陳代謝的二面。這和一般細胞能量不滅地轉換相同。〔註 3〕

---

〔註 1〕梅寧哲（Dr. Kare Menninger）著，符傳孝等譯，《生之掙扎——破壞自己的人 Man Against Himself》，（台北市，志文出版社，1975 再版）。本書於 1938 年 New York: Harcourt, Brace 出版。他曾在 Boston Psychopathic Hospital 工作，任教哈佛醫學院。後來成立自己的診所，創辦基金會，Menninger Foundation and the Menninger Clinic in Topeka, Kansas 期間出版過許多本有關精神醫學的書。1981 年美國總統卡特（Jimmy Carter）頒給他 Presidential Medal of Freedom 這個獎項。

〔註 2〕梅寧哲（Dr. Kare Menninger）著，符傳孝等譯，〈破壞〉，《生之掙扎——破壞自己的人 Man Against Himself》第一部，頁 18。

〔註 3〕梅寧哲（Dr. Kare Menninger）著，符傳孝等譯，〈破壞〉，《生之掙扎——破壞自己的人 Man Against Himself》第一部，頁 17。

佛洛伊德以自然界的現象解釋這種矛盾的行為，人類本即為自然界各種元素的複合體，行為模式符應這些現象，並不足為奇。人類有生存的本能亦有趨向死亡的本能，活著的人會試圖過更好的日子，創造更有益於己的環境；亦會製造陷阱，摧毀眼前既有的一切，讓他人或自己無法存活下去。梅寧哲（Dr. Kare Menninger）主要的研究就在人的自毀（Self-destruction）現象，也就是人是如何自覺或不自覺的摧毀自己，他說「不幸，幾乎沒有人能夠免除這種自我破壞的傾向。」〔註4〕這樣的說法在解釋人類許多自相矛盾的行為上，很具有啟發性。

梅寧哲（Dr. Kare Menninger）這本書中的第二部分「自殺（Suicide）」及第三部分「慢性自殺（Chronic Suicide）」，舉了許多作家作品及其生平資料做為樣本，認為古今中外的作家不少符合這個「現象」〔註5〕。在第二部分「自殺（Suicide）」的討論裏，有兩個重點值得探討的論點：其一是「自殺其實是自我謀殺」。一般常識中的自殺動機，如疾病、經濟困頓、恥辱、挫折、失戀等是造成自殺的原因，但他認為這些都不是人們自殺的真正動機。大部分的自殺其實是「自我謀殺」；把自己「謀殺」掉更接近這些人的心理動機。因為在自殺前，人很早便開始進行自毀（Self-destruction）的行動〔註6〕；許多自殺是一種「謀殺的變型」〔註7〕。其次是「裸露症」（Exhibitionism）的雙重攻擊性。「裸露症」是一種以攻擊他人或自我攻擊的

---

〔註4〕梅寧哲（Dr. Kare Menninger）著，符傳孝等譯，〈破壞〉，《生之掙扎——破壞自己的人 Man Against Himself》第一部，頁18。梅寧哲（Dr. Kare Menninger）說幾乎沒有人能夠免除這種自我破壞的傾向，憎恨與愛（破壞與建設的人格傾向）的平衡狀態（有時不穩定），會因環境的變化，暫時讓人不走極端，會以另外的面目重現。

〔註5〕如意大利詩人里歐巴地（Leopardi）、法國散文家孟田（Montaigne）德國哲學家叔本華（Schopenhauer）這些詩人、哲學家「顯得期望死，卻不能忍受殺（自己或被殺）……將不時提出對死欲念的爭辯。」。梅寧哲（Dr. Kare Menninger）著，符傳孝等譯，〈自殺〉，《生之掙扎——破壞自己的人 Man Against Himself》第二部，頁75。〈第二部 自殺〉、〈第三部 慢性自殺〉則引用杜斯妥也夫斯基（Фёдор Михайлович Достоевский）《卡拉馬助夫兄弟們（Братья Карамазовы）》以及海明威（Ernest Miller Hemingway）、Scott Fitzgerald、John OHora、John Dos Passos 等人的作品及描述，來說明自毀者的心理癥候。

〔註6〕梅寧哲（Dr. Kare Menninger）著，符傳孝等譯，〈自殺〉，《生之掙扎——破壞自己的人 Man Against Himself》第二部，頁28、29。

〔註7〕梅寧哲（Dr. Kare Menninger）著，符傳孝等譯，〈自殺〉，《生之掙扎——破壞自己的人 Man Against Himself》第二部，頁58。

方式，這種病的患者，包含有自戀、自虐與被虐的心理，這類人在向他人「裸露」的行動中，得到很大的滿足和樂趣〔註 8〕。然而這樣的「滿足和樂趣」通常是非常危險的，將面臨來自他人難以測知的攻擊，所以它是朝向自我毀滅的行動。不過，大部分人並不會採取自殺如此激烈的動作，那是因為能夠在兩種力量間找到平衡（equilibrium），內心達到平衡之後，可以抵消或轉移極端的行為〔註 9〕。

第三部分「慢性自殺（Chronic Suicide）」的定義是相對於急性、突然式的自殺，是一種「慢慢實現的自殺——得寸進尺的自殺」〔註 10〕。他的研究指出，禁慾主義、殉道行為和酒精成癮一樣，在潛意識裏都是「慢性自殺（Chronic Suicide）」的表現。極端的殉道和禁慾行為，是脫離生命的現實幻想，是對真實人生的「誤說」，「是一種為社會所接受的精神病」〔註 11〕。根據這樣的說法，許多知名的革命家、探險家、作家、科學家也有相同的行為模式。他們以異於常人的意志力，冒險犯難，挑戰死亡，做出各種「豐功偉業」，因而受到群眾的讚譽。這種「異常」的力量，在其成功後（或不成功卻成名），往往被解釋成正面的教材，其非常人的忍耐，是值得敬佩及傚法的。以作家來說，他們長期不停的寫作，甚至犧牲健康，拋棄家庭，忍受各種煎熬，進行一種長期追求榮耀的「受苦」行動。他們以寫出巨量的卷帙，或者超長的內容，或者提出驚世駭俗的觀念，震動世俗，搖撼人心，這樣的行為基本上與革命家（成功或失敗的政治人物）、探險家、殉道者的行為模式、思想動機十分相類〔註 12〕。

---

〔註 8〕梅寧哲（Dr. Kare Menninger）著，符傳孝等譯，〈自殺〉，《生之掙扎——破壞自己的人 Man Against Himself》第二部，頁 68。

〔註 9〕梅寧哲（Dr. Kare Menninger）著，符傳孝等譯，〈自殺〉，《生之掙扎——破壞自己的人 Man Against Himself》第二部，頁 17、18。

〔註 10〕梅寧哲（Dr. Kare Menninger）著，符傳孝等譯，〈慢性自殺〉，《生之掙扎——破壞自己的人 Man Against Himself》第三部，頁 83。

〔註 11〕梅寧哲（Dr. Kare Menninger）著，符傳孝等譯，〈自殺〉，《生之掙扎——破壞自己的人 Man Against Himself》第二部，頁 89。據作者的意思，所謂「誤說」的意思包括了錯誤的詮釋，誤解的行動兩項內容。

〔註 12〕博爾溫班德洛（Borwin Bandelow），《隱疾——名人與人格障礙‧搖滾樂》（Celebrities vom schwierigen glück, berühmt zu sein）說，「功成名就和社會的讚賞是藝術家的『毒品』，其作用有時比海洛因還大。」這樣的說法，可以解釋部分沉溺於功成名就者的內在動機。（北京，新華書店，2008 年），頁 109。

梅寧哲（Dr. Kare Menninger）承襲佛洛伊德（Sigmund Freud, 1856 年～1939 年）「死本能」的學說，認為「人生一開始就帶有自我破壞的傾向」[註13] 在這兩部份的論述，特別強調了「自殺」與「慢性自殺」裏的雙重攻擊性、自我懲罰與被虐欲求。許多作家一生的行為基本上便具有這樣的特質，表現的是自我攻擊與攻擊他人。他們一方面寫出可觀的文學作品，同時也自覺或不自覺的進行自毀的行動。

## 二、文學家的創造與自毀

藝術家是否有高出常人的精神或心理異常現象，茱達（Adele Juda）博士 1949 年以實際對談及親友訪談方式，調查了一百一十三位藝術家、作家、建築師和作曲家。得出的結果是三分之二的藝術家身心是正常的，但如果是用同樣的人數做調查，藝術家自殺、精神失常及神經質的比率，較相同樣本人數的人高[註14]。馬汀達爾（Colin Martindale）博士則以文獻收集與分析的方式，研究二十一位著名的英國詩人（1670～1809）、二十一位法國詩人（1770～1909）的生平，結果有超過一半的英國詩人，百分之四十的法國詩人有顯著的精神病史，包括精神崩潰、自殺、酗酒、幻覺妄想、精神分裂症、躁鬱症等[註15]。這兩項研究的參考價值在於提出了作家、詩人這個「族群」，「正常」比率還是比較高的，並不如一般認為作家幾乎都這種癥兆的「刻板印象」。然而許多文學工作者，很不幸卻有這方面的問題。有些作家是有精神疾病的遺傳，導致以自殺了結生命，如維吉尼亞‧吳爾芙（Virginia Woolf,

[註13] 梅寧哲（Dr. Kare Menninger）著，符傳孝等譯，〈破壞〉，《生之掙扎——破壞自己的人 Man Against Himself》第一部，頁 17。康羅‧勞倫茲（Konrad Lorenz）著，王守珍譯，《攻擊與人性——On Aggresion‧第十三章人——這個動物》說許多學者以不同意「祈死」這樣的看法，而把這種攻擊行為解釋為「維護生命的本能的一種病態結果」這樣的說法尚不能完全推翻佛洛伊德的論點。（台北市，遠流出版社，1989 年 2 版），頁 217。

[註14] 凱‧傑米森（Kay Redfield Jamison）著，王雅茵、易之新譯，〈3. 這……是瘋狂嗎？「爭議與證據」〉，《瘋狂天才 Man Touched with Fire manic-depressive illness and the artistic temperament》，（台北市，心靈工坊出版社，2006 年四刷），頁 107～108。研究中發現詩人精神異常的比率最高有 50%，音樂家 38%，畫家 20%，雕塑家 18%，建築家 17%。藝術家的兄弟姊妹、子女比一般人更容易有循環性情緒障礙、自殺或躁鬱症。

[註15] 凱‧傑米森（Kay Redfield Jamison）著，王雅茵、易之新譯，〈3. 這……是瘋狂嗎？「爭議與證據」〉，《瘋狂天才 Man Touched with Fire manic-depressive illness and the artistic temperament》，頁 108～109。

1882～1941）〔註16〕、海明威（Ernest Miller Hemingway, 1899～1961）〔註17〕、芥川龍之介（1892～1927）〔註18〕等。他們在精神病的折磨下，以創作呈現了許多心思與身體的衝突、無法遏止的創作與自我攻擊的行動。在兩種力量不斷交互拉扯之下，最後無法阻擋「against himself」的衝動，走向自殺。這便是梅寧哲（Dr. Kare Menninger）說的「以自殺取代精神病」〔註19〕。他們不能從症狀中解脫出來，就只能終結痛苦的生命。有些則是罹患了精神病，因而陷入錯亂的狀態無法控制，沒有自殺，但只能過著悲慘的生活。如盧騷、莫泊桑、拜倫都是很典型的例子。

羅曼・羅蘭在《盧騷傳》裏說盧騷（Jean-Jacques Rousseau, 1712～1778）是擅長描寫內心情感的藝術家「有心理學上的奇癖——這兼有他的天才和他的病症的原因。」〔註20〕他五十五到五十八歲之間所寫的《懺悔錄》表現出的精神陷入瘋狂的狀態，書中有一段描述「我四周的牆壁生了耳朵；我被偵探和謹防的仇敵所包圍⋯⋯無邊的陰謀環繞著我。」這是相當明顯的迫害妄想症發作的情形。1776年六十四歲到1778年六十八歲去世前完成的《孤獨散步者的夢想》、《對話錄》兩書，文字裏明顯有許多發狂的現象，他四周的人都感覺到那不可遏抑的症狀。死時因樹敵太多，被謠傳自殺。遺體經醫師解剖，證實死因為大腦浮腫死亡〔註21〕。莫泊桑（Guy de Maupassant, 1850～1893）〔註22〕1880年發表〈脂肪球〉，1883年〈女人的一生〉之後確立了文名，在歐洲享有盛名。早在這個之前的1878年（二十八歲）他的頭髮大量脫落，伴

---

〔註16〕 凱・傑米森（Kay Redfield Jamison）著，王雅茵、易之新譯，〈6. 悲慘命運的家譜「躁鬱症的傳奇」〉，《瘋狂天才 Man Touched with Fire manic-depressive illness and the artistic temperament》，頁309～314。

〔註17〕 凱・傑米森（Kay Redfield Jamison）著，王雅茵、易之新譯，〈6. 悲慘命運的家譜「躁鬱症的傳奇」〉，《瘋狂天才 Man Touched with Fire manic-depressive illness and the artistic temperament》，頁315～316。

〔註18〕 芥川龍之介著，賴祥雲譯著，《芥川龍之介的世界》，（台北市，志文出版社，1997年再版）。芥川龍之介的母親在生下他9個月，便精神病發作，治療始終無效，在他11歲時死亡。見〈芥川龍之介年譜〉，頁215～216。

〔註19〕 梅寧哲（Dr. Kare Menninger）著，符傳孝等譯，〈自殺〉，《生之掙扎——破壞自己的人 Man Against Himself》第二部，頁52。

〔註20〕 羅曼・羅蘭（Romain Rolland, 1866年～1944年）著，陸琪譯，《盧騷傳》，（台北市，志文出版社，1975年），頁36。

〔註21〕 羅曼・羅蘭（Romain Rolland, 1866～1944）著，陸琪譯，《盧騷傳》，頁39、195。

〔註22〕 見高爾德（Stephen Coulter）著，蕾蒙譯，《莫泊桑傳》，（台北市，志文出版社，1978）。

隨神經疼痛。1880 年以後視力衰退，心臟病發作，全身器官都有病變，常有精神錯亂的狀況，寫的作品愈來愈詭異。這個病不能確定是來自遺傳，還是放蕩生活所染上的病毒。1892 年用裁紙刀刺自己的咽喉，被送入精神病院，1893 年病逝。拜倫（George Gordon Byron, 6th Baron Byron, 1788～1824）一生深受躁鬱症所苦，揮霍金錢，吸食鴉片，男女關係複雜，甚至亂倫。愛吃美食，又害怕體重過重而服用瀉藥。不時情緒失控，有時極度沮喪，有時又非常快樂，最後死在熱病的不當治療之下。在相關的資料裏，明顯的記述了他既狂熱又憂鬱的症狀。〔註 23〕這幾位作家一生不斷出現各種特異的行為，寫出驚世駭俗的論點，對人類思想有著廣大的影響。相對的，因為病熱的燃燒，觀點的與眾不同，批判性強，在世的時候，為自己帶來無窮的災難，招來各種的攻擊。

　　雖然沒有精神病史，褚威格（1881～1942）、朱湘（1903～1933）、太宰治（1909～1948）、三島由紀夫（1925～1970）等作家卻以自殺終結生命。褚威格（Stefan Zweig）一直是個勤奮的著述者、和平主義者，然而身處一、二次世界大戰狂熱的意識型態與戰爭販子的鬥爭裏，無法找到安魂之所。寫出的作品常被刻意曲解，和平的呼籲未被聽聞，讓他深感鬱悶，最後在里約熱內盧與年輕的妻子一起自殺身亡〔註 24〕。年輕善感的詩人朱湘，寫有一些辭藻清麗，格式整齊，風格柔婉的作品，他嘗試結合西歐詩風與中國古典詩詞，創造出新體裁的中國新詩，為新文學展開引人注目的一頁。但還未充分展露創作的天份，便因為性情孤高偏激，常與人爭執，失去工作。失業一年多後，無法跳脫內心的困境，投江自盡。〔註 25〕行事飽受社會批評的敗德者太宰治，

〔註23〕見凱·傑米森（Kay Redfield Jamison）著，王雅茵、易之新譯，〈5. 心志消蝕於暴烈的情緒中「喬治·戈登·拜倫爵士」〉、〈6. 悲慘命運的家譜「躁鬱症的傳奇」〉，《瘋狂天才 Man Touched with Fire manic-depressive illness and the artistic temperament》，頁 211～268。

〔註24〕褚威格（Stefan Zweig, 1881～1942），1881 年生於維也納，猶太人後裔，視巴爾札克為偉大的老師，著有《巴爾札克傳（Honoré de Balzac, 1799～1850）》台灣有陳文雄譯本，（台北市，志文出版社，1986 再版）。他也像巴爾札克一樣的勤於著述。褚威格對歐洲的政治、經濟等狀況深感憂慮，在許多文章中表達和平的期望，但戰爭與屠殺未曾停止。1942 年與年輕的妻子一起自殺身亡。

〔註25〕秦賢次認為朱湘是因為性情孤高偏激，造成這樣的結局，若非如此，以他的學經歷及人脈關係，在當時，謀生應該十分容易。見秦賢次、王宏志合編，《詩人朱湘懷念集·孤高的沉江詩人──朱湘》，（台北市，志文出版社，1990），頁 12。有憂鬱症的三毛（1943～199）1991 年 1 月在浴室上吊自殺，1995 年

一面書寫不倫、醜聞的小說如《人間失格》、《斜陽外》等，一面糜爛的生活，過著酗酒、放蕩的生活，縱情於聲色場所。他在創作與現實裏不斷自我戕傷，追求幻滅感，自殺了四次才得遂所願。三島由紀夫以誇誕的方式，在眾目睽睽下切腹，為自己建構的死亡美學殉道。他執著於日本武士的傳統精神，無法接受日本社會的資本主義化，金錢與慾望的橫流，將自己堅持的想像世界，粗暴的展現在世人面前。巴爾札克（Honoré de Balzac, 1799～1850）則是一個以創作慢性自殺的典型，他長期不斷的工作，不停的書寫各類型的作品。向書商、期刊編輯人預支金錢，承諾寫不完的作品。《幻滅三部曲》的第一部是在八天之內完成的，為了寫這部書，他說：「我盡全力每天寫作十五小時……除了黑咖啡之外，不吃任何東西。」〔註26〕1842年四十三歲的他，宣佈將出版《巴爾札克全集──『人間喜劇』》目標是寫出一百四十餘部小說，內容的架構是「描寫整個人類社會的要略」，書中人物多達三、四千人，每部書都代表這部文學巨廈的一個階層。〔註27〕這個巨廈最後大約完成五分之四，寫完二千多個人、九十七部作品，身體就無法負荷了。五十歲時他遭到心臟病、肺病的侵襲，眼睛半失明了，1850年五十一歲時去世。他不停的創作，為了寫出震撼人心的作品，不節制的壓榨身體，激發靈感。不自制的追求金錢、物質、名氣、女色的滿足，長期這樣的生活，身心之間的矛盾與衝突，讓生命很快的走向敗壞。

除了精神異常而有計劃的「謀殺自己」的作家外，盧騷、莫泊桑、拜倫、褚威格、朱湘、太宰治、三島由紀夫、巴爾札克等作家，將自己置放在極端的狀態裏，與死亡拔河，所寫的每一部作品事實上都是向自己生命的攻擊，最後身體被如願以償的毀壞了〔註28〕。

---

6月有同性戀傾向的邱妙津（1969～1995）在巴黎以水果刀自殺，2003年6月有社會適應不良情況的黃國峻（1971～2003），在自宅自縊身亡。2004年4月罹患憂鬱症的袁哲生（1966～2004）也選擇結束生命。這幾位作家的精神或心理問題，與他們的文學創作之間的關係，值得進一步探討。

〔註26〕褚威格（Stefan Zweig）著，陳文雄譯，《巴爾札克傳（Honoré de Balzac 1799～1850）》，（台北市，志文出版社，1986再版），頁293。

〔註27〕褚威格（Stefan Zweig）著，陳文雄譯，《巴爾札克傳（Honoré de Balzac 1799～1850）》，頁386。

〔註28〕榮格對作家這樣的行為有不同的解釋，他認為作家天生受無意識的影響，所以行為專橫，反覆無常，創作的衝動奴役了作家，「甚至不惜犧牲他們的健康和普通人所謂的幸福。」無意識狂暴的力量和機敏的狡猾，迫使做家寫出作品，完全不考慮作家的命運。見卡爾·古斯塔夫·榮格（Carl Gustav Jung, 1875～

## 三、郁達夫的例子

梅寧哲（Dr. Kare Menninger）闡釋自我攻擊的研究，主要是以患病者的案例為依據。大部分的人都有自我毀壞的衝動，會選擇不同的行動來進行，只是有人選擇了「寫作」做為工具。許多作家的行為是很好的例證，古今中外許多作家的生平，被做過完整的紀錄與研究，生命史被鉅細靡遺的敘述、討論，資料的完整超過任何醫生對病人所紀錄的案例。梅寧哲（Dr. Kare Menninger）指出的「自我攻擊」、「自毀」的行為，如上節所述在很多作家的身上都可以見到。中國的作家具有這樣特質的不乏其人，知名的作家郁達夫是比較顯著的例子，以下就以他做為分析的對象。

### （一）「裸露症」式的創作

### 1. 狎邪才子與私小說

1910 到 1940 年間，中國文學界進行的是一種對傳統的拆毀、探索與開創的過程。文學研究會、創造社、新月社、左翼作家聯盟等作家群，所發展的便是各種新文學路線的嘗試，在繽紛多樣的競逐之中，文學的「現代化」逐步的構建出來。創造社的組成者之一郁達夫（1896～1945），是新文學運動伊始的重要作家，他的創作源自於生活的創傷與苦悶，在作品上可以看出受到雙重影響。其一是清末民初上海流行的《花月痕》、《六才子》、《西湖佳話》、《石頭記》等以及「禮拜六派」小說〔註29〕。這類作品不少是專門談嫖說妓，進出娼門，爭捧花魁的傳統言情小說。主角通常是滿腹詩書的才子，與青樓妓女互贈詩文，相愛相惜，譜出一段冶豔淒婉的故事，如此便是當時典型的「洋場才子」，這種習氣在他作品裏可說十分明顯〔註30〕。其二他在日本留學期間（1911～1922）因閱讀盧騷、田山花袋（1872～1930）、谷崎潤一郎（1886～1965）、佐藤春夫（1892～1964）等人的作品，學得了「私小說」寫作的方式，之後便以這種技巧描寫內在的挫敗與哀傷，坦露性的苦悶與幻想，讓作

---

1961）原著，馮川、蘇克編譯，〈4. 論分析心理學與詩歌的關係〉，《心理學與文學》，（台北市，久大出版社，1990），頁 85。榮格的說法能解釋某些作家的情況，但無法假釋許多生活富裕，具有理性精神、行為節制的寫作者。

〔註29〕趙紅梅編，〈五六年來創作生活的回顧〉，《郁達夫自敘》，（北京，團結出版社，1996），頁 72。

〔註30〕見劉心皇，《現代中國文學史話‧新文學運動面面觀》第二卷，並引張靜廬的說法，（台北市，正中書局，1986 第六次印行），頁 334。

品充滿憂傷頹廢的氣氛〔註31〕。1910～1940 年代中國新文學作家，普遍向東洋或西洋作家學習，模仿他們的寫作方式，挪用他們的思想，如魯迅的〈狂人日記〉來自果戈里 N. Gogol 同名的〈狂人日記〉，〈藥〉受安特列夫 L. Andreev 影響，胡適新詩的內容及形式與美國女詩人艾媚・洛葦爾（Amy. Lawell）有關連。曹禺的劇本多模仿尤金・奧尼爾（Eugene Oneill），茅盾的小說師承渥普敦・辛克萊（Upton Sincloir）〔註32〕。作家們在選擇模仿的對象時，常與個人的情志與內在渴望相符應，郁達夫選擇了盧騷、田山花袋、谷崎潤一郎等小說家的風格，做為抒發自我、書寫自我的工具〔註33〕。由於將個人心理與生理的幽晦私密處，大膽的描繪出來，引起了廣大的注目。表現狎邪、猥褻的情慾作品，在傳統中國通俗小說中可謂車載斗量，這些小說通常被認為是不入流的作品，容易壞人子弟，有害世道人心。寫作者大都不願以真名示

〔註31〕相關論述甚多，如伊藤虎丸，〈沉淪論──以沉淪和日本文學的關係看郁達夫的思想和方法〉（節譯），引見陳子善、王自立編，《郁達夫研究資料》，（香港，三聯書店、花城出版社聯合出版，1986），頁 511～526。本文原刊《中國文學研究》第三期，1964 年 12 月。黃川，〈外國作家和文藝思潮對郁達夫的影響〉舉出屠格涅夫、卡爾巴爾・施米特、盧騷、斯特恩、瑞生、葛西善藏、佐藤春夫等人對他的影響。見陳子善、王自立編，《郁達夫研究資料》，頁 412～427。本文原刊《社會科學戰線》第二期，1983 年 4 月。周綠娟，〈郁達夫小說受日本近代作家影響之研究〉一文，詳細比對、分析田山花袋作品《蒲團》、〈片帆〉與郁達夫〈沉淪〉、〈空虛〉、〈南遷〉；谷崎潤一郎作品《痴人之愛》、〈異端者的悲哀〉與郁達夫〈迷羊〉、〈還鄉記〉；佐藤春夫作品《田園的憂鬱》、〈女誡扇綺譚〉與郁達夫〈沉淪〉、〈十三夜〉等作品的異同，指出這些作品間的關係。（中國文化大學，中國文學研究所碩士在職專班碩士論文，2006）。1923年 10 月。郁達夫在《創造周報》第 24 期〈海上通信〉文中曾說，「在日本現代的小說家中，我所最崇拜的是佐藤春夫。」這是那個階段的想法。

〔註32〕司馬長風，《中國新文學史・導言》，（台北市，駱駝出版社，1987），頁 2、3。另冰心的〈繁星〉與〈春水〉複製了泰戈爾的作品，周作人主倡的所謂「人的文學」理論，仿自日本武者小路篤實、志賀直哉等人的觀念。「都市派」的作家穆時英、施蟄存、劉吶鷗，與日本「新感覺派」的橫光利一、堀口大學等人的作品有神似之處。

〔註33〕1921 年郁達夫與郭沫若、成仿吾、田漢、張資平等人在東京成立了「創造社」，從此展開了積極的創作生涯。「創造社」初期的創作理論，是主張打倒新文藝為一二偶像壟斷，期望「藝術獨立」，以表現個人的意志，浪漫的情感與心靈的解放為主。比郁達夫晚一些的「獅吼社」（成立於 1923 年）成員滕固（1901～1941）、章克標（1900～2007）走的也是相類的路線，章克標翻譯過谷崎潤一郎的作品，他所寫的《銀蛇》、〈蜃樓〉深受其影響，滕固的《十字街頭的雕刻美》、《石像的復活》等充滿了唯美與浪漫的情調。這兩位作家與郁達夫皆為留日學生，某些作品風格神似。

人，避免遭到物議。但郁達夫以日本東京大學留學生的身分，融合了傳統情色小說的習套，使用語體文來創作的新式作品，轟動了當時的文藝界。

在作品中郁達夫描述了自己的憂鬱症、手淫、嫖妓、吸食鴉片、變態性行為、與他人結怨的種種情節，坦率且逼真，吸引了眾多的讀者，刺激了群眾的窺視慾。這種以文字刻意暴露隱私的「裸露症」（Exhibitionism）〔註34〕，和作家普遍具有的自我揭露現象（self-disclosure）不太相同，在內容上比較接近性慾倒錯（Paraphilia）症狀裏的露陰癖（Exhibitionism）。露陰癖患者通常有會有憂鬱症，性格上也有某些缺陷，並且伴隨著興奮物如菸、酒、鴉片、毒品的濫用等等，這些習性與郁達夫日常的行為十分相符。梅寧哲（Dr. Kare Menninger）解析「裸露症」（Exhibitionism）的患者說，他們表面上出現的是「不符社會規範」的異常行為，實際上這種行為還有更深的含義，患者的「行動」除了攻擊他人，引起驚恐與騷動之外，亦包含有自我攻擊的兩重意義；在心理動機上，有著自虐與被虐的傾向。有此症候的「裸露者」在行動中可以獲得到很大的樂趣，他們「攻擊」之後，會盡速逃離現場，然後等待被發現、被處罰、被攻擊，甚至被殺害。這段等待期間是他們最感到刺激與興奮的，且一但有這種行動，便會一再重複。然而這樣的「樂趣」之後，是強烈的罪惡感、懺悔感。患者知道這是冒著身敗名裂甚或生命危險的行為，將為自己招來不可測的災難。但不論「攻擊」之後會如何演變，結局會是如何，大部分是他們曾經預想過的結果。雖是如此，他們仍無法控制內在的衝動，這種行為更多成分是自我的攻擊（against himself），是朝向自我毀滅的行動。

### 2. 裸露的理由

有關「自我暴露」的部分，除了「私小說」的影響外，黃川〈外國作家和文藝思潮對郁達夫的影響〉認為這種創作法的淵源來自盧騷（Jean-Jacques Rousseau）〔註35〕，他的《懺悔錄》即是將隱私毫不避諱的攤開在眾人的眼前。這種「過份坦白」的內容，引起閱讀者的騷動，造成見仁見智的看法，因為議論紛紛，為作者帶來高知名度。關於這種景況的「實非得已」，他有不少自我

---

〔註34〕梅寧哲（Dr. Kare Menninger）著，符傳孝等譯，〈自殺〉，《生之掙扎——破壞自己的人 Man Against Himself》第二部，頁68。

〔註35〕黃川，〈外國作家和文藝思潮對郁達夫的影響〉說，「而這種自我暴露的淵源，就是從盧梭那兒來的。」王自立、陳子善編，《郁達夫研究資料》，頁416～417。

辯護的敘述：郁達夫不只一次用「販賣」文章的字眼，來形容自己倚文為生的情況，因為找不到工作，收入不穩定。若連文章都賣不出去，不知要如何活下去。〈勞生日記〉說想寫〈喀拉衣兒和他的批評態度〉一文寄給《東方雜誌》，去賣幾個錢。〈村居日記〉裏要自己快寫小說，寫好小說，換了錢來好給王映霞買一點生日禮物。〈厭炎日記〉說寫好了〈微雪的早晨〉七千字，打算要賣給《東方雜誌》。他不避諱描述作家謀生困窘的景況，而有人願意購買，市場會歡迎，作家當然必須時時注意文章是否有「賣點」，要配怎樣的「餌」，魚兒才願意上鉤；寫出怎樣的文章，出版社才願意出版〔註36〕。《郁達夫日記九種》出版「後敘」說，自己將生活記錄全部「揭開在大家眼前」，讓大家「知我罪我」其實是很無奈的〔註37〕。他覺得日記中所記的這兩年生活，足以將感情上的變遷，遭遇屈辱的情況，受人明刀暗劍的傷害等等，藉此書的出版可以有所「申剖」；而這種恩怨是非，也可能是讀者有興趣的。他說文人到賣日記和書函的地步，是走到末路的行為，也是百般無奈。〈毀家詩記〉更是家醜的外揚，他將自己與王映霞婚姻交惡的狀況，以詩文的方式記述出來，讓廣大的讀者「知道」兩人之間究竟如何決裂的，責任應該在誰身上。這樣公開人我之間的爭執與傷痕，是他一貫的做法。郭沫若在〈論郁達夫〉一文中認為這樣的自我暴露「他實在是超越了限度」，已經是「一種病態了」〔註38〕。郁達夫這樣無所忌諱的告白，是否具有說服力，必須由閱讀者來做決定。他在意識或潛意識交互運作裏，不能自制的或刻意不自制的寫出作品，呈現出來的裸露症（Exhibitionism）現象，這正是郁達夫文學風格十分明顯的特質。

〔註36〕做為以賣文為生的作家來說，由清末到 1930 年代在中國流行的小說類型有言情、俠義、偵探、商場、譴責等等，郁達夫所選擇的小說路線，所認為可以「販賣」的「市場」，其實與他的人格特質，以及本身對文學的認知有密切的關係。平江不肖生（向愷然）1916 年出版的《留東外史》、1917 年出版的《留東女學生黑幕》對清末民初中國留學日本的種種醜態做過描寫，將許多來此的中國人出入花街柳巷，嫖、賭、欺騙、爭風吃醋、打架鬥毆、勾心鬥角的情形做了諷刺性的鋪陳，雖略嫌誇大，恣寫男女淫狎的醜態，但反映了部份那時在日本中國人的景況。在這樣的風氣下，郁達夫或者郭沫若、張資平、章克標等人作品帶有這樣的習氣，是時代風尚所然。

〔註37〕郁達夫，《郁達夫日記·日記九種·後敘》，（台北市，河洛出版社，1978 台景印初版），頁 205。

〔註38〕郭沫若，〈論郁達夫〉，陳子善、王自立編，《郁達夫研究資料》，頁 90。原載《人物雜誌》第 3 期，1946 年 9 月 30 日。同為創造社創社社員的郭沫若，早期的作品也深受「私小說」的影響，如〈牧羊哀話〉（1919）、〈殘春〉（1922）、〈漂流三部曲〉（1924）等，其中也有很多個人經歷的記述與投射。

　　此外郁達夫以「免於自殺」，來詮釋某些作家以日記體寫作的意義，用「著作貢獻大於私德」的觀點，指出作家的價值在他寫出了什麼，有何貢獻，私德如何，並非評斷重點。郁達夫民國十六年六月出版的《日記九種》書前附有一篇談〈日記文學〉的文章，文中談到瑞士人亞米愛兒（1821～1881）的日記。這位美學家患有憂鬱症，還好尚有對上帝的信仰，使他沒有走向自殺的道路。亞米愛兒的日記批評宗教、解剖自己，訴說苦悶的心理，仔細記錄了內心的活動，是郁達夫理想的日記文學典範。他認為這樣作品價值極高：「大約是可以傳到人類滅絕的時候的不朽之作」〔註39〕「免於自殺」或許就是《日記九種》寫作的根本意識，是郁達夫內在恐慌的迂迴表露。在小說〈沉淪〉中他三度談到自己有「憂鬱症」及「循環性憂鬱症」〔註40〕、〈燈蛾埋葬之夜〉說到每到夏季他的「循環性憂鬱症」便會發作〔註41〕，《日記九種》中不時發作的情緒失控，自怨自憐等等，都一再暗示讀者自己是有病的人，患有難以自拔的憂鬱症狀。郁達夫以明示或暗示的方式告訴讀者，以文字來暴露自我，向群眾尋求慰藉，這樣的做法，是可能成為拯救自己的藥劑，是療癒甚或免於自殺的方式。

　　盧騷的《愛彌兒》、《民約論》被譯介到中國，遭到國內學界、文藝界的撻伐。當時很多「正人君子」，對其一生驚世駭俗的行為很不苟同，寫文章加以批評，認為他的理論不值得介紹到中國來〔註42〕。郁達夫則寫了有關他一

---

〔註39〕郁達夫，《郁達夫日記》包括，〈日記文學 1927.6.14〉、〈再談日記 1935.6〉、〈日記九種〉、〈滄州日記〉、〈水明樓日記〉、〈杭江小歷紀程〉、〈西遊日錄〉、〈避暑地日記〉、〈故都日記〉。

〔註40〕〈沉淪〉小說中說這個症狀發作起來，讓他非常難受，「他的憂鬱症愈鬧愈甚了。（二）」、「他的循環性憂鬱症，尚未離開他的身邊。（五）」、「他的憂鬱症 Hypochondria 又變起形狀來了。（六）」憂鬱症作祟吧，他感到孤獨，感到四周都是敵人，「然而無論到什麼地方，他的同學的眼光，總好像懷了惡意，射在他的背脊上面。（二）」郁達夫，〈沉淪〉，王自立、陳子善等編，《郁達夫全集第一卷　小說》，頁 16～53。

〔註41〕郁達夫〈燈蛾埋葬之夜〉說他在夏日都會有神經衰弱症，是「七八年來到了夏季必發的老病」。王自立、陳子善等編，《郁達夫全集　散文》第三卷，頁 154。

〔註42〕對盧騷論的批評意見如，商務印書館《愛彌兒》中譯本的序文說本書第五編「女子教育」，他的主張，「非但不激底，而且不承認女子的人格……所以在今日看來，他對人類正當的主張，可說只樹得一半……」，梁實秋在《復旦旬刊》創刊號所言，「盧梭論教育，無一是處，唯其論女子的教育，的確精當。」引見魯迅《而已集》，黃菊等編，《魯迅全集第五卷》，（台北市，唐山出版社，1989 年），頁 148～149。盧騷著作在清末被引入時，即已造成正反兩極的看法，王韜、劉師培、章太炎、黃興等都對其說有讚美及轉化、運用之舉，章太炎並稱古來有大學問大事業者，必得有神經病才能做到。梁啟超及嚴復則

生著作的評介式文章，並分析了其價值與意義所在。對那些批評者以「矮子」、「蚍蜉」來稱呼，文字間充滿輕蔑的意味。郁達夫認為這位到處受壓迫、不時遭受毀謗，居無定所，漂泊四方的人，有著衝破世俗觀念，不畏權勢，敢說真話的高貴精神，應該是受到敬重的。盧騷晚年又受精神病「迫害妄想症」的苦惱，其實是非常痛苦的。郁達夫替盧騷言行辯護，有自我投射的作用，用藉此喻己的方式，為自己的行事風格作辯護。他是不屑站在「正人君子」行列中的，也不認為狎邪行為、吸食鴉片等等屬於私德的部分是該被批判的。郁達夫說《愛彌兒》、《民約論》等著作嚴厲的批判了當時宗教、政治、教育的保守與不合理的現象，開拓了人們視野是「人類的解放者」。這些言論讓當時的社會反應激烈，因為他的私生活不夠檢點，是「毀滅倫常，攪亂社會的怪物」，人們抹煞了作品傳達的重要思想，是非常不公平的。這樣勇於衝破牢籠的人物，因飽受排斥造成了種種的不幸，最後落得死狀悽慘，郁達夫認為當時的人們，對一個先覺者做出不正確的論斷，犯了集體的錯誤〔註43〕。

《日記九種》或是〈盧騷的思想和他的創作〉、〈盧騷傳〉等的敘述，證明了郁達夫對自己的創作是很有高度知覺的，他認為以日記的形式，揭露內心真正的聲音，抒發苦悶，自我療癒，是可以使人「免於自殺」的，或者說至少可以免除了突然性的自殺。而人們應該記取教訓，不能以私德否定一個偉大人物，如盧騷的貢獻正是在衝破舊有的思想，解放人們的心智。郁達夫是在為自己的行事與作品尋求典範，尋求意義，指證他作品中病態的風格，頹廢文士的行事，並非什麼過錯。或者說是這種帶有自我攻擊意識有意的「裸露」，正是內在欲求的具體呈現。而他們的作品吸引了大量的閱讀者，造成了風潮，這樣的內容，並非只是負面的，群眾在受到衝擊及思辨後，表現了可以接受的態度。

### （二）三個特質

郁達夫文學最基本的幾個特質，在早期的代表作〈沉淪〉即已展現出來：其一是自虐、自憐情緒的抒發，其二是自我暴露與耽溺色情的樂趣，其三是來

---

是起先贊成後來反對，張之洞則是始終的反對者。見李華川，〈晚清知識界的盧梭幻象〉，孟華等著，《中國文學中的西方人形象》，（合肥市，安徽教育出版社，2006），頁58～89。

〔註43〕見郁達夫，〈盧騷的思想和他的創作〉、〈盧騷傳〉，王自立、陳子善等編，《郁達夫全集文論》第六卷，頁1～35。

自平衡的正義。郁達夫作品大部分寫的是自己的故事，技巧甚為單一，讀者很容易發現作者出沒於各作品之間。以第一人稱寫的作品如：〈感傷的行旅〉、〈薄奠〉、〈遲桂花〉、〈血淚〉、〈十三夜〉、〈小春天氣〉等固不必論，許多篇章雖然用了不同的名字，但仍然有意無意的釋放訊息給讀者，那人便是寫作者本人。如：〈銀灰色的死〉中的 Y 君，〈遲暮〉的林旭，〈茫茫夜〉的質夫，〈過去〉的李白時，〈微雪的早晨〉的李君，〈煙影〉的文樸、〈蜃樓〉的陳逸群等等，都是作者的分身。郁達夫曾說過：「我覺得『文學作品，都是作家的自敘傳』這一句話，是千真萬真的。」〔註44〕。作家以「真實我」、「編造我」、「分身我」、「想像我」等方式，鋪陳故事。或者可以說郁達夫並未弄清小說或散文體裁界限為何，也沒有辨別敘述人稱的分別，便以想當然的方式開始寫作。以「我」為敘事角度的作品，是最容易讓讀者接受的文本，然而也最容易分不清虛構與真實之間的界線，往往只能見到作者以文字「編織的真實」。作家與所有的人一樣，往往不能真正了解自己，失控與不可測知的部分，遠遠超過能夠能想像、掌控的。雖然作者曾在〈五六年來創作生活的回顧〉一文，聲明《沉淪》等三篇早期的小說，完全是「遊戲的筆墨」，沒有真生命在其中，也缺乏琢磨〔註45〕。然而閱讀者卻很容易認為看到最真實、樸實的「作者原型」，郁達夫想掩飾少作不成熟的說法，並不能說服解析者對文本的詮釋。郁達夫自編的《日記九種》將民國十五年十一月至十六年七月的日記，陸續發表後，在民國二十四年編輯出版。再加上民國二十八年發表的〈毀家詩記〉，郁達夫主要的作品散文、遊記、小說、傳統詩詞及日記裏，都可以看到以上三種相關特色的展露。

### 1. 自虐、自憐情緒的抒發

〈沉淪〉說世上的人都排斥、仇視他，連親人都反目了，他又何必活在世上。〈感傷的行旅〉說他旅行前多帶了些財物，以免在路途上被人看出是個「無產無職的遊民」〔註46〕。〈血淚〉中寫那天窮得僅剩些零錢，只能在買紙筆寫小

---

〔註44〕趙紅梅編，〈五六年來創作生活的回顧〉《郁達夫自敘》，頁 74。「文學作品，都是作家的自敘傳。」據鈴木正夫著，李震聲譯，《郁達夫——悲劇性的時代作家·七、關於「文學作品，都是作家的自敘傳。」》的討論，是出自安納托爾·法朗士（Anatole France, 1844～1924）的說法（tout roman, a le bien prendre, est une autobioqraphie），（南寧，廣西教育出版社，2000），頁 140～143。

〔註45〕趙紅梅編，〈五六年來創作生活的回顧〉《郁達夫自敘》，頁 73。

〔註46〕郁達夫，〈感傷的行旅〉，王自立、陳子善等編，《郁達夫全集　散文》第三卷，頁 160。

說與吃飯之間做抉擇，後來去到「富同鄉」住的旅館中，拚命寫了一篇三四千字的小說，拿去賣給提倡「人生藝術」的江濤，換了一塊錢，然後去飽餐一頓〔註47〕。〈小春天氣〉裏寫自己未到四十歲，牙齒掉了，記憶力消退，更加瘦弱，最傷心的是「當人家欺凌我侮辱我的時節」、「受了最大的侮辱的時候」〔註48〕，以前有的激憤之情，現在卻無力反擊，只有一種滑稽感。在《日記九種》中記述了許多消沉、自憐的思想如：〈新生日記〉：「啊啊，這可咒詛的命運，這不可解的人生，我只願早一天死。」〔註49〕〈病閒日記〉：「一晚睡不著，想身世的悲涼，一個人泣到天明。」〔註50〕〈厭炎日記〉：「我想萬一事不如意，情願和映霞兩人去蹈海而死，因為中國的將來，實在沒有什麼希望，做人真沒有趣。」〔註51〕這些話語十分情緒性，顯得感性氾濫，自怨自憐的模樣，頗為矯揉做態。此外染有肺病的他，卻沒日沒夜的喝酒，日記中雖常有戒酒、戒菸自要我警惕，要奮發振作，自我勉勵的話，但不久又沉浸於其中。作者一面自我傷害，一面將傷口展現給讀者觀看〔註52〕。《日記九種》中不時出現各種病痛的記述：痰多、黃膽病、病體難挨等，〈煙影〉中說咳血咳得屬害，「吐血吐了一個多月」〔註53〕，將自己刻劃成如同《紅樓夢》中林黛玉的形像。曹雪芹筆下的林黛玉才情高，卻因家世堪憐、肺病纏身而惹人憐愛。小說中不時有著她負氣、自虐的行為，引起廣大讀者的同情。郁達夫在文本中所塑造的，亦是這類病態的美感。

郁達夫三歲時喪父，由母親撫養長大，但家境並不富裕，且與母親的關係不佳。關係不佳，並非母親對他缺乏關愛，而是與她的觀念格格不入，經常有紛爭。他寫了幾篇與母親之間的互動，〈煙影〉裏說母親是個「年老好管閒事」的人〔註54〕，令人很不自在，因此不想回家。由日本學成回國後，雖

〔註47〕郁達夫，〈血淚〉，王自立、陳子善等編，《郁達夫全集 小說》第一卷，頁173～185。
〔註48〕郁達夫，〈小春天氣〉，王自立、陳子善等編，《郁達夫全集 散文》第三卷，頁107。
〔註49〕郁達夫，《郁達夫日記·新生日記》，頁89。
〔註50〕郁達夫，《郁達夫日記·病閒日記》，頁26。
〔註51〕郁達夫，《郁達夫日記·厭炎日記》，頁203、204。
〔註52〕郭沫若，〈論郁達夫〉中說，「於是徐志摩『詩哲』們便開始痛罵了。他說，『創造社的人就和街頭的乞丐一樣』，故意在自己身上造些血脈糜爛的創傷來吸引過路人的同情。這主要就是在攻擊達夫。」見陳子善、王自立編，《郁達夫研究資料》，頁89。原載《人物雜誌》第3期，1946年9月30日。
〔註53〕郁達夫，〈煙影〉，王自立、陳子善等編，《郁達夫全集 小說》第一卷，頁366。
〔註54〕郁達夫，〈煙影〉，王自立、陳子善等編，《郁達夫全集 小說》第，頁366。

已有些工作，但賺的錢只花在自己的身上。〈煙影〉裏的母親以為他在外掙了很多錢，應該拿錢回家「我哪看見你有一個錢拿回來過？」〔註55〕郁達夫不但沒有這樣做，反而不時向母親要錢，〈血淚〉一文中說「因為我只能向乾枯的母親要錢去化」〔註56〕。他長年在各省遊蕩，沒有奉養母親，直到母親臥病在床，家族中開始覬覦她的財產，在長工的通知下回家。抱病在身的母親，將他看做是回來搶奪財產的人，母子關係更加惡劣。〈在寒風裏〉母親說他只是想分幾個錢去用吧？根本沒有孝順的心「今天我是還沒死哩，你又想來拆了我的老骨頭去當柴燒了麼？」〔註57〕可見母親對這個浪蕩子的憤恨。這種「坦白」的記述表現的是一種被誤解的、為母親所憎恨的「哀愁」。郁達夫在不少作品裏雖也提到母親陷在戰火中，很擔心她的安危，但這種擔心也僅止於紙上談兵而已，從來不曾真正的具體回報過母親。郁達夫用懺悔的、自我譴責的筆法敘述與母親的互動，既表現了文人謀生的艱難、不孝的無奈，又故示「懇摯」，盼望引起讀者的同情。很不幸的他的母親於民國二十六年，死於日軍攻打浙江富陽的砲火中，當時母親已七十餘歲，這件事當時報紙有刊載。他在福州設靈堂祭拜，並寫了「無母何恃」、「此仇必報」的對聯，表達沉痛憤恨之情。之後郁達夫寫了〈國與家〉一文提到此事〔註58〕。文章中另外言及與妻子王映霞的齟齬，這個「重點」掩蓋了母喪的事情，所以比較看不出刻意表達傷痛情感的文字。

## 2. 自我暴露與耽溺色情的樂趣

郁達夫雖早有妻子「荃君」及小孩，但除了寄錢給他們，只寫一些不知真情還是假意的文字上的掛念，表現的是「不願愛又不得不愛」的曖昧心態。且當開始追求王映霞，希望與她在一起時，仍持續宿娼，酗酒，吸鴉片、打牌，

---

〔註55〕郁達夫，〈煙影〉，王自立、陳子善等編，《郁達夫全集　小說》第，頁369。

〔註56〕郁達夫，〈血淚〉，王自立、陳子善等編，《郁達夫全集　小說》第一卷，頁175。

〔註57〕郁達夫，〈在寒風裏〉，王自立、陳子善等編，《郁達夫全集　小說》第二卷，頁135。

〔註58〕郁達夫，〈國與家〉，王自立、陳子善等編，《郁達夫全集　散文》第四卷，頁200。原文刊載於1938年8月22日。香港《星島日報》。另郁達夫與第三任妻子陳蓮有生的女兒郁美蘭在〈聽母親說父親——郁達夫〉文中說祖母是因為抗拒為日軍燒飯服務，躲到祖屋後山山洞，活活餓死的。伯父郁華，1933年在江蘇高等法院第二分院任職，因不願屈從日人，被漢奸開槍暗殺。見立緒文化編選，《百年文選家族書寫——我的父親母親》，（台北市，立緒文化事業，2004年），頁213、214。本文原載，《江海僑聲》月刊（2003）。

這些「行事」都並不遮掩的行諸文字，發表在報章雜誌上，並出版成書。〈茫茫夜〉裏面描述了不可遏抑的性衝動，自認「性慾比人一倍強盛」，酒醉後胡亂的在街上看女人，尋找「最下流」的婦人想要發洩。遍尋不著後走到一間雜貨店，向看店的婦人編了些謊言，要了針和手帕，得到了這些東西便感到異常的爽快。回到旅社在鏡子前把玩婦人身上的手帕，並用針刺自己，刺到流血「貪嘗那變態的快味」。〔註59〕〈遲暮〉中的林旭自述有人「毀謗」他是個「變態性慾者」〔註60〕，文中雖然否認這樣的指責，但聽說一位剛自法國學成回國的金麗女士，因為懷抱著高遠的理想，迄今未婚，平日對女性絕不注意的林旭（郁達夫），不能自主的竟打聽起她的現狀，作者描述這樣前後矛盾的行為，是下意識「麗比多（libido）」起作用之故〔註61〕。〈村居日記〉裏的描述非常露骨，他與友人飲酒，兩人都醉了，就想在馬路上找妓女「打野雞」，可能是酒醉模樣太難看，惹人嫌「無奈那些雛雞老鴨，都見了我們而逃。」四處尋找後終於在法界大路「遇見了一個中年的淫賣」〔註62〕就到她那裏去，坐到天明。直接記載找妓女的還有〈窮冬日記〉，日記上還記載說與一位老妓一起吸鴉片到天亮：「找了一個老妓和她去燕子窠吸鴉片煙吸到天明」〔註63〕〈客杭日記〉說前年結交了一位四處遊歷的雛妓，這年幼女子讓他很有做詞的靈感，便填了一首詞記念：「一首是〈蝶戀花〉是給前年冬天交結的一位游女的」〔註64〕由此可看出郁達夫傳統文人出入青樓、自命風流的習氣。雖然身體情況欠佳，經濟狀況不好，仍到處找不同的女人，尋求不同的刺激。〈新生日記〉說：「大約此生總以無壯健的希望了，不過在臨死之前，我還想嘗一嘗戀愛的滋味。」〔註65〕可見他對愛情與性慾的飢渴。除此之外，作品裏記述各地不入流妓女的文字很多，甚或有點「嫖妓指南」的意味。〔註66〕這樣赤裸的表白，除了有意的「販賣」，實際上充分展

---

〔註59〕郁達夫，〈茫茫夜〉，王自立、陳子善等編，《郁達夫全集　小說》第一卷，頁116～146。

〔註60〕郁達夫，〈遲暮〉，王自立、陳子善等編，《郁達夫全集　小說》第一卷，頁380。

〔註61〕郁達夫，〈遲暮〉，王自立、陳子善等編，《郁達夫全集　小說》第一卷，頁382。

〔註62〕郁達夫，《郁達夫日記‧村居日記》，頁57、58。

〔註63〕郁達夫，《郁達夫日記‧窮冬日記》，頁72。

〔註64〕郁達夫，《郁達夫日記‧客杭日記》，頁180。

〔註65〕郁達夫，《郁達夫日記‧新生日記》，頁81。

〔註66〕如〈厭炎日記1927.6.18〉說到日本人俱樂部吃完飯後，到六三亭喝酒，與日妓馬妹洛姑對飲，「總算是第一流的日本妓女了。」、「同他們上六三花園去徵妓飲酒。6.19」郁達夫，《郁達夫日記‧厭炎日記》，頁196。〈水明樓日記1932.10.23〉說，「妓女聚居之處，在張大仙廟西邊，為福海里，新福海里，

露「裸露症」（Exhibitionism）的創作特色。

### 3. 來自平衡的正義

〈沉淪〉最後的一段，作者在敘述完個人虛無、顛躓的歷程後，突然跳到對國家衰弱的怨懟，認為他不幸的遭遇，根本上是源自中國的積弱不振。他以充滿強烈情感的話語喊到：「祖國呀祖國！我的死是你害我的！你快富起來！強起來罷！你還有許多兒女在那裡受苦呢！」〔註67〕這段充滿驚嘆號的文字，熱切的期望國家強大起來，這種突兀的表現，也正是潛藏在郁達夫文學裏另一項特徵。如前所述具有自毀傾向的人，大部分沒有自殺的行動，那是因為能夠在兩種力量間找到「平衡（equilibrium）」〔註68〕許多人會以各種理由暫緩或延後自殺，例如：某些計畫還在進行，對親人無法交代，某些心願還未實現等等。如果能找到理由，便會憑藉這個活下去。郁達夫最後尋求的「平衡」以自我拯救的理由，便是「國家的富強」。這個「龐大崇高」的理由，使他獲得許多讚譽與尊崇，支撐了活下去的價值感。〔註69〕這個現象在郁達夫的作品裏，可分為兩個方面：其一是對國內軍事、政治、社會亂象的批判。如義正詞嚴的撻伐軍閥的恣意橫行，手段的殘暴：〈感傷的行旅〉說那些卑污貪暴的軍閥委員們，滅絕了人性「他們只知道要打仗，他們只知道要殺人。」〔註70〕〈新生日記〉說：軍人以搜查傳單為名，沿途搜查、殺害人民被殺的人有五六十名「連無辜的小孩及婦人，都被這些禽獸殺了。」〔註71〕〈厭炎日記〉說：「我說中國軍隊，如臭蟲一樣，……而軍人恐怕有使中華民族滅亡的危險。」〔註72〕。以一個「平民作家」的身分，記述對時政腐敗、

---

有蘇幫、揚幫、本幫的三種。本幫者以紹興湖州人居多，永興里，永和里中亦有妓女，當係二等以下的暗娼。……在直里馬路（橫裏馬路）等處，有最下等之妓女。……」郁達夫，《郁達夫日記・水明樓日記》，頁222。

〔註67〕郁達夫，〈沉淪〉，王自立、陳子善等編，《郁達夫全集　小說》第一卷，頁53。

〔註68〕梅寧哲（Dr. Kare Menninger）著，符傳孝等譯，〈破壞〉，《生之掙扎——破壞自己的人 Man Against Himself》第一部，頁18。

〔註69〕梅寧哲（Dr. Kare Menninger）著，符傳孝等譯，〈破壞〉，《生之掙扎——破壞自己的人 Man Against Himself》第一部，頁18。梅寧哲（Dr. Kare Menninger）認為「死期的延緩是生本能以極大的代價換來的。」可以這麼說，要使「國家的富強」的崇高願望，正是郁達夫延緩死亡所付出最大的代價。

〔註70〕郁達夫，〈感傷的行旅〉，王自立、陳子善等編，《郁達夫全集　散文》第三卷，頁166。

〔註71〕郁達夫，《郁達夫日記・新生日記》，頁84。

〔註72〕郁達夫，《郁達夫日記・厭炎日記》，頁199。

軍隊殘殘暴的憤恨，關懷受難的民眾。在此處也看出對時事參與的熱情，這或許也是他民國二十幾年開始走向政治的機緣〔註 73〕。其二是對日本侵華的口誅筆伐，堅持抗戰到底。雖然郁達夫在日本十年，受了很完整的教育，也與不少日本文化人往來，但始終對日本不具好感。其中原因應該是日本面臨明治維新的巨變，社會動盪，經濟、科技進步快速，國家力量膨脹，對改革腳步落後、不知長進的中國充滿輕視與敵意，這樣的氛圍讓他覺得受到羞辱與排斥〔註74〕。在日本發動侵華戰爭後，他以文字表現了很強烈的反日情感，捍衛了民族尊嚴，再加上母親遭到砲火轟擊而死，伯父死於日人唆使的漢奸之手，與日本人的仇恨更深了。以筆抗日的文章如：〈必勝的信念〉（1938 年12 月 23 日）強調中國領土廣大，士氣旺盛：「中國決不會亡，抗戰到底，一定勝利。」〔註75〕〈倭武人的神化〉（1939 年 6 月 22 日）批判日本軍人狂妄自大，竟沒把天皇放在眼內，反而把自己神格化，把侵略鄰國合理化，這樣跋扈蠻橫終將「物極必反」〔註76〕〈倭敵已在想絕計了〉（1939 年 6 月 27 日）認為日本軍政府竟然瘋狂到去威脅英國，想用武力與政治手段逼迫他們，這個計策若不成功，國內民眾將起而推翻執政者〔註 77〕，〈敵人的文化侵略〉（1939 年 12 月 3 日）提醒國民「文化侵略」是各種侵略中「最毒辣的一種」，敵人會用教育、報紙、組織文化協會、辦座談等方式毒化人民，收買文人。這是要提防的，同時警告妥協份子，即時醒悟，不可與敵同謀〔註 78〕。這些

〔註73〕孫百剛所寫的〈郁達夫與王映霞〉第七段「風雨茅廬」一節對民國二十四、五年兩夫妻花大錢蓋了風雨茅廬有所記載。民國二十五年他去參觀完成的新屋，對郁達夫四處結交政治人物感到不解，認為他走上「學而優則仕」的老路，推測蓋屋錢不夠，才去應陳儀的聘任，到福建省當參議。對郁達夫離家投入政治的做法，不甚以為然。見洪北江編，《郁達夫全集》，頁 488～538。本文作於 1938 年 10 月 24 日。

〔註74〕郁達夫病弱的身體，又加上吸食鴉片、酗酒、好賭，是當時某部份中國人的習性。頗符合當時日本人口中「東亞病夫」的形象。雖是如此，這樣的嘲弄，仍是他不能接受的。

〔註75〕趙紅梅編，〈必勝的信念〉，《郁達夫自敘》，頁 153。

〔註76〕郁達夫，〈倭武人的神化〉，王自立、陳子善等編，《郁達夫全集　雜文》第八卷，頁 366。

〔註77〕郁達夫，〈倭敵已在想絕計了〉，王自立、陳子善等編，《郁達夫全集　雜文》第八卷，頁 368。

〔註78〕郁達夫，〈敵人的文化侵略〉，王自立、陳子善等編，《郁達夫全集　雜文》第八卷，頁 394。這些強烈反日的作品，可以看出郁達夫的民族意識，較之當時保持緘默，或附日的周作人、胡蘭成、張資平等表現了氣節。但他那些文章，

都是以筆抗敵的有力文章。郁達夫在社會參與和民族意識的激昂上，讓他略過了頹唐與敗壞，在病殃的形象之外顯露不同的人格面貌，找到「不可就死」的平衡感。

必須注意的是不論是自虐、自憐的情緒的抒發，或是自我暴露與色情的耽溺，這些作品是具有「攻擊性的」，作家藉此表現無能、病態，所以遭到社會排斥，無法被正常的機制容納，是個被擠壓之下的「零餘者」〔註 79〕。沉浸於酒色、鴉片，是一種灰暗的、自我放棄的意識。因為看不到未來，所以對本身產生厭恨，這些描述都是對自己的批判、攻擊；也是對他者的、對社會、國家的攻擊。眼前的世界讓他有挫敗感，覺得無以容身，傷害自我其實是對外界的另一種形式的鬥爭；一種委婉的憎恨；自虐式的抗議。郁達夫故然會擔心遭到外界的反擊，受到「正人君子」的不齒，廣大讀者有色的疵議。然而如前所言「裸露者」的動作，大都是來自有所意欲的表面化，人們的異見或者行動是有所預期的，並在過程中感到樂趣。至於以文字表現正義，批判中國軍隊以暴力魚肉人民，日人侵華的可恨罪惡，是郁達夫尋找活下去的「平衡」感，為這個「龐大崇高」的理由而進行的書寫，讓他受到尊敬。不過，對強橫勢力出言不遜，是要冒著生命危險的，許多次確也瀕臨危機，雖感畏懼但不妥協。由他生命最後幾年的表現看來，這方面的「真誠」始終一貫，情勢縱使險惡，並未放棄這樣的堅持。然而最後也因為這樣的勇於「攻擊」，為自己招來殺身之禍。

### （三）被揭露的我

這三項基本的特質一直都可以在郁達夫作品裏看到，民國二十八年三月發表於香港《大風旬刊》第三十期〈毀家詩記〉則是一個嚴厲的考驗，他由「自我揭露」轉向「被他人揭露」的狀態，必須讓讀者檢驗他建構起來的文

造成他無法在日本統治下的中國佔領區生存，必須避開日本軍憲的追緝。另如〈日本的侵略戰爭與作家〉對日本文壇做了分析，將當代的作家分成三派，他認為好的作家都不支持軍閥侵華的行為，第二派是有些作家受到軍部的頤使成為「從軍作家」，第三派是由「法西斯蒂」訓練養養，來中國作戰事宣傳的，他認為「新時代」來到後，日本自己會把那些劊子手肅清，中國將協助日本再造新文化。見王自立、陳子善等編，《郁達夫全集 雜文》第八卷，頁 63。

〔註 79〕 郁達夫喜歡杜葛涅夫（屠格涅夫）的作品，〈水明樓日記〉1932 年 10 月 14 日。日記載他讀《零餘者的日記》已是第三次了，覺得如同嚼橄欖，愈嚼愈有味，並曾嘗試翻譯。「零餘者」是他表現自己人間位置經常出現的概念。見郁達夫，《郁達夫日記‧水明樓日記》，頁 215。

學世界。結婚十二年的妻子王映霞，對作家先生的言行進行拆穿與揭發式的攻擊，逼迫他必須面對「真實我」、「編造我」、「分身我」、「想像我」真假混淆的文本習慣，回到真實世界。在此同時，因為日本侵華戰爭的啟動，郁達夫挺身而出，參與了「以筆抗日」的民族保衛戰，冒著生命危險，奔走呼籲，期望能喚起國魂，驅逐日寇。這段時間他以強烈的文字筆調，攻擊妻子及敵寇，言詞之間充滿情緒與憎惡，引發相當大的波瀾。然而這些「文章」的攻擊性並非單一的面向，實際上還包括了自己在內，外在的刺激讓潛意識裏自毀（Self-destruction）的作用，產生更激烈而多向的反應。

〈毀家詩記〉主題是他與王映霞婚變的始末。郁達夫在知道與王映霞的婚姻出現很大的狀況，即將危害到名譽與事業，便用他的筆以及媒體的力量，嘗試「塗改」、「修飾」其間的狀況，以編造的「實情」暴露給大眾〔註80〕。王映霞卻非軟弱的女子，對郁達夫在文章的「深文周納」深感不滿，將她塑造成嫌貧愛富，不守婦道之人。因此回敬了〈答辯書簡〉、〈一封長信的開始〉、〈請看事實〉等文章進行反駁〔註81〕。〈毀家詩記〉述說王映霞不能忍受貧苦生活，且與老友某廳長同居，又說她時時求去，不肯履行妻子床笫義務，嫌棄他不事生產，而最佩服居高官之人。遭此家變的難堪後，他決定隻身到轉赴「炎海」做海外宣傳，最後以某君姦淫他的妻子，總比敵寇來姦淫的好做結〔註82〕。這篇文章以一貫自憐、傷感的語調描述，但增加很強的攻擊性，甚至用了很多不堪的詞句，亟欲羞辱、毀壞對方的意圖明顯。郁達夫這些動作與文章，事實上是「裸露症」（Exhibitionism）被發現後的自我攻擊與自我毀壞，表面雖在羅織對方罪過，實際是懲罰自己，且失去了「現實的平衡感」走向毀滅之路。王映霞則回應她與某廳長的清白，歷數他跟隨這個「無賴文人」、「蒙了人皮的走獸」十餘年的各種苦難，指責他不顧家庭，拈花惹草，行為敗壞，惡人先告狀等罪行，認為他下筆刻薄〈毀家詩記〉是「理想加事實，來寫成求人憐恤，博人同

〔註80〕〈毀家詩記〉見洪北江編，《郁達夫全集》，（台北市，文化圖書公司出版，1974），頁431〜438。據王映霞〈答辯書簡〉提到郁達夫曾於報紙刊登尋人啟事，明知她在哪裡卻故意登報找尋她。又在《大風報》刊登向王映霞的道歉啟事，種種行動，造成輿論譁然。兩人一年間分合多次，郁達夫屢屢言行不一，棄母子四人於戰火中不顧。王映霞對其不負責任的行為，深表不滿。郁達夫以文字錯置時空，扭曲真實情況，讓他付出很大的代價。見洪北江編，《郁達夫全集》，頁439〜450。

〔註81〕洪北江編，《郁達夫全集》，頁439〜450。

〔註82〕郁達夫，〈毀家詩記〉，洪北江編，《郁達夫全集》，頁439〜450。

情的詩詞來。」〔註83〕〈答辯書簡〉要世人認清他的真面貌。夫妻倆人的筆仗，是民國二十八、九年轟動社會的大新聞，造成極大的效應，這個「家醜」讓郁達夫得到更多的矚目。不過這個事件，讓郁達夫塑造的頹廢才子、浪漫文人的形象已大受影響，使他隨著日軍侵華戰火日趨激烈的機緣，找理由離開中國大陸，到新加坡《星洲日報》當編輯，進行海外抗敵的宣傳工作〔註84〕。值得注意的是他的反日文章如：〈必勝的信念〉（1938年12月23日）、〈日本的侵略戰爭與作家〉（1939年2月15日）、〈倭武人的神化〉（1939年6月22日）、〈倭敵已在想絕計了〉（1939年6月27日）、〈傀儡登台以後的敵我情勢〉（1940年4月9日）等等與王映霞的筆戰時間幾乎是重疊的，郁達夫一方面對妻子的「不貞」展開攻擊，一方面對侵略的日寇口誅筆伐，他內心的煎熬、迫促可想而知。那些尖銳的、凌厲深具摧毀性的文詞，確實表現出作家深厚的功力。弔詭的是：與王映霞的筆戰，讓他偽名士、假頹廢的面目曝光，奮勇以筆抗敵的文章，讓他贏得民族鬥士、愛國主義者的美名〔註85〕。郁達夫塑造起文人抗日的典範，另一方面卻張皇失措，文不顧行的摧毀曾有的世界。

　　然而持續不斷反抗日本侵略的文宣工作，為他招來殺身之禍。由於熟知日本國情，與文化界某些人物有所往來，雙方成為交戰國後，郁達夫反應激烈，抗日意志堅決，其中與佐藤春夫的交往最可代表他的立場。佐藤春夫曾到中國拜訪，受到郁達夫熱情的接待，但中日發生戰爭後，佐藤春夫寫了許多文章如〈亞細亞之子〉一書讚美侵華戰爭，郁達夫就在《抗戰文藝》第一卷第四期發表了〈日本的娼婦與文士〉批評了他的無恥，說佐藤春夫平日自命是中國之友，戰爭開始竟然寫些阿諛軍國主義的東西，讚美侵華戰爭，甘心做日本軍部的走狗〔註86〕。劉心皇《現代中國文學史話》說佐藤春夫對郁

〔註83〕郁達夫，〈答辯書簡〉，王自立、陳子善等編，《郁達夫全集》，頁440。
〔註84〕郁達夫為何遠赴海外眾說紛紜，有挽救婚姻說，有幻想發財說，有尋找靈感說，有無奈出走說，抗日宣傳說等。各種說法中除了幻想發財說外，都應為出走的因素之一。郁達夫在新加坡及蘇門答臘的幾年內寫了將近400篇文章，這段期間他脫去作家的面貌，成為一位稱職的抗敵宣傳家。
〔註85〕如姜德明，〈魯迅與郁達夫〉、王自立、陳子善，〈郁達夫晚年的愛國精神〉，見《郁達夫研究資料》，頁261～304、頁457～474。姜德明稱他是反封建的愛國主義者，對馬克思主義有獨到的闡述，對列寧表達崇敬之意。王自立、陳子善則讚美他堅持抗日不動搖，鬥志昂揚，相信正義終會來到。
〔註86〕郁達夫，〈日本的娼婦與文士〉，王自立、陳子善等編，《郁達夫全集　雜文》第八卷，頁294～296。文中嚴厲批評佐藤春夫平日以販賣中國野人頭出名，是個假冒清高的傢伙，其實連中國娼婦都不如，用語十分強烈。

達夫也有所反擊，在小說中指稱他為間諜，而這個說法是讓他最後命喪蘇門答臘的重要原因〔註87〕。劉心皇的說法雖沒有被胡愈之、鈴木正夫所採用，〔註88〕但化名周廉的郁達夫最後死在憲兵之手，就是因為軍方知道他具有間諜身份，是一名反日的知名作家。這人曾強力抨擊日軍侵華的行為，1941 年擔任「星華文化界戰時工作團」主席，1942 年擔任「新加坡華僑抗敵動原委員會」執行委員兼文藝組主任，既擅長又喜好寫身邊的人、事、物，釋放後將造成嚴重的後果。日本軍方在南洋一帶的行動，必將被詳細的記述出來，成為無法逃避的罪證。身份的被揭發，行動的被查知，使他走向死亡之路。作家郁達夫性格的多面向，自毀（Self-destruction）與自存（Self-preservation）的矛盾掙扎，在生命最終的幾年表現的最為明顯。

## 四、結語

　　並非所有的作家都表現了創造與自毀的傾向，盧騷、莫泊桑、拜倫、褚威格、朱湘、太宰治、三島由紀夫、巴爾札克等人或許只是比較極端的例子。郁達夫文學生命的開始，便訴說了無法活下去的痛苦。〈沉淪〉小說中的他，走到海邊想要跳海，在那兒自怨自憐，苦悶的喊叫。事實上當時心志瀕臨崩潰的郁達夫，以創作展開對自己與人間的攻擊。他怨恨自己的無能，疾病纏身，不能獲得親情、友情與愛情，他痛恨日本人歧視中國人，怪罪祖國的衰弱，怨恨在日本的中國人對他不友善。他要用「死」來傷害自己，也藉此傷害可恨的所有對象。郁達夫並沒有真正「自殺」，他用許多作家的模式，進行一種「變型的自我謀殺」，用寫作來進行慢性的自我攻擊，直到生命毀滅為止。如前所述他採取的是「裸露症」（Exhibitionism）式的寫作法，以頹廢浪漫的筆調表現自戀、自虐的心態，暴露變態的性苦悶。他的作品一貫的在製造賣點吸引閱讀的眼光，引起議論，書寫迫害意識。他覺得職場內的鬥爭難以忍受，創造社裏的人心很壞，軍隊的橫行不法，殘害人民，整個中國都是腐爛的，難以救藥。他的憂鬱症（或是精神疾病？）、肺病摧殘著身體，耽溺在鴉

---

〔註87〕 日本宣布戰敗後，在蘇門答臘的日本憲兵害怕對他們知之甚詳的郁達夫會報仇，因此將他誘出秘密殺害。見劉心皇，《現代中國文學史話．新文學運動面面觀》第二卷，頁337。不過劉心皇認為當時和他一起工作的王任叔，涉嫌向日本人告密，出賣郁達夫，這個說法應不可信。

〔註88〕 參見胡愈之〈郁達夫的流亡和失蹤〉一文，收錄於趙紅梅編《郁達夫自敘》，以及鈴木正夫著《蘇門答臘的郁達夫》一書，（上海，遠東出版社出版，1996。）

片與妓女之間無法超脫出來。他拋棄髮妻荃君，不理會孩子病死，追求美女王映霞，在都市與鄉鎮間，好山好水間遊蕩，不願奉養母親，這一切都似乎很理所當然，只需在文字間懺悔，似乎便可獲得原諒。他攻擊軍閥，憐憫民眾，又害怕被他們所捕殺。在日本侵華期間寫了非常多大義凜然的文章，嚴厲批評日本文化界的「走狗」行為，呼籲同胞勇敢抗敵。那些激切的愛國文字，給他埋下了殺身之禍，雖撐起的是「愛國抗敵」的神聖旗幟，雖是尋求「平衡（equilibrium）」、「自我拯救」的行動，卻也是另一種潛意識的自我謀殺（against himself）。他不斷用文字招惹問題，又害怕被攻擊。他預知自己做的事遲早會招來大難，又周到的事先立下遺囑〔註89〕。郁達夫其實在寫作〈沉淪〉一文時在某種意義下已經「死亡」了，其後的二十餘年表現的是自毀（Self-destruction）與自存（Self-preservation）的掙扎過程，人生旅途只是一個未死肉體的持續告白。他以作品來自我攻擊與攻擊他人，人們看到創造的部分，卻未查覺那同時也是毀壞的行動。

## 五、引用書目（按出版時間前後排序）

1. 梅寧哲（Dr. Kare Menninger）著，符傳孝等譯，《生之掙扎——破壞自己的人 Man Against Himself》，台北市，志文出版社，1975 年再版。

2. 凱·傑米森（Kay Redfield Jamison）著，王雅茵、易之新譯，《瘋狂天才 Man Touched with Fire manic-depressive illness and the artistic temperament》，台北市，心靈工坊出版社，2006 年四刷。

3. 芥川龍之介著，賴祥雲譯著，《芥川龍之介的世界》，台北市，志文出版社，1997 年再版）。

4. 羅曼·羅蘭（Romain Rolland, 1866 年～1944 年）著，陸琪譯，《盧騷傳》，台北市，志文出版社，1975 年。

5. 秦賢次、王宏志合編，《詩人朱湘懷念集·孤高的沉江詩人——朱湘》，台北市，志文出版社，1990 年。

6. 趙紅梅編，《郁達夫自敘》，北京，團結出版社，1996 年。

7. 劉心皇，《現代中國文學史話》，台北市，正中書局，1986 年第六次印行。

〔註89〕趙紅梅編，《郁達夫自敘·〈遺囑〉》，頁 400。

8. 褚威格（Stefan Zweig）著，陳文雄譯，《巴爾札克傳》，台北市，志文出版社，1986 年再版。

9. 郁達夫編，《郁達夫日記》，台北市，河洛出版社，1978 年台景印初版。

10. 黃菊等編，《魯迅全集》，台北市，唐山出版社，1989 年。

11. 洪北江編，《郁達夫全集》，台北市，文化圖書公司出版，1974 年。

12. 王自立、陳子善等編，《郁達夫全集》，香港，三聯書店，1984 年。

13. 陳子善、王自立編，《郁達夫研究資料》，香港，三聯書店、花城出版社聯合出版，1986 年。

14. 鈴木正夫著，李震聲譯，《郁達夫──悲劇性的時代作家》，南寧，廣西教育出版社，2000 年。

# 嬉鬧諧謔筆下的新文學現象——
# 章克標的文壇登龍術

## 一、嬉鬧本能及其藝術呈現

　　嬉鬧是動物的本能之一，從幼年期到青春期，在各種動物身上都能看到這種行為。嬉鬧本身包含有 1. 試探 2. 攻擊 3. 玩鬧 4. 引起注意 5. 無目的的行動 6. 前述各項動機的綜合等的心理機制。在成長過程中是不可缺少行為，如果本身缺乏嬉鬧的機會，或者被強力壓制，在未來的人格發展與適應上會產生問題。因為許多生存的技能及經驗，是在這種過程中學習得來的。由於嬉鬧的非社會化成分，人們在成長過程中會經由規範、受挫經驗、模擬成人禮教或自我省覺等方式，逐步去除或壓抑嬉鬧的行為，以合乎社會制約。然而此一本能並未消失，仍可在許多成年甚或老年人的行為中發現。嬉鬧的本能常常經過轉化，在藝術方面表現出這種特質。

　　文學或戲劇運用嬉鬧的成分很多，文學中的「不正經」成分，戲劇演出中的這類情節，往往是吸引觀眾的重要部份。〔註 1〕離開戲劇主線，在嬉鬧部分加入時事、流行語、俚俗動作，最能拉近演者與觀眾的距離。誇大、非理性的行為，往往使觀眾感到驚訝、可笑，引發本身即具有的嬉鬧本能，產生許多樂趣。舞台上的演員，把坐在台下觀眾潛藏的本能模擬、複製出來，因

---

〔註 1〕蘭嶼達悟族朗島部落的勇士舞（ganam iraraley），起源於 1950 年代。是朗島部落男生為追求生活樂趣，以嬉戲為起點，逐步發展出來的身體運動，其後轉化為舞蹈。見郭俞君，《蘭嶼達悟族朗島部落勇士舞之研究》，2006 年東吳大學音樂系碩士論文。

此得到共鳴。文學作品的嬉鬧成分，則經常表現在滑稽、狎邪、諧謔的文字之中，閱讀者在作家刻意編排的情節、渲染的氛圍裏，享受到被釋放的情緒，於其中獲得快感與愉悅。中國傳統戲劇中的丑角這個角色「調笑嬉鬧，滑中有稽」，風趣幽默，寓莊於諧，使得智愚同歡，雅俗共賞，讓整齣戲充滿各種不同的笑聲，具有強大的感染力〔註2〕。在現代文學中老舍的《老張的哲學》、《趙子曰》、《二馬》，以北京式的油腔滑調，表現出輕嘲熱諷的趣味，非常受歡迎。莫言的《蛙》、《酒國》，以詭譎陰森的心靈，漫畫式人物的刻化，突梯滑稽的狂言，塑造一種「沉重的喜感」。王朔《一點正經也沒有》、《千萬不要把我當人》、《我是你爸爸》等作品，則在販賣文化流氓與市井無賴綜合的趣味，故作痞氣，擾亂原有社會的文化習慣，獲得廣大的迴響。嬉鬧之於文學，是作者將內在的嬉鬧欲力，藉由小說人物傾洩出來。巴赫金（Ъахтинг, Михаил МихаЙлович, 1895～1975）的「狂歡化詩學」的論點，對這類的作品有許多分析，其主要觀點有：（1）無等級性，每個人不論高低貴賤，都可以平等身分參加（2）宣洩性，可以縱情的笑，尖刻的、自嘲的都可以，表現擺脫現實負重的心理渲洩（3）顛覆性，不受現實規範及社會階級的拘束，顛覆現存的一切，重構自我，實現理想（4）大眾性，屬於民間性與大眾化的歡慶活動。笑文化更是一種與宮廷文化對立的通俗文化〔註3〕。人們在歡慶的時候，以庶民階級的俗言俚語進行反諷、調侃、諧謔，表現跨越階級及非理性的行為，在活動中以嬉鬧的方式渲洩情緒，挑戰規範，顛覆現狀。近年來流行於世界的塗鴉（Graffiti）與KUSO，甚或台灣青少年文化中的火星文、廟會時的電音三太子陣頭等的行為，都具有前言所述的嬉鬧本質〔註4〕。

---

〔註2〕周秦樂舞中的俳優、倡優，隋唐百戲中的蒼鶻、參軍，宋元雜劇中的副淨、副末，明清戲劇中的淨、小淨，各類的文丑、武丑、小丑、太監丑、皇帝丑、滑稽丑等等，很多表演都有嬉鬧的部分。馬羅（Marlowe, Christopher, 1564～1593），《浮士德博士》，張靜二譯註，（台北市，聯經出版社出版，2001）一劇，雖是嚴肅悲劇，但大約有五分之二的內容屬於低俗嬉鬧的場景，這種鬧劇才是吸引觀眾重要的段落，讓場中人獲得最多樂趣。其後的莎士比亞眾多戲劇中，也不乏這樣的場景。

〔註3〕朱立元主編，〈巴赫金的複調理論和狂歡化詩學〉，《當代西方文藝理論（增補版）》，（上海，華東師範大學出版社，2006），頁265。

〔註4〕巴赫金詮釋的狂歡式，有多重意義，如日常生活中的秩序、規矩、法令、禁令和限制「在狂歡節一段時間裏被取消了」。如狂歡節主要儀式之一，就是以笑謔的方式給國王加冕或脫冕。國王加冕或脫冕代表「交替與變更的精神，死亡與新生的精神。」就第一點而言，就算在狂歡慶進入最高潮之時，仍會有理

　　朱光潛《文藝心理學》中談到「笑與喜劇」的發生，闡述了西方許多經典的說法。包括柏拉圖〈斐列布斯對話〉（Philebus, 47～50）中的「幸災樂禍說」，英國霍布士（Hobbes）〈人類本性（Human Nature）〉的「鄙夷說（scorn）」、「突然榮耀感（sudden glory）」，柏格森（H·Bergson）的「生氣的機械化」，德國康德、叔本華的「乖訛說（Incongruity）」、「失望說（Nullified Expectation）」，英國斯賓塞「精力過剩說」〔註5〕、「下降的乖訛說（Descending Incongruity）」，法國的彭約恩、英國的邦恩、美國的杜威和克來恩主張「自由說（Liberty Theory）」，法國的杜嘉、英國的薩列主張「遊戲說（Play）」，佛洛德的「心力節省說」〔註6〕。在以上的論點中，朱光潛認為佛洛德的說法乃綜合了「精力過剩說」、「自由說」、「鄙夷說」、「遊戲說」，是較重要的理論。其後簡述了佛洛德《詼諧和潛意識的關係》中的內容，將詼諧分為「無傷的詼諧（Hramless wit）」、「傾向的詼諧（Tendency wit）」兩種。「傾向的詼諧」又可分為「性慾的傾向（Sexual Tendency）」、「仇意的傾向（Hostile Tendency）」兩類。前者詼諧大半是淫穢的，後者大半以壓倒別人來取樂〔註7〕。朱氏並指出西方有關這類的論述，各有傳承及修正，為數眾多；對其中許多說法都有批駁與討論，認為各有缺點，亦可互相補足。「笑與喜劇」由於成因的多樣，情境的各有不同，確實不能歸結於單一的解說。

　　以嘻笑怒罵方式對政治、社會、世情或人物進行否定式鋪陳，在中國淵遠流長，最早的文學總集《詩經》中，便有「美刺」的表現。「刺」這類文學作品，在後世的發展非常多樣，或嚴肅而直接，或隱晦而難明，或以嘲諷、

---

　　性的節慶流程在進行。儀式與階級位置的排序仍不能混亂，官員仍須據守他的崗位；否則將會面臨社會的失控與衝突，造成毀滅性的結果。全然的「狂歡」可能存在原始的部落裏，人口不多且社會領導階級未完整的建立。全然的「狂歡」，在發展成熟的社會裏，未必能夠存在。引文見錢中文主編，白春仁、顧亞鈴等譯，《詩學與訪談·陀思妥耶夫斯基詩學問題》，（石家庄市，河北教育出版社出版，1998），頁161～163。

〔註5〕有「幽默大師」稱號的林語堂採取的是英國霍布士（Hobbes）「鄙夷說（scorn）」和英國斯賓塞「精力過剩說」的說法，他在〈論幽默〉《幽默諷頌集》上篇說，「人之智慧已啟，對付各種問題之外，尚有餘力，從容出之，遂有幽默。」此外他認為處處發現人之愚笨、矛盾、偏執、自大時，幽默也會出現。（台北市，綜合出版社，1975），頁58。

〔註6〕佛洛德即佛洛伊德（Sigmund Freud, 1856～1939）。

〔註7〕朱光潛，〈笑與喜劇〉《文藝心理學》第十七章，（台北市縣，智揚出版社，1986），頁321～349。

諧謔等方式寫出作品，是其中一個品流紛雜的類型〔註 8〕。《文心雕龍‧諧隱》說：「諧之言皆也。詞淺會俗，皆悅笑也。」諧謔的話常用簡單的詞語表達，讓一般人都聽得懂，使眾人為其逗樂。並舉例評論：漢代的東方朔、枚皋等人「詆嫚媟弄」，雖稱為賦，但因內容的粗鄙，以詼笑齓骸取悅於人，國君視之為倡優。魏晉之間文士互相嘲弄，形成風氣，威儀盡失，頗為不堪〔註 9〕。這些「笑鬧」未必具有勸諭的作用。「刺」這個文類並無法完全概括其間的多種面貌，就諧謔一類來看，可能僅是一種純然的「玩笑」，僅是博君一粲而已，沒有包含譏刺或寓意在內。有些以狎邪淫穢為特色的「作品」，如元代的散曲、明清時代被記錄下來的山歌、粵謳、笑話等，其中很多涉及男女調情的內容，可說是表現「性慾的傾向（Sexual Tendency）」的詼諧，是一種情慾性的逗趣。至於如《笑府》、《廣笑府》、《笑林廣記》等雖充滿諧趣，其基本動機卻是以販售營利為目的。作家收集也創作、改寫了有趣故事，讓讀者藉由「乖訛（Incongruity）」、「失望（Nullified Expectation）」等驚奇、落差與衝突的情節，產生閱讀後的快感。不過善於說笑的人，有很多是出身微賤或身體有殘缺，說笑話的動機來自「討人喜歡」。有些人善於在宴會場合說笑，目的是製造歡樂氣氛，笑話的內容較為純粹或無關月旦人物、計較是非，諷刺、暗喻的成份較少。

這些論述都能解釋喜劇、諧謔、諷刺的某些實例，然而嬉鬧的本能與慾力，可能是這些情境的來源之一。清末民初，中國文學開始進入所謂「現代化」的階段，以語體文創作的詩歌、小說、散文，逐步的受大眾的喜愛，建立起新的文學潮流。以諷刺、諧謔為主的創作，自然也出現了不同以往的風貌。1933 年出版的《文壇登龍術》是其中一本廣受注目的作品，這本書對中

〔註 8〕《詩經》的「美刺」說來自〈詩序〉，「刺」包括了刺亂、刺時、刺荒、刺人等等。為詩寫序主要目的，是將《詩經》做為政治、教化的範本，所以很多詩用所謂「刺」來解釋，常會有誤導其詩原意的現象。然而如〈碩鼠〉、〈鴇有苦葉〉、〈伐檀〉等確實具有反映時弊的「刺」意在。

〔註 9〕劉勰，〈諧隱〉，《文心雕龍》第十五，范文瀾注，（台北市，開明書店，1966 台四版），頁 52。另「至魏人因俳說以著笑書，薛綜憑宴會而發嘲調。」當時即有以滑稽、嘲弄為主的著作產生，且善於嘲調的人也為知名之士。劉勰雖對這種聚會、飲宴時的笑鬧不具好感，認為，「而無益時用矣。」然而就算「懿文之士」也無法避免，如，「潘岳醜婦之屬，束晳賣餅之類，尤而效之，蓋以百數。魏晉滑稽，盛相驅扇，遂乃應場之鼻，方於盜削卵；張華之形，比乎握春杵。曾是莠言，有虧德音，豈非溺者之妄笑，胥靡之狂歌歟？」認為是不正經的表現。

國文學界，尤其是新文學界各種現象，進行了諧謔式的書寫，在當時引起了很大的迴響。作者章克標以冷淡的筆調，娓娓而談的方式，不疾不徐的對想進入文壇的青年提出忠告；實際是用嬉鬧的欲力，諧謔的方式，展現當代文學的實景與反思。

## 二、作者與作品

### （一）用幽默諧謔走出的路

1930 年代伊始，中國現代文學運動已進行了十餘年，其間的發展可謂繽紛多樣，許多站在時代先鋒的知識者，引進了東、西方各種思潮與寫作流派，在文壇上展現其實驗性與先鋒性〔註 10〕。然而各有堅持或與現實利益的衝突，黨同伐異的現象層出不窮，為「政治服務」的文學集團，其鬥爭性又更明顯。1927 年左右開始進入文化界的章克標（1900～2007），很快的掌握住了眼前的脈動，並做出了提綱挈領的敘述〔註 11〕。他在書中第四章〈社交 留心文壇大勢〉一節，勸告有心要成為文士的人，要注意現在有哪些文學社團，比如上海有創造社和文學研究會，北京有東派（留學東瀛周氏兄弟等人）和西派（留學西洋的胡適、徐志摩、陳西瀅等人），又有一批「普洛（普羅）派」的左翼聯盟。左翼聯盟，隱然以郭沫若為首，底下有馮乃超、李初梨、鄭伯奇、蔣光赤等人，因有非常多報刊雜誌附和，中國文壇幾乎成了這個團體的天下，一時間彷彿「都要被赤化了」。此外還有不怎麼受重視的，國民黨主導

---

〔註10〕 王瑤說，「外國文學對誕生中的中國現代文學的啟迪和影響是全面的。」見〈中國現代文學所受外國文學的影響〉，《中國文學縱橫論》，（台北市，大安出版社，1993），頁 128。

〔註11〕 章克標（1900～2007），日本東京高等師範學校畢業，專業是數學。曾於上海立達學園、暨南大學執教。1927 年與方光燾、滕固等創辦「獅吼社」，在文學上傾向唯美、新奇、頹廢之風。他曾在開明書店、金屋書店、時代圖書公司任職。編過《一般》、《時代畫報》、《十日談》、《人言》等刊物，《一般》是與胡愈之、豐子愷、葉聖陶等人輪值編輯的。此外與邵洵美合作編有《金屋》月刊，和林語堂合辦過以幽默、諷刺著稱的《論語》。日人佔領中國南方後，曾擔任《浙江日報》主編，鼓吹大東亞共和，被視為附日份子。著作甚豐，包括長篇小說《銀蛇》、《一個人的結婚》、《戀愛四象》、《蜃樓》，小品文《風涼話》、《文壇登龍術》等。翻譯過武者小路實篤、菊池寬、谷崎潤一郎、夏目漱石、橫光利一等人的作品，對明治以來的日本文壇及其流變非常熟悉。參見徐重慶，〈世紀老人章克標——代序〉，《文苑草木》，（上海，上海書店出版社，1996 年），頁 1～3。

的民族主義文學集團〔註12〕，以及沒有什麼市場的無政府主義作家群等等。巴金曾經是無政府主義一派的，「現在不是了」，而沈從文脫離了新月派，走自己的路。且創造社和文學研究會的人彼此水火不容，互相敵視。即使同屬左翼聯盟的魯迅和茅盾，與聯盟裏的晚輩也不融洽，對這些狀況也該掌握。加入某一社團之前一定要認識清楚，因為加入某社團之後，就會被認定屬於某一派，便會遭到排斥。〔註13〕這樣的剖析，非常準確的歸納出當前文壇的脈絡，也指出了這些「流派」的偏頗與侷限。

　　《文壇登龍術》書中章克標敘述了自己的風格，走的是以諧謔為主的寫作路線，與那些崇高偉大的文學命題，與強烈介入現實的政治文學，並不相符。以林語堂為首的文人群，在1932年開始創辦了《論語》、《人間世》、《宇宙風》等刊物，這幾本以幽默小品為號召的雜誌，在當時引起了一股熱潮。主要的作者有周作人、老舍、老向、海戈、姚穎、陶亢德等人，類似的刊物有《逸經》、《談風》、《天地人》、《太白》、《芒種》等約二十種。章克標參與了《論語》、《人間世》的編務，也經常在上面發表文章〔註14〕。對「自己這一派」在《文壇登龍術》的〈結文〉裏，曾做了一番自嘲式的批判。他說現在有一幽默派的流行，用魏晉清談的風度，優游不迫的氣象，對當前的事事物物說著笑話，笑話裏夾雜著自以為是的深意。這些人（包括自己）基本上是過著偷懶的生活，對什麼也不負責任，不表態，只是在其中周遊取巧〔註15〕。必須加以釐清的是林語堂式的幽默，來自英美紳士風的優雅，與章克標具有庶民野氣的諧謔十分不同。「幽默」林語堂的定義是：「是看他能否引起含蓄意思的笑」，是溫厚的、同情的、深遠超脫的，與諷刺、謾罵、揶揄等不同〔註16〕。章克標的喜感是包含很多不馴、粗鄙，本質是嬉鬧，可能造成的是狂野、放肆的笑。事實上面對當時

〔註12〕1930年王平陵、邵洵美、黃震遐、朱應鵬等人於《前鋒周報》署名發表〈民族主義文學運動宣言〉，民族主義文學運動是國民黨當時為因應日人侵華行動，以及左翼作家聯盟可能全面赤化文壇所做的反擊。邵洵美與章克標交情甚深，同屬「獅吼社」社友，亦長期合作編雜誌及主持書店，由此可看到當時他「表面上」的思想與政治傾向。見朱棟霖、朱曉進、龍泉明主編，〈文學大事記（1928～1936）〉，《1917～2000中國現代文學史》，（北京，北京大學出版社，2007），頁272。

〔註13〕章克標，〈社交〉，《文壇登龍術》第四章，（成都，四川文藝出版社，1999），頁102～105。

〔註14〕《論語》半月刊第二期封面，刊有「長期撰稿員」的名單，章克標名列其中。

〔註15〕章克標，〈結文〉，《文壇登龍術》，頁250。

〔註16〕林語堂，〈論幽默〉，《幽默諷頌集》（上篇）引麥烈蒂斯《喜劇論》，頁58～69。

各路軍閥內鬥（1926 年國民革命軍北伐），國共意識形態之爭（1927 年寧漢分裂），日本不斷製造挑釁行為，如五卅慘案（1927）、九一八事變（1931），文壇上的路線之辯〔註 17〕，種種動盪造成人心惶惶不安，社會空氣鬱悶。以幽默諧謔口吻出之的文章，避開了鋒利的文詞，張牙舞爪似的互鬥，讓人們用輕鬆愉快的心情，將沉重的世界重新編織，以嬉鬧的態度介入殘酷喧囂的社會，面對苦難的國家形勢。由周作人開端，林語堂發揚光大的這一支筆隊伍，開創了另一支文學流派，並且獲得廣大的迴響。

### （二）這本書的誕生

《文壇登龍術》是章克標著名的作品，以自費的方式出版於 1933 年。為何會寫這本書，〈緒言〉中說是為了讓有心成為文人的青年，有一個步上正軌的參考資料。因為有很多身處文壇「中央」或「邊疆」的作家，常常接到詢問的信件，卻無暇回答，或不知如何回答，市面也缺乏指引的書籍。他覺得自己很適合做這件事，便寫了這本書。他請讀者要信仰書內的建議，只要有信仰便會產生力量，有力量便可達到目的。緒言中的「信仰與力量」是出自孫中山《三民主義》第一講〈民族主義〉：「思想貫通以後，便起信仰；有了信仰，就生出力量。」〔註 18〕是當時十分流行的話語，作者將之化用在〈緒言〉中，造成一個詼詭的興味。因為本身就是寫作圈的一員。章克標對 1910 年至 1930 年左右中國新文學的發展，做了深度的觀察與記述，以嬉鬧的筆法，「照見」出文壇紛雜岐出的面貌。

《文壇登龍術》就其書名來看，所指應該是教導人們如何成為一個有名有利的文人，讓人們藉由某些方法「登上」文壇的龍門。實際上本書所涉及的問題，範圍甚廣，包含了最基礎的進入門檻，到名利雙收，到死亡之後如何自處，都有述及。在〈解題〉裏作者解說本書書名的來由，「登龍」與「燈籠」諧音，燈籠可以照見黑暗。但如用此意，會令人感到好像要「照察」出文壇的黑暗，會得罪不少人，恐有不妥。且「術」這個字又難接上登龍兩字。龍這種動物究

---

〔註 17〕如，1928 年後期創造社及太陽社發起的「革命文學」論爭，批判魯迅及茅盾；1929 年國民黨的「民族主義文學運動」宣言，造成的回應與譏嘲；1928 年～1930 年間左翼作家與梁實秋，對無產階級與人文主義之間的論辯；1931 年開始的胡秋原、蘇汶的「第三種人」論述等。章克標對這些論爭頗有心得，不少想法反應在第四章中，許多觀點顯得十分世故而深刻。

〔註 18〕孫中山，〈民族主義〉，《三民主義》（中國國民黨黨史委員會版本）第一講，（台北市，三民主義百萬冊印發委員會，1991），頁 1。

竟長成什麼樣子，殊難理解，而龍在中國人心目中是神聖偉大的象徵，文人並沒有那麼偉大。所以到底要不要用「登龍」這兩字，一時很難決定。最後想到東漢知名人物李膺的典故，在那個標榜風骨節操的時代，只要受到接見，就能獲得眾人讚譽，所以蒙他接見便有「登龍門」之說。作者便想到文人要揚名天下，求見名人受到揄揚便是個很好的方式，這是一種方法，一個「術」，在現代也非常管用。於是登龍門再加上術，「文壇登龍術」之名便誕生了。

至於本書的寫作緣由及方法，根據作者〈《文壇登龍術》徒然草〉一文〔註19〕有清楚的說明。其一是他在東京讀書時，曾讀過坪內逍遙（1859年～1935年）寫的《一唱三嘆當世書生氣質》〔註20〕，書中對日本文學青年著迷於新文學的形式與內容，對古典文學不再尊重，亦缺乏舊時文人的風格與教養，因而撰文進行長篇大論的批評與嘲諷。這本書笑謔的筆調，對他很有啟發性。其二則是中學時代，讀了很多《笑林廣記》、《一見哈哈笑》、《諧鐸》、《文章遊戲》等作品，對這樣庶民化的、俚俗的趣味很是喜歡。尤其是《文章遊戲》系列的書全是些諷刺、滑稽、笑話等不登大雅之堂的民間文學，這類的荒唐嬉鬧文字，恣肆無忌的心態，很合乎他的脾性。另外則是劉半農重刊光緒年間張南莊的《何典》，此書因受到吳稚暉推崇，名噪一時，他把這本書讀了很多遍，頗有心得。上述這些品流的作品，對寫作此書有影響，他也以「諧謔」兩字來稱呼這本作品〔註21〕。其實作者未提到的另一本知名之作李宗吾《厚黑學》的行文風格，也可看出在他的文章中留下痕跡〔註22〕。這些作品裏粗魯、鄙直的野趣，充滿戳穿禮教社會虛假面目的力量，對他這位出身貧困又位在文壇「邊緣」的作家來說〔註23〕，確實是很有吸引力的。此外作者的編

---

〔註19〕章克標，〈《文壇登龍術》徒然草〉〉，《文壇登龍術》附錄，（成都，四川文藝出版社，1999），頁265～268。

〔註20〕坪內逍遙，本名坪內藏雄，為日本早稻田派文學的創始者，喜愛英國的文學、戲劇。主張寫實主義，著重於社會民情，世態風俗的描寫。文藝論著《小說神髓》對日本的文學具有指導性。曾以日本古體詩詞，耗時十餘年翻譯《莎士比亞全集》四十卷。他的作品由周作人翻譯介紹至中國，對新文學運動早期的發展有影響。

〔註21〕章克標，附錄〈《文壇登龍術》徒然草〉〉，《文壇登龍術》，（成都，四川文藝出版社，1999），頁265～268。

〔註22〕章克標，〈林語堂兩則〉，《文苑草木》，頁74。曾談到《論語》創刊時稿源不足，曾將出版於1927年的《宗吾臆談》中選出幾則刊登。

〔註23〕章克標的作品在1920、1930年代都未造成廣大的知名度，不是主流作家，這點他很有自知之明。未受重視的「邊緣感」，也可能是他嘲諷主流作家的動力

輯性格，出版商心態也是值得注意。他在 1929 年出版的長篇小說《銀蛇》，便是以當時著名的郁達夫與王映霞戀愛事件為經緯，刻意的將之編造渲染，引起了一股購買熱潮〔註24〕。他掌握市場的能力，以賺錢為目的的寫作動機，也可以是這本書誕生的原因之一。章克標有意無意的揭露文壇秘辛，販賣偶像文士的劣行，透露不為人知，又為人所欲窺視的「內幕」；是很能掌握讀者心態的文化人。

## 三、內容論析

### （一）本書大要

《文壇登龍術》在〈緒言〉裏告訴讀者，文士這一行是有前途的，只要懂得方法，便可有名有利，很值得追求。也強調這本書的內容可靠，方法科學，看了本書就可使人改變命運，成為大作家、大詩人。全書十三個部分，大概可歸納成四類：

其一是成為文士的條件，包括第一章〈資格〉，第二章〈氣質〉，第三章〈生活〉。這三章主要內容為：1. 文人的生理、心理特徵。具備了「不平常」的天賦，好的容貌體格，足夠的戀愛經驗，有放誕的能力，再加上懶惰與重情輕知等特質就可以了。2. 行為與癖好要與眾不同，穿歐美進口的西裝，有煙、酒癖，會賭博、欠債，帶病在身等等都是基本要件。

其二是如何成為文士的方法。包括第四章〈社交〉，第五章〈著作〉，第六章〈出版〉，第七章〈宣傳〉。內容重點有：1. 如何在文壇成功的各種技巧，包括藉名人之光，參與社團，黨同伐異，結納各色人等。2. 介紹當代文人、文壇的主要人物，文學主張，恩怨關係，如何不表態的遊走其間等。3. 實務運作：如投稿、出版、宣傳的建議。

---

之一。在他筆下被隱隱點名的文人，大多是留日派的，如魯迅、郁達夫、郭沫若等人。此外對當時創造社、文學研究會、左翼作家聯盟的一些怪現象，也有不少涉及。對留日文人的攻擊可能是與自己的背景相似，較能掌握。如胡適、徐志摩、陳西瀅、梁實秋等英美派的問題，則較少看見。

〔註24〕《銀蛇》是未完成的長篇，基本上書中所影射的已是眾所周知的郁達夫等人，章克標有些難以為繼，所以只好停筆。郁達夫與王映霞後來的發展，超出了這本小說的想像。在《文苑草木》，〈孫百剛‧王映霞‧郁達夫〉一文中，對幾人之間的糾葛有很深入的報告，章克標也是事件的當事人之一，他對郁達夫的不滿十分明顯。《銀蛇》的寫作法模仿谷崎潤一郎，頗多肉慾情色的描述。見《文苑草木》，頁 41～54。

其三是如何保持成功文士的地位，不被打倒及淘汰。主要在第八章〈守成〉，第九章〈應變〉。〈守成〉章中列了獎掖後進、收羅代筆、研究國故、翻譯古典、築造住宅、編定全集、墓碑與雕像等方法。獎掖後進就是扶植擁護自己的實力，若要永遠維持地位，必須要人堅定不移的支持〔註25〕。〈應變〉一章，主要在闡明「識時務為俊傑」的重要。觀察各種形勢，什麼地方興旺，便去參加，「紅旗與旺趕紅旗，綠旗與旺趕綠旗。」便是維持成功成名的法門〔註26〕。

其四是對文學與文士的矛盾論述。〈結文〉一章幾乎全面的否定了文學的價值與文士的人格。他說文學的內容，大都是不道德、不健全的，所歌詠的主題多半是戀愛或喪德者，是種靡靡之音，讀者受其麻痺之後，很難逃出墮落的深淵。並且提出自古以來擅長文學的國君，大概都是亡國之君，如陳後主和南唐二李等〔註27〕。又說「文學是說謊，是互相哄騙，是教人不要認真，是黑白顛倒。」至於中國當時的狀況，他鼓吹先亡國再救國。由於中國人對國家亡不亡，是漠不關心的，而文士兩方面都可幫忙，可參加救國，或者協助滅國。最後輕輕點出正題，文士最應在意的是風教、禮儀和世道人心了，而不應當去破壞它，成為名教罪人〔註28〕。

這四個重點之外，在〈後記〉上說這本書的用途很廣，不限於文學領域，凡想要在社會各界嶄露頭角的，都可以沿用這本書上所列的各種原理和方法，進而得遂其目的〔註29〕。

這本書可說是作者進入文壇六、七年來的觀察報告〔註30〕，他顯然對眼前的現象並不滿意，有著很多的不以為然，所以用「嬉鬧」的心態寫了這本書。他的「諧謔」是很全面性的，就算是創辦《論語》十人中的一員〔註31〕，他也攻擊了這個雜誌標舉的信條。包括：第三條不破口罵人（要諧而不虐，

---

〔註25〕章克標，〈守成〉，《文壇登龍術》第八章，頁 209。

〔註26〕章克標，〈應變〉，《文壇登龍術》第九章，頁 238。

〔註27〕章克標，〈結文〉，《文壇登龍術》，頁 244。

〔註28〕章克標，〈結文〉，《文壇登龍術》，頁 251。

〔註29〕章克標，〈後記〉，《文壇登龍術》，頁 261。

〔註30〕章克標 1918 年赴日，1925 年返國。留日期間即和滕固、方光燾等人過從甚密，對唯美派的文學很有興趣，彼此經常聚會討論。滕固在 1924 年發起創辦「獅吼社」，章克標返國後也加入這個社團。

〔註31〕章克標說《論語》這本雜誌，是在邵洵美家客廳談出來的，名稱還是他建議的。見《文苑草木》〈林語堂兩則〉，頁 73。《論語》出刊後大賣，後來林語堂與邵洵美為了利潤算法有意見，因此拆夥，林語堂轉而去辦《人間世》。

尊國賊為父固不可，名之為忘八且也不必。）第九條不戒癖好（如吸煙、啜
茗、看梅、讀書等），並不勸人戒煙〔註32〕等等。這些信條在書中都成了負面
的材料，或者違反了規定。他的「嬉鬧」含有輕度的攻擊，玩鬧，引人注意
等的動機。沒有諷刺的那種惡意、恨意，不會讓人產生憤怒感，不致於惡向
膽邊生。在娓娓道來中，讀者雖然並不全然贊同，往往令人會心一笑。他下
筆的姿態很高，用向下看的眼光俯視文壇中的人與事。有孫悟空大鬧天宮的
氣勢，否定天庭既有的秩序，揭露了某些神祇（文壇偶像）可笑的面目，四
處打鬧、放火，卻沒有取而代之的野心〔註33〕。有些敘述嘲諷過度了，還好
大部分維持了某種文學的水平，不致如謾罵或粗鄙到令人難堪。

## （二）嬉鬧諧謔式的寫法

### 1. 當代文壇哈哈鏡

　　章克標自述其寫本書淵源時，曾提到深受《笑林廣記》、《一見哈哈笑》、
《諧鐸》、《文章遊戲》等書的影響，這些作品的特色有：其一是庶民的，閱
讀者是廣大的民眾。其二是以消遣娛樂為主，具有很高的可讀性。其三夾雜
有教化懲惡，道德教訓的帽子。其四用語俚俗，但貼近日常生活。《文壇登龍
術》包含了前三者的特色。如前節所述，它的內容包括了四個重點，除了比
較實際「實務的建議」部分外，可以感受到的，事實上是種對當時文壇的反
省與否定，具有霍布斯「鄙夷說」，佛洛德「仇意傾向的詼諧」的筆法。巴赫
金（Ъахтинг, Михаил МихаЙлович）闡釋這種類型的作品說，形象性否定有
兩種型式，第一種是笑謔的，把否定的現象描繪成可笑的東西加以嘲諷。第
二種是嚴肅的，把否定的現象描繪成討厭的、可惡的、令人反感和憤怒的東
西〔註34〕。就當時的作家來看，魯迅的作品如〈狂人日記〉、〈阿 Q 正傳〉等

---

〔註32〕引見劉心皇，《現代中國文學史話》第三卷，（台北市，正中書局，1986 年第
　　　　6 次印刷），頁 576～577。

〔註33〕劉心皇認為林語堂系的刊物如，《論語》、《人間世》、《宇宙風》、《逸經》、《談
　　　　風》、《天地人》、《太白》、《芒種》等，在中國來說只做到「搗蛋」的效果而
　　　　已。這些作家有部分認為天下無不可搗之蛋，因此養成隨隨便便的態度。他
　　　　認為這些文士態度輕薄，以嘻皮笑臉為能事，所以如周作人、陶亢德等人會
　　　　附逆作漢奸，就是因為思想不正確之故。就其思路及行文邏輯來說，章克標
　　　　似乎也有此病。引見劉心皇，《現代中國文學史話》第三卷，（台北市，正中
　　　　書局），頁 612～613。

〔註34〕王先霈、王又平主編，《文學理論批評術語匯釋》，（北京，高等教育出版社，
　　　　2009），頁 261。

小說及《南腔北調》、《淮風月談》等雜文集，表現的便是對中國傳統文化的憎恨感。用的是尖刻、憤怒的文字，將中國國民性的敗壞顯示出來，屬於嚴肅性的否定；雖然其目的是針對國民性的改造。章克標則未能用「鄙夷說」，或者「把否定的現象描繪成可笑的東西加以嘲諷」的觀點來概括，他並沒有完全否定文士與文壇。進入文壇是自己的選擇，雖然原來的專長並不在此；此後也一直從事與文學相關的工作。只是對某些文人無品、文壇無行的現象頗有意見，認為新文學破壞了風教、禮儀及世道人心，所以用嬉鬧的方式進行書寫。運用了「否定的趣味」、「嬉鬧的快感」贏得了注目。對當時拉幫結派的文壇現象，或是如魯迅、郁達夫等人的作品與行為，做出諧謔式的鋪陳〔註35〕。然而不見得沒有寄託寓意，警戒世俗的熱心在其中。

### 2. 書寫方式分析

　　這本書的寫作法，如前所述是源自嬉鬧的諧謔，這類修辭大部分含有字面之後的好幾重意義，可稱做「複義的敘事」寫作法。傳統把這樣的敘事用「寄寓」、「意在言外」、「諷刺」、「嘲弄」等來定義，這類的敘事至少包含了三種內涵：（1）「表面的意義」，作者以正面或負面的意思陳述，然而那並非作者真意。（2）「隱藏的意義」，作者以正面方式陳述，但真正的想法是負面的，或者多義的，反之亦然。（3）「期待的意義」，作者對自己的敘述有所期待，希望能對讀者產生某種效果。例如引起閱讀的意願，影響閱讀者的觀念、行為等等。然而就讀者來說，就算能掌握作者的三種意義，但接受的可能是「表面的意義」、「隱藏的意義」而非「期待的意義」。由於作者的意念模稜或文字本身的罅隙，或運用譬喻、象徵、典故等修辭法，常常會有誤寫與歧出的現像，讀者也會有誤讀、意義接受混淆的情形。除非作者明確的再說明，否則作者、讀者各自詮說是難以避免的。然而就算作者的再說明，因為各種因素的干擾有時也難有定

〔註35〕章克標曾寫過一篇長文解析魯迅收集在《吶喊》中的各篇作品，文章刊載於《金屋》月刊。此文運用佛洛伊德的理論解析，指出這位作家，是有點精神病的徵兆，並指出「凡是一個偉大的作家，都有一點神經病。」都會被世俗之人認為是怪人、畸人、不合時宜，乃至痴人、狂人。這篇文章並未引起魯迅的不悅，章克標後來知道，這樣的說法在當時可能認為還是種讚揚。魯迅後來因另外的事，曾撰文攻擊出資辦刊物的邵洵美，稱章克標為邵家的幫閒專家，為人惡劣，文化大革命時被認為是反對魯迅的壞份子，受到「不尋常的懲罰」。見《文苑草木》〈魯迅兩關〉，頁55～62。魯迅對他寫的《文壇登龍術》略有提及，並寫有〈文壇登龍術拾遺〉一文（收錄於《淮風月談》），見黃菊等編，《魯迅全集》第七卷，（台北市，唐山出版社，1989），頁94。

解。不可避免的誤寫與誤讀，會造成作者與讀者的期待不能相符。本書的敘事模式可略分為：（1）謬題謬說（2）正題謬說（3）正題正說（4）諧謔述說等四類，這四類都具有「複義敘事」的特性，亦有多重的解讀可能。由於本書一貫的嬉鬧基調，刻意引發笑點，足以讓讀者產生很高的快感。

（1）謬題謬說。題目設定基本就是荒謬的，但故作正經的加以申論。如文士的瘋癲、疾病、生活方式、懶散、癖好都是成為文士的「必要條件」。事實上「必要條件」本身即是個以謬的立題，再加上故作正經的敘述，以訛說訛，更凸顯喜感。例如：

①作家的資格是瘋癲與患病。章克標認為當一位作家的「資格」，很重要的特徵便是「瘋癲」，這是證明你是天才的標誌，只要「老了臉皮」表現出「瘋瘋癲癲的行為」，就可以得到這樣的尊號了〔註36〕。其次要貧窮和罹患疾病，因為自古以來有「文要貧病而後工」的說法，當文人第一條件便是「工愁善病」，這樣才能使文章出色〔註37〕。至於哪種類型的病，最符合文人的身份，他列出了肺病和梅毒兩種：「肺病是名譽的文學病」，著名的雪萊、濟慈都患這個病死的，他祝福想成為文人的朋友能患這「光榮的高貴的疾病哩」〔註38〕。梅毒是當時非常流行且時髦的病症，文人又想兼是「文明人」，那是非患不可的。「梅」字本身即是個優雅的字，民國二十年左右又通過梅花成為國花，所以「中國人實在都有患一次梅毒的義務。」〔註39〕

②作家的生活即常人的娛樂。作家與平常人不同，他們主要的工作就是談戀愛，喝酒，打麻雀，聽戲看電影，遊公園找女人，享受麻醉性的遊樂。這些是平常人閒暇時才做的娛樂，卻是文士日常工作的重心。不過這些工作是很累人，很容易讓人得到神經衰弱的症狀〔註40〕。所以文人罹此疾的特別多。至於做為文人，必須體認到「懶惰是文人第一條美德」，沒事躺在安樂椅上抽香煙，是很得體的；絕不可如俗人一般的「勤奮精勵」，萬不可染上努力這個風氣。文士的懶惰是為了等待「煙士披里純」的降臨，囚首垢面，懶得理人，是有理由的〔註41〕。

---

〔註36〕章克標，〈資格〉，《文壇登龍術》第一章，頁30。
〔註37〕章克標，〈資格〉，《文壇登龍術》第一章，頁33。
〔註38〕章克標，〈生活〉，《文壇登龍術》第三章，頁86。
〔註39〕章克標，〈生活〉，《文壇登龍術》第三章，頁87。
〔註40〕章克標，〈生活〉，《文壇登龍術》第三章，頁95。
〔註41〕章克標，〈氣質〉，《文壇登龍術》第二章，頁59。

③文士臉皮要厚。文人是應該頹廢的，欠債往往是他們的生財大道，債務愈多愈妙，欠別人錢是窮文人的財產〔註42〕。臉皮厚非常要緊，「不要怕難為情，不要怕什麼羞恥。」，看看所謂知名作家「都練得有鐵一般的，或牛皮一般的面皮。」〔註43〕，這是作家的本分。

④煙酒嫖賭都是文士必備的癖好。煙酒是文學天才一定要有的癖好，自古以來文人學士沒有不喝酒，現代文人還加上抽煙。每喝必醉，煙不離手，是一種典型〔註44〕。嫖與賭更是不可缺少的習性，文人應該見一個愛一個，「形之於口，筆之於文。」進出妓院，和各種女人上床〔註45〕。作家須要了解女人，這樣才能把女人寫好。娼妓才是「完全」的女人，她們懂女人該具備的一切，更知道如何誘惑、欺騙、玩弄男人，所以除了嫖很少有其他辦法，能真正認識女人，寫出女人的千變萬化〔註46〕。賭，比嫖更刺激，文士更有興趣，因為那是「精神的極度緊張與純化」〔註47〕，夠資格的作家不能不具備這些癖好。

⑤文士學問不可好。章克標認為愈沒學問愈佳，有了學問反而是壞處。因此，說安祿山是河北的一座大山，天牛是一種比犀牛還大的牛，三叉神經是佛教的一部經典，雖不無可笑之處，但能說出這一類的話，便有做文人的資格了。文人不要有好學問，愈沒學問愈佳〔註48〕。

以上的推論來自作者自設的「必要條件」，這種預設就是為造成文本的荒謬性。作者順題推衍的說法，加強了更多「笑果」。

（2）正題謬說。題目設定是正向的，但用不正經的說法論述。理所應為的事，要懂得如何不正當的操作。例如：

①要加入文學社團。加入文學社團基本上是正確的事情，獨學而無友，必孤陋而寡聞。在文學創作道路上找到氣味相投，理念一致的朋友，可以相互切磋琢磨，互相鼓勵，本來是件好事。但章克標則認為加入某個團體後，要體認「自己永遠對，別人總是不對」，把握「黨同伐異」這種高尚的精神，「反對一個人或擁護一個人，全看他是不是你的同志同黨而定，沒有其他的

〔註42〕章克標，〈生活〉，《文壇登龍術》第三章，頁82。
〔註43〕章克標，〈資格〉，《文壇登龍術》第一章，頁38。
〔註44〕章克標，〈生活〉，《文壇登龍術》第三章，頁75。
〔註45〕章克標，〈氣質〉，《文壇登龍術》第二章，頁52。
〔註46〕章克標，〈生活〉，《文壇登龍術》第三章，頁81。
〔註47〕章克標，〈生活〉，《文壇登龍術》第三章，頁81。
〔註48〕章克標，〈資格〉，《文壇登龍術》第一章，頁41。

道理。」對不同的團體要不留情面的攻擊。假使進入一個團體，不去做黨同伐異的事，那這個團體還有什麼用。這樣的情形不只文人才有，只是比起其他領域「文人最旺盛」罷了〔註49〕。所以在加入某團體前，要很清楚狀況。事實上加入社團之後，未必要黨同伐異，作者有意強化文學社團這種普遍的「高尚」行徑。

②文學批評很重要，但作法更重要。對文學進行研究及批評的工作，是一件很重要的事，創作者可以獲得批評者者的意見，改善創作的盲點。批評者可以分析出一般閱讀者，未能看出作者用心的幽微處，指出作品的價值何在，兩者的關係是相輔相成的。章克標卻從另一個角度來「奉勸」想要從事文學批評的人，他說批評作家的文章有三種方式：一是詠讚，替人捧場，專說好話。二是罵倒，努力的挑出壞處，專說作品的不好。三是折衷，不專說好，也不專說壞，讚揚幾句，夾雜幾聲唾罵〔註50〕。運用之妙，端看需要而定。作者不以培養正確客觀的態度來做文學批評，反而建議讀者「油滑圓通」的方式，以「需要」為前提，不負責任的出入其間。

③要成功，要懂得投機。進入文壇要先選定一個主義，找到一個流派做為敲門磚，讓人們認識你，這是成名的捷徑。但所謂選定是要看社會要什麼。社會要寫實便寫實，要浪漫便浪漫，要普羅便普羅，「抓住那個流行的核心便是你成功之路」〔註51〕。萬一感到選的那個主義，有縛手縛腳之嫌，施展不開，建議就將之拋棄好了〔註52〕。不必執著，一但功成名遂，可以另行變化。畢竟選哪個主義，只不過是成名的階梯罷了。

（3）正題正說。題目是正面的，詮說也很正向。在本書中大部份都為實務性的建議，具有參考價值。例如：

①某類文體特性與正確寫法。第五章〈著作　隨筆小品遊記〉一節，對這三種文體的寫法有很得宜的建議。他說隨筆寫作法是要脫去教忠教孝的假面具，真誠的與讀者相見，好比是知己談心，免除了客套虛矯，所以能夠受歡迎。小品文則愈小愈得體，不宜談國家大事。要精緻的像盆栽，會開好花，散奇香。不會自恃身分端架子，和顏悅色，對什麼人都合適，但不能像娼妓一樣有妖氣。遊記應該是旅行的副產品，而旅行的真趣在不受拘束，自由自

〔註49〕章克標，〈資格〉，《文壇登龍術》第一章，頁116～118。
〔註50〕章克標，〈著作〉，《文壇登龍術》第五章，頁166。
〔註51〕章克標，〈著作〉，《文壇登龍術》第五章，頁147。
〔註52〕章克標，〈著作〉，《文壇登龍術》第五章，頁148。

在。如果不想寫就不該勉強，若一定要寫，則可以記的要盡量記，沒有可記的不要強求。要注意不要寫成旅行指南，寫成如此就不是文學作品了。上述立論言說都十分中肯。同章又談到詩歌是情感的表現，但不可以是赤裸裸的情感，要經過裝飾；要針對詩歌的內容縫製合身的衣裳，讓它穿一件貼切又華美的衣裳，適當的表現情感，才容易被接受〔註53〕。

②出版書籍要注意的事項。第六章〈出版 由原稿到書冊〉建議第一次出書的作家，不要太注重金錢，這是做文人的起點，將來出名了不怕沒錢，不能一下就想名利雙收〔註54〕。這是給新進者很好的忠告。若要出書的話，書名要有廣告味，引人注意，誘人來買，才算十全十美。書的字數不可太多，五六萬字到十萬字左右就好。太多字成本貴，定價就高，而當前的中國民生凋敝，購買力不足，太貴了買不起。銷路不好的書，在俗眾眼中就算失敗之作。對投稿者，想要投入文壇的新秀，有很多鼓勵，不要怕失敗，一而再再而三的投稿，讓編輯知道你的熱情〔註55〕。對書商不要存太多幻想，書店「刻苦」作家是天經地義的，他們只想到利潤，說扶植文化，全是假話；商人既沒文化，也談不上道義〔註56〕。本章另外仔細的介紹了書的開數、版口、鉛字大小、校樣、清樣、油墨、印刷、裝訂等，是很實務性的介紹，沒有諷刺笑謔的味道。

（4）諧謔敘說。嬉鬧、諧謔是本書主要的藝術特徵之一，較之前三節「謬題謬說」、「正題謬說」、「正題正說」，它顯示了更多的非理性與情緒氾濫。章克標寫到坪內逍遙《一唱三嘆當世書生氣質》，書中描述明治初年大學生的生活，既頹廢荒誕，又縱情聲色，所以用「極其鋒利刻毒」的筆法，加以嘲弄、批判〔註57〕。而他感受到眼前的文壇，也有這樣的現象，應該加以「照見」出來。

①怨天尤人，暴露社會病態，才可能成為大作家。可能是對魯迅及郁達夫暴享大名的不以為然，若有所指的提出了看法：「文人一定須要怨天，也須要尤人，這一件也是文人之所以為文人的大關節。」〔註58〕當前文壇所謂的

〔註53〕章克標，〈著作〉，《文壇登龍術》第五章，頁154。
〔註54〕章克標，〈出版〉，《文壇登龍術》第六章，頁171。
〔註55〕章克標，〈出版〉，《文壇登龍術》第六章，頁172。
〔註56〕章克標，〈出版〉，《文壇登龍術》第六章，頁182。
〔註57〕章克標，〈氣質〉，《文壇登龍術》第二章，頁50。
〔註58〕章克標，〈氣質〉，《文壇登龍術》第二章，頁62。

大作家、大文人的特色，是「愈能怨天尤人，愈能叱罵社會環境，愈能唏噓啜泣，愈能叫冤訴苦，為愈大愈有名的人。」〔註 59〕這種批判社會的怨怒與叱罵，哀傷的唏噓啜泣，成為廣受歡迎的作家。某位以做為時代指導者自居的文人，經常扮演社會的醫生，時常大聲疾呼，目的在「糾正社會的過失，指摘它的病態，引導它走上健康之路。」〔註 60〕有的作家則出入於最下等的娼寮，目的是去查察下級人民的疾苦。到各種下等的賭場，去明白貧民的經濟狀況。他們也到燕子窠裏，去考察鴉片的勢力。藉這些動態，以明白國家政治的大事〔註 61〕。章克標以一個「俯視」的角度嘲弄這類「愛國」文士虛矯的行為。

　　②文士以無恥為光榮。嬉鬧的行為有時會失去控制，言行溢出常軌，一如「狂歡過度」便會產生許多混亂的情況一般。第一章〈資格　天稟和天才〉中，有不少段嘲謔過度的描述，他說天才的特徵在有瘋瘋癲癲的行為，因此，要厚著臉皮做出這種行為來。如見到在田裡工作的農人，便「跪下去叫他爹」。見一娼妓在街上拉客，便「跪下去叫他一聲媽」。不喝酒也要和人發生衝突，相打相罵，如此就可以表現所謂瘋狂。但如果都沒做，只要你說有做，反正無人見證，要成為天才，第一須要「裝得像個天才」〔註 62〕。做文人的什麼話都要說得出來，要打倒羞恥心，要以無恥為光榮，失敗為勝利，肉麻當有趣。對愛情的事要寫得大膽，如雄雞撲趕鄰家的母雞，許多公狗追逐著一頭母狗，寫得不怕羞恥，包管成為詩人或小說家〔註 63〕。對路邊農人「跪下去叫他爹」，對娼妓「跪下去叫他一聲媽」，「要以無恥為光榮」等句子，表現的是粗鄙的庶民習氣，這種直白的「野趣」隱藏有「鄙夷（scorn）」與「仇意的

---

〔註 59〕章克標，〈氣質〉，《文壇登龍術》第二章，頁 64。
〔註 60〕章克標，〈生活〉，《文壇登龍術》第三章，頁 92。此處所指應該是魯迅及其作品所呈現的特色。魯迅曾在《南腔北調集・我怎麼做起小說來》有段名言「所以我的取材，多採自病態社會的不幸的人們中，意思是在揭出病苦，引起療救的注意。」見黃菊等編，《魯迅全集》第六卷，（台北市，唐山出版社，1989），頁 100。
〔註 61〕章克標，〈生活〉，《文壇登龍術》第三章，頁 93。郁達夫，〈村居日記〉1927年 1 月 25，26 日記載，遇到一位中年的淫賣去她那裏休息、睡覺，又一起去燕子窠吸鴉片。見《郁達夫日記》（台北市，河洛出版社，1978），頁 58。郁達夫作品如《沉淪》及《郁達夫日記》，有許多對中國衰弱不振的傷感及悲泣的描述。
〔註 62〕章克標，〈資格〉，《文壇登龍術》第一章，頁 31。
〔註 63〕章克標，〈資格〉，《文壇登龍術》第一章，頁 40。

傾向（Hostile Tendency）」，對所謂天才作家說進行嬉鬧戲弄的攻擊。

③文士高人一等，行為要放誕。文人要明白自己是比平常人高一等的，對別人的一切都用俗不可耐、惡俗不堪等加以抹煞。倘使能夠裝得「眼睛是生在頭頂的，嘴是生在腦後的，耳朵是生在肋下的，鼻子是同象鼻一般長的，額頭像犀牛一般出角的。」如此不同的相貌，不用開口，別人也看得出來你是個不同凡俗之人〔註64〕。將文士的外貌重點凸出，用的是漫畫式的誇張的醜化法，以顯示「異於常人」。此外文士不可跟世俗一樣，世俗人說欠債還錢殺人償命，文士則欠債要賴，殺人要逃。世俗人說萬惡淫為首，百善孝為先；文士則萬惡孝為首，百善淫為先。白晝提燈籠，盛夏穿皮袍，人家有喜事去放聲大哭，半夜起來大驚小怪吟讀詩文。凡異乎尋常的事只要做得出來，就不辱沒放誕之名了〔註65〕。

④文士既識時務且善變。第九章〈應變〉說人為了生存會做很多的應變，當非變成豬不能存活時，就變成豬以維持生命。當知道做好人不能生活時，便會去做官做賊。當看見做烏龜可以得勢時，便去做烏龜；做忘八可以發財享福時，便去做忘八。總之便是「識時務者為俊傑」，要從事文人這一行，就必須懂得應變之道〔註66〕。這段粗鄙、直白的話表現了作者「宣洩式」的情緒用語；也呈現某些文士缺乏品格，見風轉舵的劣行。

⑤中國滅亡並不重要。中國人一向沒有國家民族意識，國家存在或滅亡，實不關痛癢。「國家的存在確實不能算大事一件」，因為人民不關心；文士因深知民族性，所以不會去理睬。有一班瘋子在慫恿人救國，恐嚇人民說要亡國了，由他們去瘋狂吧，文士是把「亡國和救國」看成一樣的，比較關心的是一世的「風教、禮儀以及世道人心」〔註67〕。文士既無愛國心志，事實上對社會的風氣、世道人心破壞尤其嚴重。

「複義敘事」在本書的「表面的意義」，是教導對文學有興趣的人走入成功之道。然而透過謬題謬說、正題謬說、正題正說、諧謔述說的方式，顯露了「隱藏的意義」，作者以不同的方式陳述，表現負面的、批判的想法。作者如此誇大、恣肆的修辭，所「期待的意義」不僅是讓擠不到「中央」的「邊緣」文士，或對當前文壇現象不滿的人，得到快感而已。

〔註64〕章克標，〈氣質〉，《文壇登龍術》第二章，頁56。
〔註65〕章克標，〈氣質〉，《文壇登龍術》第二章，頁53。
〔註66〕章克標，〈應變〉，《文壇登龍術》第九章，頁230。
〔註67〕章克標，〈結文〉，《文壇登龍術》，頁251。

# 四、結語

　　1910 年到 1930 年之間，中國處在新的與傳統的文學變動之際。傳統文學仍在持續，現代文學已在逐步形成，新的文壇偶像、勢力在市場逐漸塑造起來。面對這十餘年的發展，章克標有著個人的觀察與視角。受到坪內逍遙的啟發，藉由《笑林廣記》、《文章遊戲》、《何典》等民間滑稽文學的手法，呈現文學界的怪現象。身為其中的一員，章克標以平淺的文字，油滑的腔調，表現了某種「反抗」的精神〔註 68〕。方式包括有：以邊緣對中央，平淺對高雅，嬉鬧對嚴肅，荒誕對正經。如莊子使用詼詭的文辭，嘲弄奔走風塵，追逐所謂事功的儒者。讓欲望橫流的文士之心，放大、凸顯出來，讓人們看到其「可笑」與「不自知」的一面。作者使用「複義敘事」的手法，讓讀者在攻擊、揭露、諧謔裏產生驚奇、落差、衝突的快感。彷彿介入了，非常徹底的了解了文壇的一切。作者以嬉鬧之姿加入文壇，不斷展現光怪陸離的樣貌，成為狂歡節慶裏最詭奇的遊街隊伍之一，為觀看者帶來一波波的喜感。本書的描述對想在文壇成功者，或許有些參考價值。

中興大學中文系陳器文教授現代思潮研究室「喜劇研究室」徵集論文，2010 年 6 月。

# 五、引用書目

1. 劉勰，《文心雕龍》，范文瀾注，台北，開明書店，1966 年台四版。
2. 林語堂，《幽默諷頌集》，台北，綜合出版社，1975 年。
3. 郁達夫，《郁達夫日記》，台北，河洛出版社，1978 年。
4. 朱光潛，《文藝心理學》，台北縣，智揚出版社，1986 年。
5. 劉心皇，《現代中國文學史話》，台北，正中書局，1986 年第 6 次印刷。
6. 黃菊等編，《魯迅全集》，台北，唐山出版社，1989 年。
7. 王瑤，《中國文學縱橫論》，台北，大安出版社，1993 年。
8. 章克標，《文苑草木》，上海，上海書店出版社，1996 年。
9. 章克標，《文壇登龍術》，成都，四川文藝出版社，1999 年。

---

〔註68〕沈從文對流行於 1930 年代約二十種的幽默小品文，表達了一些意見，「這方面幽默一下，那方面幽默一下，且就證實了這也是反抗，這也是否認，落伍不用擔心了。」、「對一切惡勢力惡習抱著袖手旁觀的神氣。」認為這不是文學創作的正道，是一種世故和投機。引見司馬長風，〈散文的早熟與蹉跌〉，《新文學史話——中國新文學史續編》，（台北市，南山書屋，1980），頁 40。

10. 朱立元主編，《當代西方文藝理論（增補版）》，（上海，華東師範大學出版社，2006 年）。

11. 朱棟霖、朱曉進、龍泉明主編，《1917～2000 中國現代文學史》，（北京，北京大學出版社，2007 年）。

12. 王先霈、王又平主編，《文學理論批評術語匯釋》，（北京，高等教育出版社，2009 年）。

# 面具在說話——政權變動下的吳濁流

## 一、前言

　　吳濁流，本名吳建田，新竹縣新埔鎮人。出生於明治三十三年（1900），卒於民國六十五年（1976）。他出生時，台灣已為日本領土，日本政府統治到了第五年。十歲時進入新竹縣新埔公學校就讀，開始接受日本式的殖民地教育。二十一歲畢業於台北市師範學校，受過十一年完整日式教育後，擔任起新埔公學校照門分教場的主任。這時台灣已步入日據中期，一般說來其統治基礎穩固，社會控制良好，在這樣的環境中，開始了他長達二十年的小學教師生涯。

　　吳濁流是位晚發型的作家，日據時期他在《台灣新文學》（1936）等刊物發表了幾篇作品，當時的文藝團體如「文化協會」（1921）、「台灣文藝聯盟」（1934）、「台灣文藝家協會」（1940）等，他都未加入。與知名的報刊雜誌如《台灣新民報》（1930）、《南音》（1932）、《福爾摩沙》（1933）、《先發部隊》（1934）、《台灣文藝》（1934）、《文藝台灣》（1940）、《台灣文學》（1941）等作家群〔註1〕，亦沒有多少往來。他的文學成就，在民國六十年代後才廣為周知，許多論點到八十年代才逐漸變成主流議題。現有大部分研究吳氏生平的資料或個人的敘述，都相當凸顯其反抗日人的表現。如大正十一年（1922）他發表了〈論學校與自治〉，被認為思想偏激，因此被「左遷」至苗栗四湖公學校。昭和十四年（1939）抗議日本統治者在台實施青年訓練，苛擾不斷，

〔註1〕日據時期的報刊雜誌及文藝團體資料。見中島利郎，《日據時期台灣文學雜誌——總目·人名索引》，（台北市，前衛出版社，1995 初版）。

被遷調至新竹縣關西馬武督任分教場主任。昭和十五年（1940），因郡視學肆意凌辱台籍教師，抗議無效，在任滿教師二十年後，憤而辭職。這些記述所表現的都是凜然反抗日人歧視的風骨。離職後，昭和十六年（1941）他去到日本人佔領下的中國南京，任《大陸新報》記者，昭和十七年（1942）返台，任米穀納入協會苗栗出張所主任，次年調回新竹支部。就在這一年，他開始撰寫自傳體的長篇小說《胡太明》。昭和十九年（1944）轉任《台灣日日新報》記者，工作之餘撰寫諷刺台人媚日小說〈陳大人〉、〈先生媽〉。這是他四十五歲以前的大致經歷。此外著名的長篇《胡太明》改名《胡志明》，於民國三十五年（1946）完稿並出版，這本小說後又名《亞細亞的孤兒（アジアの孤兒）》，於日本出版〔註2〕。這部長篇小說主角的名字，其實是有所寄寓。「明」字隱藏有反清復明的思想。他認為祖先靠自己的力量開拓了台灣，因此「台灣人並沒有把清朝當做祖國看」〔註3〕來台開墾的移民，普遍具有漢人意識，經常會有反抗清朝（異族）統治的遺民思想。小說〈陳大人〉、〈先生媽〉〔註4〕

〔註2〕此書原名《胡志明》，名稱來自書中主角，是1943年起稿以日文寫作的版本。然書中主角原名為胡太明。台灣光復後，本書1946年9月在由台北市國華書局分四冊出版，主角胡太明改為胡志明。由太明改為志明，原因為何值得探討。1956年由日本一二三書房在日本出版，書名為《亞細亞的孤兒》。改名的原因是本書的主角胡志明與當時越共領袖同名，為免誤會，故改回原書中主角的名字胡太明。次年再版時書名又改名為《歪められた島》。1959年楊召憩將此書中譯，由高雄黃河出版社出版，書名為《孤帆》。1962年由傅恩榮再次中譯，書名為《亞細亞的孤兒》。此書多次改名，且內容也多有牴誤之處。這種變動還待更多比對研究，然或可解釋為吳濁流內在意識浮動與不安的外現。

〔註3〕吳濁流，《無花果·聽祖父述說抗日故事》第1章，（台北市，草根出版社，1995年），頁35。

〔註4〕據前衛版《吳濁流集》書末，由洪米貞整理的〈吳濁流生平寫作年表〉，〈陳大人〉發表於《新新雜誌》。這是根據遠景版張良澤編，《吳濁流作品集卷一 6》〈吳濁流年譜〉而來的。《新新雜誌》1945年台灣光復後於新竹創刊，1947年停刊，共發行八期。〈陳大人〉發表於第三期，然查《新新》1995年傳文文化事業有限公司復刻版，並無這篇小說，僅第七期有〈日文廢止に對する管見〉一文。此文主要觀點為贊成官方文件廢止日文，但民間出版品應該自由使用日文，以符合台灣現況。然〈陳大人〉並非發表在此雜誌上，是很明確的，依據張良澤編，《吳濁流作品集》〈總序〉的說法，此兩文收錄於1958年5月12日綠水印書局印行，苗栗文獻書局總發售的《風雨窗前》一書附錄。苗栗文獻書局為吳濁流之子吳萬鑫在苗栗開的書局，書局位於苗栗火車站前，舊址因拓寬工程已拆除。《風雨窗前》為漢詩集，綠水印書局為苗栗縣傳統詩社詩人賴江質經營的印刷廠。賴江質（1907～1992）號綠水，字閒鷗，為栗社第五任社長，有「苗栗詩仙」之稱。〈先生媽〉發表於《民生報》，此《民生報》是

則發表於民國三十五年（1946），台灣光復不久之後。這幾篇小說都是公認的反抗日本人統治的作品。

不過，民國八十七至八十九年間個人因撰寫《苗栗縣文學史》，接觸到相當多在地文人的詩文舊作。其中在與吳濁流關係至為密切的傳統詩社「栗社」手抄本裏，閱讀到很多他二、三十歲時的作品。〔註5〕此外在專門刊登詩社作品的《詩報》雜誌上〔註6〕，也見到吳氏赴大陸前，詩社社友為他餞別時所做的「詩鐘」。這些作品未見相關研究者提到，吳氏亦未曾將這些作品收錄在文集中，甚至是張良澤認為「他意味了吳濁流看穿了生死戒懼，而大義大勇地做了歷史的見證人，真誠無飾地自剖以昭告來者。」〔註7〕的《無花果》一書，除了「留別栗社同仁」一詩外，也「幾乎」沒有記載這段歷史。檢視吳氏這些「栗社時期」作品時，可以看到一個比較不同的「吳濁流」，與所謂反抗日人統治，以及鍾肇政稱他為「鐵血詩人」〔註8〕、林海音讚譽他為「鐵和血和淚鑄成」〔註9〕的剛強文人面貌，是有些出入的。栗社時期的他，用「饒畊」、「建田」兩個筆名發表詩作，表現的是殖民體制下，一位平凡鄉村教師的形象〔註10〕。在比對許多資料後發現，他反抗與批判的作為，究竟是性格使然造成的？還是覺得有志難伸，因而顯得牢鬱激切？還是其實是在無意識的「人

創刊於光復初期1945年的報紙，為三日刊，發行人為謝金俊。謝金俊原為日本東京《文化之光》攝影記者，1944年返台，《民生報》發行至1950年停刊。此報現已無存，無可查考。詳見何來美，〈苗栗縣傳播發展與地方文史創作〉第一屆「苗栗縣文學　野地繁花」研討會論文集，（苗栗，苗栗文化局出版，2003），頁156。總之，此兩文發表的時間與刊物仍待確定。

〔註5〕「栗社」手抄本的再現，來自時任聯合報苗栗縣特派員何來美的訪查。1996年栗社書記吳頌賢（1884～1950）之子吳文虎，將保存五十年左右的詩稿，交由何來美公諸於世。此手抄本再現了日據時期苗栗地區傳統文學的風貌，由於內容的豐富翔實，很能看出當時詩社運作的細節。

〔註6〕《詩報》1930年（昭和5年）10月30日創刊於桃園，發行人為周石輝，停刊時間未詳。2007年龍文出版社印行了復刻本，收錄至1944年9月，共319號。

〔註7〕張良澤，《無花果・序》，頁4。

〔註8〕鍾肇政，〈鐵血詩人吳濁流〉，《夏潮》雜誌第1卷第8期，1976年11月。

〔註9〕林海音於1977年9月1日寫的一篇介紹吳濁流的文章，標題為〈由鐵和血和淚鑄成的吳濁流〉，見《剪影話文壇》一書，（台北市，游目族文化出版，2000年），頁89～93。

〔註10〕依照吳濁流多次被教育當局「貶謫」到偏遠學校的情形來看，他的表現在許多方面並不被上級認同，雖然自傳裏對被貶的緣由都有描述，不公與冤屈之處甚多，因為沒有其他佐證說明吳氏的看法客不客觀，只能依「作者敘述強勢」的原則，以他的說法為準。

格面具」(persona)的趨力下，表現出不同的面貌。吳氏日據之前與之後的「人格」是否統一，意識形態是否一貫，是頗令人玩味的。本文擬以榮格(Cral Gustav Jung)的「人格面具」原型理論，就採集到吳濁流所「省略掉的」文學記述，探討他在政權易手前後的多重面貌。

## 二、鄉村教師

榮格（Cral Gustav Jung）在《心理學與文學》一書中曾對「人格面具」（Persona）〔註 11〕這一精神分析名詞做了分析探討，他認為人們經常會「用人格、用演員的面具」掩蓋真實的自我，為了與身處的世界完全同一，經常「輕而易舉的忘記了我真正是誰」，且「與我平常的意識站在完全相反的位置上」〔註12〕，這種人性上的表現，榮格（Cral Gustav Jung）將之歸納為「集體無意識」的原型之一。意思是為了不與眼前的世界產生衝突和矛盾，人們往往會有意忘卻不利於自己的部分，戴上面具扮演另外一種截然不同的角色。這種人格原型，可能是自覺的，也可能不自覺，為人類適應外在環境與生俱來的能力，是一種本能的表現。事實上，人難以用單一面目生存在不同的環境與社會中，不能恰如其份的「角色扮演」，往往會造成挫折，適當的面具扮演反而是人們獲得成功的必要條件之一。以榮格（Cral Gustav Jung）的理論對吳濁流文學作品分析，與鐵血作家的「標籤現象」做詮釋，是很適合的。

依據吳氏自訂的年表，大正十一年（1922），二十三歲的他來到苗栗的四湖任教，次年改調五湖分教場。四年後經友人的介紹，於昭和二年（1927），二十八歲時加入了苗栗縣當時最大的詩社「栗社」，成為社友。在詩社中學習作傳統詩，參加擊缽吟，並曾擔任社內幹部。這個苗栗縣有史以來最大的文學團體，結合了在地的政治、經濟、文教上的精英，定期的集會作詩，吟唱飲宴，具有非常大的影響力。吳濁流在此後的七、八年間，經常參加詩社活動，以饒畊的筆名或建田的本名，寫了數量甚多的詩作。因為這個機緣，一生都作漢詩，且對傳統詩作有很多獨特的看法，由這點看來「栗社」的影響

〔註11〕卡爾‧古斯塔夫‧榮格（Carl Gustav Jung, 1875～1961）原著，馮川、蘇克編譯，〈2. 集體無意識的原型〉,《心理學與文學（Psychology and literatirre）》,（台北市，久大出版社，1990）。

〔註12〕卡爾‧古斯塔夫‧榮格（Carl Gustav Jung, 1875～1961）原著，馮川、蘇克編譯，〈2. 集體無意識的原型〉,《心理學與文學（Psychology and literatirre）》,（台北市，久大出版社，1990），頁 41～43。

是終其一生的〔註13〕。

　　傳統詩社在中國新文學運動的思潮引入台灣後，遭到相當大的衝擊，如黃呈聰的〈論普及白話文的使命〉（1922）、黃朝琴〈漢文改革論〉（1922）、張我軍的〈糟糕的台灣文界〉（1924）、〈請合力拆下這座敗草叢中的破舊殿堂〉（1925）等論述〔註14〕，使傳統文學成為落伍的、顢頇的象徵，是被革命的對象。吳濁流受到時潮的影響，一度懷疑起漢詩的價值，並想退出「詩社」，不再作漢詩；轉而以日文創作「比較進步」的文學──小說。昭和十一年（1936）三月他在《新文學月報》第二號發表了處女作小說〈水月〉〔註15〕及〈創刊號讀後感〉，接著在《台灣新文學》第一卷第五期（6月5日）發表了小說〈どぶの鯉魚（泥淖中的金鯉魚）〉及兩篇讀後感，第一卷第六期（7月7日）〈紳

〔註13〕昭和二年（1927）九月的中秋，由天香吟社（創立於1927年？月）的社眾擴大吟會組織，網羅苗栗、竹南、大湖等地區文友一百零六人，成立「栗社」，社址設在苗栗市文昌祠內。首任社長公推彭昶興擔任，吳頌賢為總幹事，李鍾萼為常任詞宗，每月或隔月開課並舉辦擊缽吟會。其中黃南球之子黃運寶昆仲、邱雲興、張春華、李祥甫等都為地方頭人。除定期課題外，於每年春秋二次文昌祠祭典之日，農曆二月初三及八月初三，舉辦詩人大會，邀請縣內及中北部各詩社詩人參加。社員亦參與全島各詩社聯吟活動，在各項徵詩競賽中迭有佳績。昭和十年（1935），苗栗縣遭逢震災，受創嚴重，詩社活動曾有停頓。昭和十二年（1937）侵華戰爭發動，局勢緊張，退社者甚多。民國三十四年台灣光復，詩社活力雖大不如前，然部分社員仍然持續吟詩酬唱，參與全省聯吟活動。

〔註14〕參見廖漢臣，〈新舊文學之爭──台灣文壇一筆流水帳〉收錄於李南衡編，《日據時代台灣新文學　文獻資料選集　明集5》，（台北市，明潭出版社，1979），頁410～457。

〔註15〕〈水月〉一文，據李魁賢〈水月、水母及其他〉一文稱，受到楊鏡汀的提醒，認為此文題目有問題，吳作最早應該名為〈海月くらげ〉為水母之意，見《文學台灣》第21期，（高雄，文學台灣雜誌出版社，1997），頁21。然查諸橋轍次《大漢和辭典》解釋此字有數個意思，除了海上的明月、水母、貝類名之外，就是「鏡花水月」之意，亦寫作水月。另曲廣田、王瑳主編《日語漢字辭典》解釋此字其一為水母，其二為沒有定見的人。（台北市，五南出版社，2005），頁520。這篇小說主要是作者作藉一位農場雇員生活的困境，來描寫自己想要到東京去發展，想要出人頭地，但現實卻牽絆重重，無法成行，成為大人物的志向如「鏡花水月」一般不可能實現。楊鏡汀或以為吳氏此字採取「為沒有定見的人」的意思。小說最後出現「他的夢想像水裏的月亮一樣，圓了又缺，缺了又圓。」個人以為「鏡花水月」水月應該就是作者的本意，故吳濁流後來改用〈水月〉為題。〈海くらげ〉見《新文學月報》第二號，1936年3月。東方文化書局復刻本1994年《景印中國期刊五十種　第二十九種・台灣新文學雜誌叢刊》），頁14、15。該復刻本不完整，15頁之後缺頁。

士への道と田園小景〉、第一卷第八期（9 月 19 日）〈讀貴誌感對漢詩之管見〉，
共三篇作品。其中〈どぶの鯉魚〉為獲得《台灣新文學》徵文的首獎（入選
候補），使他正式以新文學明日之星的面貌，在文壇上嶄露頭角。這麼一個美
好的出發，相信對三十餘歲的吳濁流來講是個絕佳的激勵。他雖在栗社徵詩
中掄過元（1928），但表現一直不算傑出，徵詩得獎似乎也未帶來真正想滿足
的東西。昭和十二年（1937）他在《台灣新文學》又發表了第二卷第二期（1
月）〈自然にへかれ〉、第二卷第四期（5 月）〈ペの雫（筆尖的水滴　二）〉、
第二卷第五期（6月）〈閑中の忙〉等三篇文章〔註16〕。

　　想了解這個階段的想法，仔細閱讀〈水月〉、〈どぶの鯉魚〉等作品，或可
以得到不少訊息。這些作品帶有很濃厚的自傳色彩，內容所描寫的充滿作者的
身影，實際上是藉他人之影描述「我」的苦悶。進一步分析這種苦悶，其來源
不外兩種，其一是現實的挫敗。在教育界日人、台人待遇及升遷不平等，難以
出人頭地。教書多年升遷不順，反遭遷貶，困居鄉村，產生了懷才不遇的哀傷。
其次是經濟上的不滿足感。鄉村教師的收入有限，生活費用常感拮据，無論如
何努力都難成為有錢人〔註17〕。這兩種苦悶也可以說是吳濁流一生創作最基本
的調子，作品如《亞細亞的孤兒》、《無花果》、《台灣連翹》等，其實都是這類
苦悶再三地重訴。或者可以說由於個人的苦悶，轉而將這個情緒擴大為對整個
台灣命運的憤懣；為自己及許許多多有相同遭遇的知識分子，寫出了精神的鬱
躁和心靈的不滿，且引起了相當大的共鳴。這段成為作家的準備期，是非常值
得探討的。台灣光復後吳氏成為一位文學家之前，他的文學訓練和準備是怎麼
樣的呢？投身文學工作的動機與目的到底是為了甚麼呢？這些問題由於栗社
時期的資料「出土」，或許可以提供一些比較深入的訊息，這位充滿「堅毅不
撓」形象的吳濁流，二三十歲時究竟是個怎麼樣的人物。

　　昭和十一年（1936）亦即他開始以日文寫作小說的這一年，栗社第七十
九回詩集上記載有三首很有意思的詩作。第一首是入社多年的吳建田準備離
開栗社，寫了一首「退社感」詩投給栗社，當時的書記吳頌賢（號雅齋）見
到這首詩很不以為然，便和了兩首詩來責諷他。這三首詩是這樣的：

---

〔註16〕以上諸作參見東方文化書局復刻本 1994 年《景印中國期刊五十種　第二十九
　　　　種・台灣新文學雜誌叢刊》。吳濁流應該還有一篇〈ペの雫（筆尖的水滴　一）〉
　　　　發表於第二卷第三期，可惜此期已缺失了。
〔註17〕吳氏家族在新埔地方原為墾地頗廣的地主，祖父因豪賭而耗損大批財產，家
　　　　道因此中落，但基本上家境不差，且宗族人口眾多。

退社感　吳建田

澹泊生涯慣嗜詩，敢言大雅共扶持。爭魁荏苒繁華夢，退社驚題別恨詞。

只待上林花似錦，誰知麗藻日披離。心忙不識文章貴，愧我難醫俗滯思。

謹和原玉　雅齋（吳頌賢）

身耽俗滯罷敲詩，高貴先生格不持。七十俸錢嫌淡泊，百餘良畝寠為詞。

王何曰利君知否，友莫以文社債離。疏廣買田鍼後世，賢愚千載味人思。

又（先生曾云要編雜誌故停課）

栗社初興學作詩，幾番奪錦有才持。心懷著述全名利，口不吟哦厭賦詩。

翰墨緣慳虧我輩，鷺鷗失序悵君離。誠知世界黃金重，怎敢挽留誤所思。

吳頌賢對晚輩吳建田不能甘於淡泊的生活，追求名利之心太切，提出針砭。認為從事寫作，只不過是為了名與利而已，「高貴先生格不持」、「心懷著述全名利」，若只想到以文章求得富貴，那麼也不敢挽留了，「誠知世界黃金重，怎敢挽留誤所思。」這數句詩用語甚重，對吳濁流誇張的「壯志」不甚以為然〔註 18〕。吳頌賢與其父吳紹箕是苗栗地區知名的漢學先生，具有很強的漢民族意識，對日人據台始終心懷抵抗，不願妥協。吳頌賢後因期望推翻日人統治，曾赴廣東加入國民黨。返台後協助抗日工作，後在羅福星案中遭到拘捕，因此判刑九年（實際坐牢六年）。出獄後在苗栗街開設「成仁美」西服店維生。他長年擔任栗社總幹事及書記的工作，任勞任怨辛苦維持，功勞甚大。他的詩文皆具高格，是一位文、行相當一致的人物〔註 19〕。吳濁流曾

---

〔註 18〕吳濁流對錢的重視由許多描述中可以看到，自傳性很強的小說〈水月〉中的雇員仁吉，抱怨薪資過少，沒有餘錢可以儲蓄，成不了富人。《濁流千草集》中有〈升專門委員反遭減薪〉詩，「喜聞升遷日，吟懷大快之。俸錢反減少，空使老妻悲。」〈謁雲龍兄墓〉詩的註說雲龍生前問他近況如何，吳濁流苦笑回答「日日苦錢」等等。

〔註 19〕吳保榮撰，〈栗社點將錄·（二）吳頌賢與抗日革命〉，《栗社詩選》，（苗栗，

在〈詩魂醒吧！〉一文中對他極為讚譽，稱為詩友及「導師」〔註20〕。然而雅齋先生眼中的吳建田竟是如此汲汲於名利，與一般認知的形象有如此大的差異，委實令人驚訝。這詩發表後吳濁流心中作何感想，已無法得知，不過他並沒有就此離開栗社，停課一段時間後，仍繼續參與詩社的活動，並有不少作品刊載。這兩首「不禮貌」的和詩，很足以讓人見到一個心懷大志，不滿現實鄉村教師的另一面；也了解到他辦雜誌的心意，在這個時期便已出現了〔註21〕。吳濁流那時候究竟有沒有能力做到，還只是找藉口脫離「栗社」？或真有這樣的「夢想」，是很難確定的了。發表在同年《台灣新文學》第一卷第八期（9月19日）〈讀貴誌感對漢詩之管見〉一文，可以對照出他對「漢詩」真正的看法。這篇文章是八篇文章中，唯一用漢文寫的，文詞有些艱澀拗口。他說自己這幾年來對漢詩很懷疑，所以「遂息吟哦，懶詠律絕之詩。」認為台灣雖然詩社林立，騷人數千，在社會層面影響力很大，但有三個弊病很不可取，一是擊缽吟，二是課題，三是用典。不過如果能去除這些問題，掌握時代特點與時代共「進化」，如同和歌、俳句一般，漢詩還是有價值的。〔註22〕由這篇文章可以看出吳濁流躊躇、矛盾的心態，是否繼續參加擊缽吟，繼續寫作漢詩，還是投入新文學創作的陣營，讓他掙扎了一段時間。這些資料很清楚的看到他三十餘歲時的思想與性格，以及在新舊文學創作間的徘徊。這段曾經空白的記述，因「栗社」手抄本的出現，得到補足。

經過了二十八年後，民國五十三年（1964）四月一日，《台灣文藝》在吳濁流的辛苦奔走下出刊了。這份文學刊物，影響十分深遠，對培植及鼓勵本土作家的貢獻非常大。〔註23〕《台灣文藝》也刊載傳統詩，吳濁流後來雖以

---

苗栗文化局，2001），頁12～15。詩作〈獄中追悼黃興烈士〉七律一首、〈獄中奉親書〉七絕一首、〈致妻書〉二首、〈出獄前有感而發賦〉七律七絕各一首，表達寧辱不屈的意志，十分感人。

〔註20〕吳濁流，〈台灣文藝與我〉、〈詩魂醒吧！〉，《吳濁流作品集6》，（台北市，遠景出版社，1977），頁129。

〔註21〕吳濁流二十年的執教學校除了關西公學校外，如照門、五湖、四湖、馬武督等都屬於鄉村型偏遠的小學校。

〔註22〕吳濁流，〈讀貴誌感對漢詩之管見〉，《台灣新文學》第一卷第八期（9月19日），東方文化書局復刻本1994年《景印中國期刊五十種 第二十九種·台灣新文學雜誌叢刊》），頁109、110、113。

〔註23〕《台灣文藝》的成立間接促成了《笠詩刊》於兩個月後的誕生，當時吳瀛濤、陳千武、白萩、趙天儀等人參與了《台灣文藝》創刊的籌備會之後，認為需要成立一個具有本土色彩的新詩專刊，便於苗栗縣卓蘭鎮詹冰的家中聚會討論，正式推出了這個詩刊。而《笠詩刊》的成立，與吳濁流的傳統漢詩背景，及對

新文學創作成名，但終身並未忘情於傳統詩的創作，直到過世為止寫有二千餘首的作品。吳濁流亦沒有斷絕與栗社的社友們的情感，《濁流千草集》中有數首光復後仍參加栗社擊缽吟的詩作，如〈栗社例會因疾缺席寄諸吟友〉、〈老松〉（栗社為祝余花甲開擊缽吟以老松為題）〔註24〕等等。他與詩友如張紹良（張添增）、何隱居（何允枝）等維持終身的友誼。

此外，昭和十二年（1937）七月，日本對中國的侵略戰鬥已然開始，台灣全島也為這場「聖戰」動員起來。台灣軍師令部發表中日戰爭文告，並對台民發出警告。為防止台民叛變，設立國民精神總動員本部，各州廳置支部。宣告台灣進入戰時體制，實施「事變特別稅令」，進行燈火管理，限制使用銅、汽油等物品各項管制行動，強召台灣青年到大陸充當軍夫。這年舊曆八月，第九十四回栗社社告反映了這個現象。栗社第十一回總會決議，交納國防獻金二十元。並在社告最後以手繪方式，畫了一幅日本太陽旗。昭和十三年（1938）二月，第九十五回刊錄了以「祝皇軍南京入城」為題的擊缽吟。此次擊缽聚會在昭和十二年（1937）十二月二十四日舉行。地點位於苗栗市青苗里附近的涂家宗祠〔註25〕，吳濁流參加了這場聚會。

召集栗社詩人來作，共襄盛舉的通告上是這樣寫的，

> 旭旗高豎，春景將臨。儘可賞雪吟詩，正適騷人雅興。想我栗社，創設至今，屈指年經十載，本欲州下聯吟，振興文運，紀念十週年。奈關時局非常，吾儕一致立向　皇基尊重。各以實業，奮力經營，為供國課而致缽聲寂寞，恰好者番皇軍幸福，南京入城，到處恭祝戰勝，燈光閃閃，爆竹聲喧。我社員當一番新祝擊缽聯吟，琢成珠玉，俾社運前途丕振，群眾國民精神，更加向上。冀東亞早得平和，美哉幸哉。

此回徵詩的目的很明顯，皇軍攻下了中華民國首都南京，「到處恭祝戰勝」所以栗社也順應「時政」，招請「群鷗」相聚作詩以賀。詩韻要求用七絕庚韻，評選的左詞宗為涂拋磚，右詞宗為趙德昭。共選錄了十三首。此次參與者並不多，詞宗可選的作品也很少，以下選錄四首作品，以見其內容：

---

　　　　新詩缺乏認同感有關。在〈讀貴誌感對漢詩之管見〉一文中，說自己曾想從事白話詩的創作，無奈「不善中國原音，終難味白話詩之奧妙」，只好放棄。

〔註24〕吳濁流，《濁流千草集》，（台北市，集文書局，1963年），頁197、200。

〔註25〕涂家宗祠設立於昭和7年（1932），栗社社員涂立興（筆名拋磚）為宗祠的管理者。

德昭　　左元　　右避

賈勇爭先志捨生，皇軍威力鬼神驚。古來建業金湯固，早看高飄旭日旌。

子襄　　右元　　左眼

旗飄旭日遍南京，神勇皇軍舉世驚。真個大和魂莫敵，千秋戰史獨留名。

慕淹　　右眼　　左臚

皇軍戰捷入南京，簞食壺漿父老迎。旭日旗飄東亞地，三呼萬歲凱旋聲。

饒畊（吳濁流）　　右五　　左九

忠勇無雙帝國兵，滬城破後又南京。六街旗鼓提燈隊，老幼歡呼萬歲聲。

　　時年三十八歲的吳濁流，呼應當時的氣氛寫下這樣的詩作。這期的作品後來收錄在「鷺洲吟社」外務幹部鄭金柱（木村）編的《現代傑作愛國詩選集》一書中〔註26〕，此書於昭和十四年（1939）出版，選錄了趙德昭、鄒子襄、范慕庵（兩首）、顏其昌、劉泰坤的作品，吳濁流因名次不高，反而未被選錄進去，僅存錄在「栗社」手抄詩集中〔註27〕。吳濁流為甚麼會去參加這樣的聚會，為甚麼會願意寫下這樣的作品，是出於被迫？礙於人情？還是自願的？事實上有關日據時代的詩社一般都是以「抒發抗日情懷」、「維繫漢文於不墜」來給與定位〔註28〕，然而這僅是部分事實，而非全面的真相。栗社手抄本在民國八十五年「出土」以前，相關的記述都說詩集毀於昭和十年

〔註26〕鄭金柱編，《現代傑作愛國詩選集》，（台北市，鷺洲吟社外務部出版，昭和14年（1939）四月），頁179。同編中另選有「龍珠吟社」的「千人力」詩題，入選者為竹南、後龍地區的詩人陳如璧、鄭啟賢（兩首）、蔡喬材、蔡圭山、蔡喬木、黃振輝等人的作品。

〔註27〕此次聚會以「涂家祠堂雅集」之名，刊於昭和13年（1938）1月18日的《詩報》第169號，吳濁流之作亦在其中。

〔註28〕如黃恆秋，《台灣客家文學史概論‧第五章　客家文學的類型》，「傳統詩社在日據時期……文人墨客的參與所彰顯的正是不向現實屈服的骨氣。」，（台北市，愛華出版社，1998），頁95。何來美，《鄉賢談歷史‧栗社吟詩抒發抗日情懷》說成立詩社的目的「是不滿日本人統治，漢學受到打壓，希望透過每月的吟哦，抒發騷人墨客的不滿情緒，進而維繫漢文於不墜。」，（苗栗，苗栗文化局，1996年），頁17。

（1935）的大地震，曾參與栗社的眾多詩人，大多聲稱未留下詩稿。個人在查訪許多詩人的後裔時，也都說先人詩稿未見留存。然而實際情況並非如此，在陳運棟訪問吳文虎的記載裏說，吳頌賢父子在皇民化運動雷厲風行時，特別將詩稿一百零三回，以十幾層桐油紙密封，沉入苗栗市玉清宮田寮圳埤頭下，以大石壓覆，等到光復後才撈上來保存。〔註29〕至於這份珍貴史料為何遲遲未加公開，詩人們及其後裔亦不願提及，斟酌其原因就在詩稿中有許多詩人為配合時政，寫了不少「應時」詩作。這類擁戴日人政策的作品，不便於台灣光復後公開出來，而曾寫有這些作品的詩人，亦為之感到憂心忡忡。翻閱完稿於民國六十三年（1974）的《台灣連翹》書中有一段記載，

> 七七事變後，實施所謂國民總動員，引此步入純粹戰爭的時局裏，全國上下揭起「暴支應懲」的標語，但事實上是日本人侵略台灣人的祖國，表面上高舉正義的旗幟，欺騙台灣人，展開皇民化運動，把「內台一致」、「滅私奉公」、「獻身報國」向異民族的我們強制執行。……我們台籍教員，嚐到無法說出的痛苦，遭到內心被針刺一般的經驗。在殖民地下的台灣人沒有叫祖國的自由，完全像奴隸一樣，而且又被置身於不能不向祖國的敵人忠誠的地位。〔註30〕

這段話與他參加「祝皇軍南京入城」為題的擊缽詩作，思想及意識形態完全不同，詩中以「忠勇無雙」來稱讚日本軍，恭賀他們打下了上海和中華民國的首都南京，向日本軍政府表示敬意的熱誠是非常明顯的。前後對照下來，幾乎難以相信這些詩句是出自同一個人的手筆，是出自同一個人的想法。是故「栗社」詩人群寧願詩作永遠「消失」不再出現，是可以想見的。

吳氏在民國六十二年（1973）所結集的傳統詩作集《濁流千草集》中，只輯錄了幾首栗社時代的詩作，前述的「應時詩」卻從不曾提及。這種「忘卻」的行為，在台灣「光復」積極表現出反日態度的極端表現，或可以說是一種「人格面具」的典型例子。不過設身處地的想，做為一位想要擺脫經濟困窘，期望出人頭地的鄉下知識份子，這種表現也許是可以理解的。彼時的吳濁流是日本治下的臣民，時局極為緊迫，他的表態所顯示的是一種忠忱，

---

〔註29〕陳運棟編，〈詩情竟為山靈發──簡介栗社第四十七回龜山晚眺詩集〉，《栗社詩選》第一章，（苗栗，苗栗文化局，2001），頁7。這裏指的是手抄本的栗社詩刊，手抄詩刊在昭和14年（1939）停止出刊。栗社詩人則持續在《風月雜誌》、《詩報》等發表作品。

〔註30〕吳濁流，《台灣連翹》，（台北市，前衛出版社，新台灣文庫11，1989），頁93。

一種對國家的支持，那種表現也許是另一種「言不由衷」，另一種適應社會的「人格面具」。只是在「光復」後所記述的文字，幾乎都是強烈反日的行徑，表現出內心對「祖國」的懷念，對憧憬「祖國」而被壓抑的情感，覺得恥辱與痛苦。這些寫法似乎與上述那些作品有相當大的差距。這種不知有意還是無意遺忘的過去，在出身時代背景相同的作家身上，如蔡秋桐、楊守愚、葉榮鐘、巫永福等其實並不乏其例，與吳濁流不同的只是他們的反日形象，沒有那麼鮮明罷了。

## 三、南京經驗

　　1940 年代前後，台灣的日化已深，新生的一代已然泰半浸於殖民文化之中，社會中的權勢者、「有力者」〔註31〕均為日人培植的，或與之合作融洽的新勢力。台灣整體的發展已有相當的進展，逐漸的現代化，人口增加，人民生活環境及品質皆有提昇。出生於割讓之後的台灣人民，在自我認知的國族意識上，已向日本傾斜，甚或努力成為日本人，以期望在其本土或台灣社會求得發展。在日本發動侵略中國的戰爭前後，殖民政府進行了一方面相當強勢的皇民化教育，一方面給與民眾較多的權利，使得台灣部份人民有了效忠日本政府，為其差遣的觀念。〔註32〕盧溝橋事變後，短短幾年內便佔領了上海、南京等不少城鎮，由於語言文化的關係，佔領者需要許多同文同種的台灣人，去協助統治與管理的工作；而已經「鍛鍊」完成的本島日本國人，有不少人紛紛去「支那」，為「國家」之事盡力〔註33〕。苗栗縣的詩社中人在這個時代情勢下，也有不少人去到大陸發展他們的事業。吳濁流於拋棄教職後，便連絡上在南京的友人章先生，準備到大陸一展雄圖。榮格藉由許多病例的研究發現，人格面具有兩個來源：

---

〔註31〕 參見林柏維，〈有力者大會與無力者大會〉，《台灣文化協會滄桑》第五章第三節，（台北市，前衛出版社，1995），頁 206～212。

〔註32〕 1937 年太平洋戰爭開始後，日本人雖已統治台灣四十餘年，但對台灣人仍缺乏信任，不願徵用台灣人從事戰鬥員。直到 1942 年 4 月總督府才公布「陸軍特別志願兵制」，次年實施「海軍特別志願兵制」，徵調台灣人從事作戰任務。見諫山春樹等原著，日本文教基金會編譯，《秘話・台灣軍與大東亞戰爭・序章》，（台北市，文英堂出版社發行，2007 二版一刷），頁 12。

〔註33〕 吳濁流，《台灣連翹・5》說，1931 年 9 月 18 日「滿州事件爆發」，之後滿州國成立，新竹人謝介石做了外務大臣，「這對台灣人的海外發展投下了一塊石頭」因為當時不景氣，失業的人到處都是，很多年輕人不論地方的好壞，都想到從台灣跳出去發展。見其書頁 84。

符合社會條件與要求的社會性角色，一方面受到社會期待與要求的引導，另一方面也受到個人的社會目標與抱負的影響。〔註34〕

吳濁流在這個階段，確實表現了這樣的心理動機與行動。為了實踐少年時代即有的抱負，脫離只能屈居鄉村教師的困窘，在辭職後便展開了行動。根據《無花果》的說法是「同學章君在大陸，任國民政府高級職位。我馬上給章君去了一封信，請他為我弄一張聘書。」〔註35〕《台灣連翹》的說法去大陸是自己的意願，兩書都沒有說明是應什麼工作之聘而去的，且聘書很快就下來，「有關單位」一點也未刁難〔註36〕。廖漢臣在《台灣省通誌》卷六〈學藝志第三節　藝文類〉，則是說他是被徵召前去任「通譯」的〔註37〕。此時的「國民政府」是由汪精衛所組成，「她」成立於1940年三月三十日，直到1945年日本戰敗為止，好友「章同學」就在「汪氏的國民政府」裏任職。《無花果》裏對這段過程描述較清楚，所謂應聘只是一個虛應的方式，並沒有真正的公司或機構要徵聘他。章先生為這位同學找到「聘書」，這是離開台灣到大陸的必要手續，到了之後其它部分便要自己想辦法。到南京幾經波折，才找到《大陸新報》記者的工作。

吳建田（濁流）赴南京之前，詩社友人為他的渡海壯行，舉行詩鐘徵聯會，要大家寫詩送別。這些作品刊載於《詩報》昭和十六年（1941）二月十八日第242號。以下選錄幾則，以便了解當時去大陸時，朋友們對這番「壯行」是如何描述的：

社友（栗社）吳建田先生渡陸壯行會

左詞宗　鄒子襄　右詞宗　吳饒畊

如昔　左一

高唱陽關酒壯帆，夜光杯舉頌征帆。願君此去揮奇腕，捷足先登最上岩。

---

〔註34〕Murray Stein 著，朱凱如譯，〈5. 人格面具與陰影〉，《榮格心靈地圖（*Jung's map of the soul*）》，（台北市，立緒出版社，1999），頁149。

〔註35〕吳濁流，《無花果》第七章，（台北市，前衛出版社，1995），頁91。

〔註36〕吳濁流，《台灣連翹·7》說，「我一到南京，就投宿在同學章君的家裡。章君自稱廣東客家，在汪偽政權的宣傳部服務。」，（台北市，前衛出版社，1995），頁104。

〔註37〕台灣省文獻會主編，〈學藝志第三節　藝文類〉，《台灣省通誌》卷六，（南投，台灣省政府編，1980），頁92。此種說法或受吳濁流《亞細亞的孤兒》中主角胡太明去大陸當通譯的影響。

紹良　　右一　　左八

　　一肩琴劍向江南，應照青青柳染衫。此日苗城開祖餞，相期興
亞署頭銜。

　　此次集會，有「奇才」之稱的栗社詩人鄒子襄，擔任左詞宗〔註 38〕，右
詞宗是吳濁流自己。右詞宗選為第一的是張紹良，張紹良之作是吳濁流最感
滿意的，詩中「相期興亞署頭銜」，大概是說中了有志者的心曲吧。可惜的是
到南京之後的發展不如預期，一年多後便又回到台灣來。有關這段經歷，《南
京雜感》及《無花果》中都有紀錄，但他的心裏究竟想法為何，是以日本人
的身分來「中國」發展，還是以漢人遺民的立場，回到祖國看看是否能貢獻
心力；或者是看看哪邊有機會，便從哪邊發展。根據《無花果》一書第八章
「留別栗社同仁」〔註 39〕的三首詩作的第三首說：

　　　　家園拋別去，為復舊山河。策乏匡時計，空餘熱血多。

　　此詩的說法他回大陸，是有意要「恢護舊山河」的，亦即「推翻日人」佔
領，恢復中國河山，這究竟是他的「真心真意」，是浮泛語，還是「人格面具」
驅使下的產物呢？南京的經歷究竟是如何的，是不是真如筆下的那樣，令人不
禁想起「盡信書不如無書」的老話。吳氏的說法一再表明自己是去南京謀求發
展的，且為謀職還下了一番功夫，廖漢臣何以有「徵召」一說，不得不令人起
疑。若根據此次餞別的詩作看來，「願君此去揮奇腕，捷足先登最上岩。」社
友們清楚所去的地方，那裏應是足以讓他發揮筆下工夫的職場，可以推知就是
《大陸新報》或其他類似的傳播媒體單位。那麼《大陸新報》是個什麼樣的單
位呢？此報 1938 年創刊於上海，前身即為日人 1903 年創辦的《上海新報》（週
刊）、《上海日報》〔註 40〕，後幾經轉手成為日本軍方主導的文字媒體，內容率

〔註 38〕鄒子襄之子也在這個時間應聘至大陸，從事新聞工作。見《栗社》第 80 回「送
　　　　別本社顧問鄒子襄先生令郎德龍君應上海某報社之聘席上聯吟」。
〔註 39〕吳濁流，《無花果》，頁 94。此詩亦見《濁流千草集》，（台北市，集文出版社
　　　　1963），頁 23。
〔註 40〕見張國良，〈1890～1939 年日本人在上海出版的報紙〉一文。張國良說日本軍政
　　　　府，「於 1939 年 1 月 1 日創辦了『大陸中部唯一的國策報紙』——《大陸新報》。
　　　　接著，同年 4 月 20，該報將《新申報》收到傘下，5 月 27 日、7 月 26 日，分別
　　　　在漢、寧兩地設立分社，發行了《武漢大陸新報》和《南京大陸新報》。」吳濁
　　　　流任職的報社即是南京的《南京大陸新報》。見張國良，〈1890～1939 年日本人
　　　　在上海出版的報紙〉，東方網東方首頁〈網絡媒體研究〉張國良教授一文
　　　　（http://news.eastday.com/epublish/big5/paper68/1/class006800006/hwz237118.
　　　　htm），2009 年 11 月 8 日檢索。

多提倡「中日合作」、「共存共榮」等親日言論。侵華戰爭後，此報逐漸成為「大陸中部唯一的國策報」〔註41〕，撰稿人及記者都為軍政府政策的傳聲筒。吳濁流在報社中扮演的角色，自然是「溝通日支」雙方的工作了，「通譯」一詞說來也算正確。〔註42〕此外《台灣連翹》〔註43〕第七節中有段話述說自己到南京去工作的「期望」，不過這段文字有著相當多的矛盾之處，

> 當我憧憬著那四百餘州廣闊無際的土地上，有著自由而遠涉大陸，沒想到原來中國大陸也是屬於日本人的天下。因為在這兒也聞不到些微的自由氣息。像上海、南京，戰爭早已過了四年的時間，可是街道上卻清晰地遺留著戰爭殘骸的陰暗的影子。

吳濁流不可能不知道中國大陸當時的情況，首都南京早已落入日軍之手，他曾寫過「忠勇無雙帝國兵，滬城破後又南京。」這樣的句子來恭賀皇軍，汪精衛政權也在日人扶植下成立，就因為如此，他才有可能到中國來。他憧憬著土地遼闊的大陸有著「自由」，有著無限的機會，這樣的講法顯得不切實際，很難自圓其說。吳濁流以日本人的身分前往南京，這是無庸置疑的。他所見到南京、上海的殘破，正是「敵人」的傑作，日軍侵華的戰爭在 1941、1942 兩年中打得甚為激烈，中國人民正陷入非常慘烈的浴血保土之戰中。吳濁流不懂中國話（上海話、南京話？），無法與當地人溝通，此時到日人統治下的中國「首都」，對中國的陌生、不了解之外，也很難融入中國軍民抗日的苦難。僅以一個「外地人」的身分與心眼，訴說自己被歧視，謀職困難，爾虞我詐的權力鬥爭。他記載街頭上到處都是轟炸的痕跡，乞丐成群，失業的游民、野雞（娼妓）到處都是，一幅人間地獄的景況。雖有「祖國啊，多麼可悲可憫，我在心中緊灑憤恨的淚水。」〔註44〕等感性語詞，但大部分的筆調冷靜令人感到有些「見外」。

---

〔註41〕 見張國良，〈1890～1939 年日本人在上海出版的報紙〉。張國良說日人佔據上海後強行合併了許多報紙，以做為政治的傳聲筒。「於是，《大陸新報》就成為日本人在上海發行的唯一的日本報紙，完全按軍方的意圖行事。信奉法西斯主義的日本軍方認為，非這樣不能高枕無憂。……該報創刊不到 7 年，隨著日本侵華戰爭的挫敗，做為殖民地半殖民地記錄的日本人在華報紙，也寫完了最後一頁。」另見《日軍在上海的罪行與統治》，（上海，上海人民出版社，2000 年 11 月版）。

〔註42〕 《無花果》中曾對報社裏的上野部長、西島社長、整理部長龜井，同事高橋、中澤、野田等有很高的評價，認為他們學有專長，識見不俗，沒有人種的偏見。吳濁流，《無花果》，頁 130。

〔註43〕 吳濁流，《台灣連翹》，頁 103。

〔註44〕 吳濁流，《無花果》，頁 123。

再者，大部分南京人經歷「大屠殺」（或有不同詮解）的「洗禮」，對日本人恨之入骨，更何況是「日皮中骨」的台灣人。吳濁流在日軍媒體機關工作，南京人對他的敵意，似乎並不意外。來到上海、南京給予他的是一個陌生的、難以了解與駕馭的世界，與原先「想像的中國」有很大出入。在台灣的四十餘年，幾乎都在鄉村生活的單純教師，無法適應這樣複雜多樣的環境，也是可以理解的。

吳濁流昭和十七年（1942）三月返回台灣，他說離開南京的原因是，

> 如果此時再不走，一旦敗象顯露出來，那時就再也回不成了。
>
> 尤其台灣人被看成日本人的，戰敗後的報復必定可怕。〔註45〕

不過以當時日軍表面上的「戰果」來看，其實是非常輝煌的，1941年12月偷襲珍珠港成功，且在一兩年內迅速的攻陷了菲律賓、泰國、馬來西亞、汶萊、新加坡等。蔣中正領導的抗日戰爭，也面臨岌岌可危的狀況。在日本軍事不斷獲勝的情況下，竟已看出必敗的結局，匆忙打道回府，不知是他具有過人的眼光，還是「事後諸葛」罷了。根據書中的記載，生活的艱難險惡與不適應（包括妻兒），比較可能是他離開南京的真正原因。回台後不久，「栗社」同仁為他舉行了一個歡迎會，並作詩為慶。此詩刊於昭和十七年（1942）七月《詩報》第276號。吳濁流〈歸自南京訪諸社同仁有作〉一詩說：

> 縱是秦淮風景好，不如栗社酒樽開。從今夜雨聯床話，抵掌爭談鬥將才。

南京的秦淮風月雖然不錯，但還是比不上故鄉的老朋友，比不上詩社詩友的感情。社友賴綠水（江質）〔註46〕卻對他的大陸經驗十分羨慕，贈詩說，「蓬萊別後常相憶，羨作南京建國才。」吳濁流到南京，為「建國」出了一份力量，是個人材幹的傑出表現，這樣的經歷畢竟非一般鄉下人可以比擬的，如此壯行令人羨慕。不過謝鐸庵則比較實際〔註47〕，這位朋友去南京終究沒有好的發展機會，拂袖而回，壯志難酬，既是如此，便安居此處做個「無用之用」的人，也沒什麼不好吧。

> 遠客金陵拂袖回，騷壇吟侶又相催。……風雲際會終難遂，只做人間樗櫟材。

這段時間，在台灣並沒有看到所謂日本將戰敗的言論，反而是因為日本

---

〔註45〕吳濁流，《無花果》，頁113。

〔註46〕賴江質（1907～1992），苗栗人，自號「綠水先生」。栗社第五任社長，曾任苗栗縣縣議員，有「苗栗詩仙」的雅號。

〔註47〕謝鐸庵（1886～1967），苗栗銅鑼人，栗社第四任社長（1954～1967）。

政府的強力宣導，軍事控制，全島陷入一片戰勝英、米，打敗蔣軍的歇斯底
里的熱情中。輿論普遍認為日本的軍事行動，獲得很大的成功。回台後不久，
他到《台灣日日新報》擔任記者，兩年後昭和十九年（1944）報社改組為《台
灣新報》，仍任記者。這期間身在報社，消息相當靈通，由於美國的加入戰
場，日本在太平洋的戰況逆轉，情勢不利，逐步敗退的情形，應該比一般人
更早知道。這兩年的情況在《無花果》、《台灣連翹》書中都有詳述，這段紀
錄應該是比較真實的。日本將敗，這對他來說恐怕是另一個夢魘的開始，台
灣如果重回中國「懷抱」，那麼他在「栗社」曾寫過的「皇民詩」，在《大陸
新報》等所翻譯過、發表過的文章，都很可能讓他被套上「漢奸」之名的。
吳濁流的反應非常迅速（與記者的訓練有關？），台灣光復之後，當島上的
知識份子、作家們還在驚懼猶豫，不知如何應變的時候，他即時發表了長篇
小說《胡志明》，兩篇反日小說〈陳大人〉、〈先生媽〉。《胡志明》共分為四
卷，民國三十五年九月到十二月陸續出版，這部長篇小說後半部所述及的台
灣人飽受異族統治的悲哀，被迫效忠日本軍國主義的無奈，在解說面臨政治
變動，知識份子的困境上令人印象深刻〔註 48〕。〈陳大人〉、〈先生媽〉兩個
短篇小說有著尖刻的反日情節，批判的力度強烈，而吳氏轉換角度的能力令
人驚訝〔註49〕。如果我們再仔細閱讀翻譯改寫於民國四十一年二月的《南京
雜感》，或許也能看出他「符合社會條件與要求的社會性角色」〔註 50〕的另
一表現。這篇文章的序中說這是在南京一年多的「雜感」，希望日方「情報
部」能出版，但不知何故未被允許。此文於 1942 年連載於《台灣藝術》雜
誌〔註51〕，這篇長達三、四萬字的雜文，除了摘錄了很多南京的「歷史典故」

〔註48〕見吳濁流，《亞細亞的孤兒》第五篇〈皇民派的悲哀〉、〈犧牲〉等章節，（台
　　　　北市，遠景出版社，1973 年再版），頁 267～277。
〔註49〕尾崎秀樹認為吳濁流辛辣的文筆，應受到魯迅及矛盾的影響，見〈吳濁流的
　　　　文學〉，《台灣文藝》第 46 期，1973 年 10 月。然就吳濁流的作品來看，他的
　　　　文學性較薄弱，基本上的表現比較是一位新聞記者的風格，大部分的作品主
　　　　觀性強，內容與個人經歷關係密切，技巧經營不足。葉石濤〈吳濁流論〉中
　　　　以為他的小說有著濃厚的社會性，因此損害了應有的藝術性，見《台灣鄉土
　　　　作家論集》，（台北市，遠景出版社，1981 再版），頁 122。
〔註50〕Murray Stein 著，朱凱如譯，《榮格心靈地圖（*Jung's map of the soul*）5. 人格
　　　　面具與陰影》，（台北市，立緒出版社，1999），頁 148。
〔註51〕郭啟賢，〈江肖梅與《台灣藝術》──懷念故人與歷史性雜誌〉說《台灣藝術》
　　　　（自 1940 年 3 月至 1945 年 3 月，一共刊行五十六期），主編為江肖梅，社長
　　　　為黃宗葵先生，此刊最高曾發行到四萬份。《台灣藝術》的主要作家有張文環、

外，對「她」的描述基本上還算客觀，沒有後來《無花果》、《台灣連翹》兩書那種強烈的嫌憎感，甚至不少地方還對中國頗有譽詞，「大陸的魅力，是社會自由，富於娛樂性、機會性，生活形式簡單，富於人性之故。」、「要知道豐臣秀吉的傻氣，就去看大阪城吧！一定會為它的規模之大而驚奇。而將它比之南京城，就又小得簡直不能比較了。」、「但是，粗看會使人有支破滅裂之感的中國，其實仔細觀察時，可以見出偉大而一貫的統一性。」他認為中國，「具有融合日本人、印度人、西洋人等世界各人種的偉大潛力。」讚美中國社會的自由、富於人性，建築的弘偉巨大，看似散亂實際很一貫而統一。這樣不同的說法，確實令人感到作者發言的不一致性；令人難以理解對中國觀感的矛盾與浮動〔註52〕。

## 四、弄歪的靈魂〔註53〕

　　Murray Stein 在《榮格心靈地圖（*Jung's map of the soul*）》書中闡釋榮格的「人格面具」說，人在社會中的角色扮演會有「呈現的人」與「真正的人」的不同。自我與人格面具是「相當分離」的。哪一個才是真正的個性與人格，他認為是無法回答的〔註54〕。吳濁流的外在形象一直給人強烈的印象，是一種具有反抗與鬥爭性格的人物，是否其內在真如外表那樣的堅強呢？或者這外在的「強兀」，也是另一個「人格面具」呢？《無花果》中他曾敘述小時候常被同伴或哥哥欺負，無緣故的挨打，卻從不敢當場落淚，只敢暗中獨自哭泣，「我實在不像個男性型的人，而像個女性型的人。」〔註55〕自傳性甚濃的《亞細亞的孤兒》一書中說，

　　　　太明是個反省力極強的內向型的人，這種個性約束了他以前的

---

　　　呂赫若、龍瑛宗、楊逵、王昶雄、吳濁流等人，他們的文稿大部分是屬於文
　　　藝評論、詩、隨筆之類。見《台灣日報·副刊》（台中），1998 年，2 月 24 日。
〔註52〕吳濁流在《台灣文藝》第十一卷第四十五期有一首詩題目為，〈在京大人文科
　　　學研究所演講後有感〉內容為，「歲月悠悠詩酒花，世間評我是傻瓜。皇民文
　　　士何處去，借問詞壇剩幾儔。」。本文刊於 1974 年，10 月，頁 77。其「皇民
　　　文士」所指為何，是自稱還是嘲諷皇民作家，令人費思量。
〔註53〕1957 年，吳濁流於日本ひゐぼめ出版《歪めら島》。此為《亞細亞的孤兒》
　　　的另一名稱，中文翻譯為《被弄歪的島》。本節藉此書名轉指吳濁流的心靈是
　　　遭到扭曲的。
〔註54〕Murray Stein，〈5. 人格面具與陰影〉，《榮格心靈地圖（*Jung's map of the*
　　　*soul*）》，頁 143～147。
〔註55〕吳濁流，《無花果》，頁 18。

行為，使他的理想連十分之一也不能實現，因此變成一個非常保守的人。他到日本去留學以後，又去過大陸，這種行動表面上看起來似乎相當偉大，但結果有什麼成就？〔註56〕

他離開南京怕的是日本敗戰將被報復，返台工作後不久美軍開始出兵攻擊日本的佔領區及殖民地，對美軍的恐懼不斷出現在文字中，擔心轟炸使他喪命；一直更換工作地點，甚至裝病不去報社上班，再再顯示他的「退卻保守」本性。《台灣連翹》說，

總而言之，我是生長在外族的統治下，由於自小就時常在恐怖中長大，因而性格懦弱，說得嚴重些，連跳蚤的睪丸那麼小的膽子都沒有。應付日本憲警，經常是二重人格，絕不講真話。〔註57〕

應付統治者日本軍警「二重性格」、「絕不講真話」，那麼敢於向權威挑釁，易於暴怒衝動的行動，表現出「大無畏」的氣概，或許只是榮格所說的「無意識」的衝動，「……於是他們就會忘記自己的身份，作出連自己也覺得陌生的行動。」〔註58〕吧。一般人們害怕這樣的情感氾濫失控，會將原有的生活和人際關係造成破壞，因此很努力的建構他的「面具意識」，以保衛自己的生存。而適時的表態，不論是坦白認錯，或高聲讚美「新政權」，或批判他人為「漢奸」，多多少少都有助於掩飾先前曾犯過的「錯誤」。吳濁流在台灣光復後「先發制人」，以小說嚴屬批判媚日者的做法，可說是「人格面具」的高度表現。Murray Stein 說，當自我受到外在力量影響「貫穿」時，人們會把純粹的「我是」推到一旁，原型的我會變得模糊不清，「開始隱藏起來或完全從意識消失」〔註59〕。這種表現也呈現出台灣這個「蕞爾」小島知識份子的悲哀與無奈〔註60〕。他即時的以文學作品「告訴別人」自己的反日仇日，為自己的安全及未來發展，構築了一道防線。國民政府來了之後，會不會對親日份子作出處分？曾經替日本軍閥貢獻過「力量」的人，直接間接傷害過「中國人」的本島人，無不懷著恐懼、惶惑之感。日據時扮演過「忠貞」者的角色，

---

〔註56〕吳濁流，《亞細亞的孤兒》，（台北市，遠行出版社，1980），頁277。

〔註57〕吳濁流，《台灣連翹》，頁20。

〔註58〕卡爾・古斯塔夫・榮格（Carl Gustav Jung, 1875 年～1961），馮川、蘇克編譯，〈2. 集體無意識的原型〉，《心理學與文學（Psychology and literatirre）》，頁43。

〔註59〕Murray Stein，〈5. 人格面具與陰影〉，《榮格心靈地圖（Jung's map of the soul）》，頁147～148。

〔註60〕描述害怕被人認為是漢奸的感覺，在《亞細亞的孤兒》中有不少地方曾提及，如〈淑春的轉變〉、〈幽禁〉等數則。

在中國重返此地時，他們要如何改造自己的身分，以在危殆的時空裏保全性命，是「走不了的」台灣人必須面對的課題〔註61〕。榮格提到某些原始人類，因為害怕自己的行為超出了「界線」之外，會招來懲罰或報復，便舉行了各種宗教祭祀來消除這些「罪惡感」，因此有了驅魔、除咒、避凶、犧牲、淨化等儀式。藉由這些行動來說服自己，避免災禍的降臨〔註62〕。吳濁流的搶先發表「反日」作品，或許便是為自己進行的「驅魔、除咒、避凶」儀式。維特・巴諾（Barnouw, V）的《心理人類學（Culture and personality）》曾指出社會發生遷移、涵化和快速的文化變遷，其中之一的可能會導致「混亂與迷惑的狀態」，並且在人們的情緒上產生「孤離」感〔註63〕。日本的敗戰，中國的「光復」，無疑的讓他及同樣背景的人感到混亂與疑惑，這樣的不確定感，藉由「懺悔」或「精神宣洩」（abreaction）會是很好的治療方式〔註64〕。《胡志明》與〈陳大人〉、〈先生媽〉三篇作品確實也表達了這樣的特質，因為不能找到安全感，以文學作品做為發洩苦悶的工具，解脫了一部分的病症。至少現實社會的他，並未如《胡志明》小說中的主角那樣發瘋了，成為癲狂的人。

另一個足以表現吳濁流矛盾性格的，可以舉《亞細亞的孤兒》中的〈濁流〉、〈內藤久子〉兩節為例。主角胡太明因為暗戀日本女教師內藤久子，產生了很強烈的內在衝突。這位在他眼中是個「白璧無瑕的理想女性，是一位

---

〔註61〕中日戰爭最後結果會如何，日本即將戰敗，台灣將會被「中華民國接收」的消息，其實敏感的新聞界已經知道了，並且開始做了「防範的措施」。郭啟賢說，「由大陸返台的王白淵1943年6月任職於《台灣日日新報》，龍瑛宗一家已疏開鄉下，獨住宮前公寓（大同鐵工廠附），平日下班後王白淵、吳瀛濤等都在公寓聚在一起交換時局消息。有一天王白淵透露，『重慶政府成立台灣前進指揮所，指派福建省主席陳某來台接收工作。』我將這個消息轉告江肖梅先生，他似有預感地立即準備內容的調整以防官方審查。」見《台灣日報・副刊》，1998年，2月24日。

〔註62〕卡爾・古斯塔夫・榮格（Carl Gustav Jung, 1875～1961）原著，馮川、蘇克編譯，〈2. 集體無意識的原型〉，《心理學與文學（Psychology and literatirre）》，頁43。

〔註63〕維特・巴諾（Barnouw, V）著，瞿海源、許木柱譯，〈文化與精神異常〉，《心理人類學（Culture and personality）》第16章，（台北市，國立編譯館主編，黎明文化事業出版，1987年三版），頁493。

〔註64〕維特・巴諾（Barnouw, V）著，瞿海源、許木柱譯，〈文化與精神異常〉，《心理人類學（Culture and personality）》第16章，（台北市，國立編譯館主編，黎明文化事業出版，1987年三版），頁495。有關「懺悔治療」的意義，維特・巴諾引用的是 Arikiev 和 Weston La Barre 的理論。「精神宣洩」則是 William Sargant 對初民社會的研究，認為是應付文化快速變遷很有效的方法。

絕對理想的女性，簡直可以和天上的仙女相比擬。」〔註65〕可是在女教師的
眼中「台灣人」，卻是骯髒、不洗澡，有著大蒜味的「野蠻人」，胡太明可以
感受到她的優越感。雖然內藤久子也經常暴露出她並不優雅的一面，但日本
人終究是對本島人懷著歧視的。胡太明因為無法跨越種族歧視的範疇，不敢
也不能採取行動，內心對這位女教師的強烈慾望又難以消除，於是對自己的
「血統」產生了自厭、自棄的情緒，胡太明說：

> 自己的血液是污濁的，自己的身體內，正循環著以無知淫蕩
> 的女人作妾的父親的污濁血液，這種罪孽必須由自己設法去洗
> 刷。〔註66〕

由於覺得愛情的不可能成功，便將失敗的理由歸罪於本身血統的污濁，
（胡太明的父親胡文卿娶了一個不正經的女子阿玉，此事讓他覺得十分可
恥。）〔註67〕面對統治者的優越形象，自卑的情緒讓他質疑批判起父母，甚
至到了想清洗自己污濁血液的地步。這種近乎小說《封神榜》中哪吒剖腹剔
腸，剜骨肉還於父母；斷絕父母血緣的做法，確實令人驚訝。在這種極端的
心態裡，可以看出努力的想清除自己是「清國奴」、「貍仔」、「台灣人」的意
志。而這種「弒父」的潛意識努力，似乎是不成功的，是他內在糾纏一生的
「情結」（complex）。更不幸的是這個「情結」因為「中國」的再度來到，造
成了更多的矛盾與困擾。這令人自卑的「父母」，竟然在想奮力清除之後，再
度逼迫他承認是「污濁之子」這個事實。要台灣人「去中國化」，成為道道地
地的日本人，在「皇民化」運動時是一個重要「任務」。如何使本島人經由「鍛
煉」變成真正日本人，成為當時效忠者熱切思索的命題。周金波小說〈志願
兵〉、王昶雄小說〈奔流〉及陳火泉的長篇小說〈道〉裏，都反映了這個時代
情境。當時想要成為日本人的本島人，能否跨越「血統」這個問題，要如何
說服自己、他人及統治者，是一個很感困擾的議題〔註68〕。有關日本女老師
的情節，吳濁流在《無花果》、《台灣連翹》等書中曾再三提及〔註69〕，且甚

〔註65〕吳濁流，《亞細亞的孤兒》，頁35。
〔註66〕吳濁流，《亞細亞的孤兒》，頁36。
〔註67〕有關中醫父親娶妾的情節，在《無花果》、《台灣連翹》中未見提及。
〔註68〕參見註70、71。1936年台灣總督小林躋造宣佈了「皇民化、工業化、南進基
　　　　地化」三個政策，次年蘆溝橋事變發生，台灣皇民化運動便積極展開。日本
　　　　當局希望在短期內讓台民「去中國化」，成為「真正的」日本人。
〔註69〕吳濁流，《無花果》，頁103、105。《台灣連翹》，頁87～90，這位女老師為袖
　　　　川紀衣，是他任教學校的同事。《無花果》、《台灣連翹》兩書內容重複的地方

　　為坦白的說因為是「有一位日本女教師」，激起自己文學創作的力量，從此走上寫作新文學的道路；將內在的自卑、苦悶情緒轉化而為創作的力量。《無花果》、《台灣連翹》等作品是以陳述實情為主，《亞細亞的孤兒》則是以親身經歷作為基礎，加上文學的虛構與想像而成的。然而何者才是最真實的「心聲」，才是吳濁流的內在激情與吶喊，恐怕是見仁見智的了〔註70〕。

　　日據時期傳統的詩社，在社會中具有很大的影響力，曾是台灣十分普及的文學脈動。重要的作家如賴和、楊守愚、陳虛谷等都是詩社中人，全島各地相繼成立的詩社約有兩百多個。不過各詩社對異族領政的態度及思考不同，表現自然也各自相異。有以抵抗為主的，如「櫟社」、「應社」等；也有不少是以服膺「國策」，為權力服務的。不過以詩社來論其對政治的抉擇，也非客觀。因社員中觀念不同的人所在多有，未可以偏概全。如「櫟社」中的蔡啟運即是位善於周旋於各政治勢力之中，且無入而不自得，是最善於運用「人格面具」的代表人物。他具有前清六品功名，割台時也應時的抵抗一番。日人入台後，很快的便與日方官員相處融洽，合作愉快。1911 年梁啟超來台時，在「櫟社」雅聚的場面上，寫了懷念故國之作，好似從來都是懷抱故國憂思的人。蔡氏確實將「人格面具」的特質，發揮得淋漓盡致。而一般認為帶有馴服色彩的苗栗縣的「栗社」，雖經常符合政策為詩，但詩人中的吳頌賢等人，卻是頑強的抵抗者，對日人統治抱有強烈「漢賊不兩立」的觀念。〔註71〕當日軍開始侵華行動後，台灣詩社經常成為呼應國策的宣傳機構，皇民化運動期間，更是滿紙的效忠天皇，讚美皇軍神勇無敵，詩人們依統治者要求歌詠起大東亞和平之聲〔註72〕。台灣光復後，許多詩社面臨主政者轉移的困境，便自動解散了，許多詩集忽然失去了蹤影。曾有的騷壇盛況在短短幾年間，成為眾人不願提起的事情，成為失去的記憶。而一般對這段期間傳統詩

---

　　　相當多。《亞細亞的孤兒》這本小說主要的內容與情節與前兩書相似處也很多，可以說是吳濁流自傳的「多樣」、「重複」書寫。

〔註70〕吳濁流筆名的來源，未見正解，此「濁流」兩字究竟所指為何，是否與作者自怨自棄的心靈有關，《亞細亞的孤兒》裏的「遺傳的污濁血液論」，是否起因皇民化時期的「血統論」而更加深化，還待進一步研究。

〔註71〕有關《栗社》的手抄本，共有一百零三回（缺一至二十回），其中詩作多達近萬首，泰半為吳頌賢抄寫。吳頌賢詩文俱佳，《栗社》抄本 1996 年的再現，得以見出其經營詩社的苦心。

〔註72〕這類作品只要翻閱昭和 12 年以後的《詩報》、《風月報》等刊物，可謂觸目皆是。

社的描述，僅輕描淡寫的帶過；或者以其保存民族文化，具有民族氣節來論介。吳濁流在《黎明前的台灣》一書上，是這樣說他的詩社經驗的：

> 當時栗社社員有一百四十多個舊讀書人，與他們往來之後，才知舊讀書人另有一個社會觀。他們都不服日本人統治，但表面上不敢露出來，行為多異於常人。……我入栗社之後，才知舊讀書人另有氣節，漸覺他們的骨子裡，漢節凜然。而且由此老一輩的舊讀書人學習不少愛國詩詞。〔註73〕

廖雪蘭在《台灣詩史》上說：

> 此乃創立詩社之先賢，鑑於台灣之漢學日趨式微，私塾之設，又遭限制，不數十年，恐無讀書種子，日人不但無振興之意，且有任其消滅之心，先賢凜於漢學廢絕，故奮而創立詩社，以維國本。〔註74〕

而一些選集或論著，也會以特定的角度，來編選作家的作品。如李漁叔在所編的《三台詩傳》序上說：

> 台地多吟人，尤多慷慨之士。蓋其淵源蘊蓄，已非一日之功。自鄭延平驅紅夷而奄有其地，時奮戈握槊之士，從遊於是邦者，多抱孤臣孽子之心，堅與滅繼絕之志……。〔註75〕

這些看法是在台灣重回中國懷抱後所做的詮解，所論說的僅是選擇性的事實。做為當時詩壇主流思考的，大量的「符合時政」的作品，被略而不談了。曾積極參與創作這類作品的詩人墨客，也在時空轉換後，避談這種內容的作品。部分人從此不彈此調；有人轉換成節烈之士，以全新的面貌出現；有人以歌頌前朝的方式，詠讚新來的政權。這種應時之作本身所具有的現實性，使它充滿功利色彩。這種具有「工具特質」的作品自然會因政權的移轉而改變，而主政者也都會運用各種方式鼓勵或要求人們，繼續寫這類的作品。作家、詩人們的「人格面具」現象，便由此顯現出來。

如果以「栗社時代」的吳濁流來看，僅能認為是不滿現實的鄉村知識份子，在教育體制內表現某些不馴與抵抗的行動。與後來得到「鐵血詩人」這樣的讚譽，似乎並不如此貼切，至少吳頌賢堅持抗日的行動與精神，比他更夠資格使

---

〔註73〕吳濁流，《黎明前的台灣》，（台北市，遠行出版社，1977），頁41、47。

〔註74〕廖一瑾（雪蘭），〈台灣之詩社〉，《台灣詩史》第二章，（台北市，武陵出版社，1999），頁27。

〔註75〕李漁叔，《三台詩傳》，（台北市，學海書局，1976），頁79、80。

用這個名詞〔註76〕。再看吳濁流同輩的作家們是如何「適應」這樣的時代呢？
小說家陳火泉、王昶雄、周金波，是很好的例子。昭和十七年（1942年）以〈志
願兵〉獲得第一屆「文藝台灣賞」的周金波，對自己是位皇民作家的立場並不
遮掩，且對「中國」充滿輕鄙之情〔註77〕。昭和十八年（1943年）七月，陳
火泉在《文藝台灣》六卷三期發表了皇民化作品〈道〉，獲得極大的迴響；七
月底王昶雄在《台灣文學》三卷三號發表〈奔流〉，同樣造成廣大的討論。陳
火泉、王昶雄的作品後來都被譯成中文，重新發表及出版，這些作品「出土」
時，與原作有了不同的面貌。陳火泉〈道〉的自譯文，為了忠實原貌，未作太
多修改；但文中加入一些說明，指出某些文字被刪，刪除的部份皆以括弧標示。
王昶雄〈奔流〉則將「不合時宜或容易引起誤解的文字，逕行刪除。」〔註78〕
王昶雄的作品修改的部份很多，他對作品十分不放心，一直反反覆覆的改動。
〈奔流〉的原始作意到底如何，那一個版本才是作者的初心，隨著作者的不斷
修改，恐怕是得不到正解，將以一種曖昧的方式存在；讓不同意識形態的人去
詮說。至於吳濁流的「應時詩作」，在蒐錄的詩集中沒有看到。雖沒見到他悔

---

〔註76〕事實上吳濁流也曾強烈的批判周旋於各個政權之中的獲利者，如在〈瘡疤集〉
自序中說「波茨坦科長」范漢智此人「對任何急變的環境，都不吃虧，善逢
迎應變，搖身一變像七面蜥蜴（Chameleon）一樣，隨時適應環境，仍然是沐
猴而冠。」《吳濁流作品集6》，頁191。

〔註77〕寫有〈水癌〉、〈志願兵〉等作品的周金波，對自己是日本人的身分立場十分
堅定，對台灣人是「中華民族」這個觀點則非常排斥，對「中國人」、「中國
文化」不改輕蔑的看法。根據1993年之後的說法，那時的他是基於對台灣的
「愛」，對落後的本島有著亟盼提升的熱情，也為了回應日本政府的政策才有
相關的作品。在去世之前，對寫出所謂「皇民化」的作品並沒有羞恥感。見
王敬翔，〈日本統治期台灣皇民文學之考察——以決戰時期文學為中心〉，（台
北市，中國文化大學日本研究所碩士論文，2005（民94）年），頁71～86及
賴婉玲，〈皇民文學論爭研究〉，（桃園，中央大學中文研究所碩士論文，2007
（民96）年），頁22～27。

〔註78〕林瑞明，〈騷動的靈魂——決戰時期的台灣作家與皇民文學〉，《台灣論文精選》
下冊，（台北市，玉山社，1996），頁220。王昶雄〈奔流〉原刊於1943年7
月《台灣文學》3卷3號，中譯本見許俊雅編，台北市縣文化局出版（2002）
的《王昶雄全集・小說卷》，本卷共收林鍾隆（王昶雄校訂）、鍾肇政、賴錦
雀（三篇）、張良澤翻譯的六篇。其中最大的不同在國文教師伊東與學生林柏
年努力變成日本人的意願，希望脫離台灣人的體質，由身上的血液開始改造，
往「堂堂的日本人」道路邁進。林鍾隆（王昶雄校訂）前衛書局出版（1991）
的〈奔流〉，刪除的大部份是這類描述。陳火泉在《文藝台灣》（1943）發表
的〈道〉則討論到台灣人與日本人血統不同，變成日本人要從精神系統來鍛
煉，只要努力便能克服血統問題成為皇民。

其少作的說法；但不見其對自己在「栗社時期」相關作品有所剖白和解說，以致於無法了解他對這段經歷真正的「想法」。

## 五、結語

可以了解的是，吳濁流那個時代的作家們，由於政權的轉換，在國家認同造成落差極大的，身心人格上也無法統一。這種難堪處境的形成，是台灣民眾每逢政權變動時，不得不面對的「抉擇」，也是難以避免的共同命運。在吳濁流《亞細亞的孤兒》中，看到主角胡太（志）明最後是以發瘋為結局，這位主角的命運反映的或許正是作者的心靈狀態，是作者「真正的我」，而非「呈現的我」〔註79〕。現實社會是殘酷的，除非發瘋或死亡，活著就不論如何都必須背負著過去的陰影，硬著頭皮走下去。Murray Stein 說人格面具最大的作用在於保護使人免於羞恥，「避免羞恥可能是發展和緊握人格面具最強大的動機」〔註80〕。而羞恥心是中國社會中，非常被強調的人格道德。做為喜好介入政治與社會運動的文學創作者而言，不論是想借用它來討好政權，或推翻執政者，或僅是愚蠢的被政客利用，就算目的不在功名利祿、社會權勢，也是很難逃脫被擺弄的情狀。作家必須套上不同的面具，說不同腔調的話，壓抑自己的人格，以期望在社會中謀求發展，追求某些「理想抱負」的實踐。以吳濁流的生命歷程為例（或者古今中外待舉的例子），確實令人感到無奈與悲哀〔註81〕。

「2004 年海峽兩岸文學與應用文學學術研討會」，2004 年 10 月。

---

〔註79〕Murray Stein，〈5. 人格面具與陰影〉，《榮格心靈地圖（*Jung's map of the soul*）》，頁 143。

〔註80〕Murray Stein，〈5. 人格面具與陰影〉，《榮格心靈地圖（*Jung's map of the soul*）》，頁 157。

〔註81〕楊逵的態度或許可以是另一個參考方式，他說，「1. 在我未死之前，我有權修改我的作品。因為我的思想一直在成長。2. 為了發表，如果當時說得激烈些，根本無發表的機會。3. 為了使現代的讀者更加了解我作品中的精神，所以有必要修改。」見楊逵口述，王麗華記錄，〈關於楊逵回憶錄筆記〉，《楊逵全集·資料卷》第 14 冊，（台北市，國立文化資產保存研究中心籌備處，2001），頁 77。不過楊逵的三點說法有可商榷之處，第 1 點所說「我的思想一直在成長」也未必如此，許多人亦有可能退步或更加執著。第 2 點的情況，有時是寫得愈誇張或愈激烈，才會獲得刊登，尤其是做為政治鬥爭或個人恩怨工具的時候。至於第 3 則可能是為了符應現實利益或迫於形勢，才修改內容。個人較同意「在我未死之前，我有權修改我的作品」這段話，其餘則牽涉較廣，詮說各異，難以定論。

# 六、引用書目

## （一）近人論著

1. 吳濁流，《濁流千草集》，台北市，集文出版社1963年。

2. 李漁叔，《三台詩傳》，台北市，學海書局，1976年。

3. 吳濁流，《黎明前的台灣》，台北市，遠行出版社，1977年。

4. 李南衡編，《日據時代台灣新文學　文獻資料選集　明集5》，台北市，明潭出版社，1979年。

5. 吳濁流，《亞細亞的孤兒》，台北市，遠行出版社，1980年。

6. 維特・巴諾（Barnouw, V）著，瞿海源、許木柱譯，《心理人類學（Culture and personality）》，台北市，國立編譯館主編，黎明文化事業出版，1987年三版。

7. 卡爾・古斯塔夫・榮格（Carl Gustav Jung, 1875～1961）原著，馮川、蘇克編譯，《心理學與文學（Psychology and literatirre）》，台北市，久大出版社，1990年。

8. 林柏維，《台灣文化協會滄桑》，台北市，前衛出版社，1995年。

9. 中島利郎，《日據時期台灣文學雜誌》，台北市，前衛出版社，1995年初版。

10. 吳濁流，《無花果》，台北市，草根出版社，1995年。

11. 吳濁流，《台灣連翹》，台北市，前衛出版社，1995年。

12. 林瑞明，〈騷動的靈魂——決戰時期的台灣作家與皇民文學〉，《台灣論文精選》，台北市，玉山社，1996年。

13. Murray Stein著，朱凱如譯，《榮格心靈地圖（Jung's map of the soul）》，台北市，立緒出版社，1999年。

14. 廖一瑾（雪蘭），《台灣詩史》，台北市，武陵出版社，1999年。

15. 林海音，《剪影話文壇》，台北市，游目族文化出版，2000年。

16. 楊逵口述，王麗華記錄，《楊逵全集・資料卷》第14冊，台北市，國立文化資產保存研究中心籌備處，2001年。

17. 諫山春樹等原著，日本文教基金會編譯，《秘話・台灣軍與大東亞戰爭》，台北市，文英堂出版社發行，2007年二版一刷。

## （二）期刊論文

1. 鍾肇政，〈鐵血詩人吳濁流〉，《夏潮》雜誌第1卷第8期，1976年11月。

2. 吳濁流，《台灣新文學》第一卷第八期（9月19日），〈讀貴誌感對漢詩之管見〉，東方文化書局復刻本，1994年《景印中國期刊五十種　第二十九種・台灣新文學雜誌叢刊》）。

3. 王昶雄〈奔流〉原刊於 1943 年 7 月《台灣文學》3 卷 3 號，中譯本見許俊雅編，台北市縣文化局出版，2002 年。

4. 第一屆「苗栗縣文學　野地繁花」研討會論文集，苗栗，苗栗文化局出版，2003 年。

5. 王敬翔，〈日本統治期台灣皇民文學之考察──以決戰時期文學為中心〉，台北市，中國文化大學日本研究所碩士論文，2005 年。

6. 賴婉玲，〈皇民文學論爭研究〉，桃園，中央大學中文研究所碩士論文，2007 年。

# 「泰利斯曼」式的創作——以鍾理和為例

## 一、藝術治療與作品分析

　　藝術治療的理論，由 1970 年代發展至今，約有三十年。十多年前在英國被認定具有治療能力及效果，屬於心理衛生專業。〔註 1〕藝術治療師的工作，基本上是對病人畫的「圖像」進行分析，與作畫者一起討論，協助他們解決心理或精神上的問題。藝術治療對病例的分析及論證，有很多可以做為討論作家與作品的參考。許多作品表現出作家的心理症狀，是其內在苦悶的投射，呈現其瀕臨崩潰的精神狀態。作家的「創作」可能是尋求治療，期望解脫惡境的符號與語碼，是心靈傷痕的映照。這些作品具有何種意義？如何解說？藝術治療的理論可以協助做更深入的了解與分析。

　　《藝術治療的理論與實務》一書裏，收錄有喬伊‧沙維瑞恩（Joy Schaverien）〈代罪羔羊與「泰利斯曼」〉一篇文章〔註 2〕，此篇文章談到《聖經》裏「代罪羔羊」（a scapegoat）的意義。他指出在基督教的某項儀式裏，會有一隻白羊承擔起整個社區人們所犯的罪惡，在儀式結束後，這隻羊被放逐到沙漠裏死去。這隻白羊的死，讓整個社區的罪得以救贖。眾人的罪孽藉由一個替代物的犧牲，得到轉移，得到赦免。使社區內眾人之罪，不至於遭到神的懲罰，不會遭到不可測的災難。這隻被轉附的替代物，被犧牲的動物

---

〔註 1〕陸雅青，〈讀《Image of Art Therpy》有感〉，Tessa Dally 等著，陳鳴譯，《藝術治療的理論與實務》，（台北市，遠流出版社，2004 年 10 月 1 日 7 刷）。

〔註 2〕喬伊‧沙維瑞恩（Joy Schaverien），〈代罪羔羊與「泰利斯曼」〉一文見 Tessa Dally 等著，陳鳴譯，《藝術治療的理論與實務》，（台北市，遠流出版社，2004 年 10 月 1 日 7 刷），頁 113～169。

就被稱為「泰利斯曼」（talisman）。所謂「泰利斯曼」（talisman）作者引用《牛津英語辭典》的解釋是：

魅力、驅邪符，能夠製造奇蹟的東西。一種雕刻的神奇物，能使其持有者受益。〔註3〕

「泰利斯曼」亦即被賦與了特殊意義的犧牲品，因為意義特殊，所以具有神奇的魔力，具有保護擁有者的力量；而許多人們創作的藝術作品，便具有這樣的特質。作者認為為了宗教膜拜而創作的畫作，表現聖人聖跡的繪畫，最具有這樣的特色。聖跡的畫作如耶穌被釘十字架、聖母懷抱死亡的耶穌等，其主題是死亡與犧牲，作畫的人與觀賞者在這樣畫像裏獲得許多恩典及啟示。畫作裡耶穌的犧牲行動拯救了、洗清了世人的罪惡，讓人們得以脫罪與重生。這類畫作傳達了潛在的「泰利斯曼」（talisman）的力量〔註4〕。喬伊·沙維瑞恩（Joy Schaverien）論述「代罪羔羊」（a scapegoat）的轉移行為時，舉了兩個他進行藝術治療時遇見的例子。其一是少女莎莉以大便塗污的畫紙，向眾人展示的行為，她畫了這樣令人不快的畫作後，還驕傲的炫耀「這是她的作品」。整整一星期內，她把這張畫作帶在身邊，引起整個社區的議論紛紛；最後，她在一個公開的儀式中焚毀了這張畫。作者認為莎莉這樣的繪畫行為及過程，是具有很多意義的，她讓繪畫「變成一種代罪羔羊」。其二是二十五歲年輕婦人露易絲的惡夢現象，她感到夢與現實之間很難分辨，一直覺得房間裡有具屍體跟著她。為了避免糾纏，跟屍體妥協，露易絲畫了一幅恐怖的畫，將屍體置入畫中，並認為這幅畫可以見證其內在的「壞」；將虛擬

---

〔註3〕喬伊·沙維瑞恩（Joy Schaverien），〈代罪羔羊與「泰利斯曼」〉，頁116。根據喬伊·沙維瑞恩的論述，「泰利斯曼」的意義很多樣，還有感恩、人際關係的連結、護身符等意義，本文採取其中解厄除難與或可受益的意義；而這意義與代罪羔羊原意有些差異。根據© *The Oxford Pocket Dictionary of Current English 2007, originally published by Oxford University Press 2007.* 的解釋，"talisman" 是，"an object, typically an inscribed ring or stone, that is thought to have magic powers and to bring good luck." 雖不能確定作者引用何年度的字典，但這應是作者引文出處，見 http://www.encyclopedia.com/doc/1O999-talisman.html。另 wikipedia, the free encyclopedia 解釋 Talisman or amulet 為 "a small object intended to bring good luck and/or protection to its owner." 引見 http://en.wikipedia.org/wiki/Talisman，2008.1.21。

〔註4〕事實上許多作家一生的經歷悲慘，命運坎坷的例子很多，如盧照鄰、杜甫、孟郊、曹雪芹等，讀者在閱讀期作品時除了欣賞作品之外，對其遭遇的困厄往往亦能引起共鳴，讓閱讀者得到安慰的與心靈淨化的作用。這樣的作用與觀看宗教受難圖畫、雕刻的效果類似。

的「它」畫出來是必要的。露易絲認為這幅畫具有力量，對自己與他人都有影響力〔註5〕。喬伊・沙維瑞恩（Joy Schaverien）強調，人們會用這種投注與轉移的「創作」，做為解除自身罪惡或災厄的方式。許多表現在圖象繪畫的行為，就具有這樣的內涵，創作者藉由自我揭露（self-disclosure）、自我解釋的行為；藉由外顯的行為如繪畫或文字或其他替代物，來獲得除罪，來獲得治療。這樣的行為其實在台灣的民俗宗教裏亦可見到，當人們家中發生災難，遭逢厄運時，且認定是出於惡魔作祟，就會請乩童到家裏來作法驅邪。方法是在門前焚燒紙製的五鬼、白虎、天狗、烏鴉等。這些紙製的、虛擬的惡物，即象徵作祟的邪魔，由一位神靈附體的乩童拔出利劍，在空中狂刺，以示將惡魔驅逐，這個家庭從此以後便得到安寧〔註6〕。紙製的五鬼、白虎、天狗、烏鴉，便是身處苦難中的人們幻設的惡運製造物，人們將一切的不順遂歸咎於「它們」，經過一番儀式後，這些惡物被銷毀，象徵了災難也將過去，人們將獲得解脫。喬伊・沙維瑞恩（Joy Schaverien）另引 Frazer 採集的故事，有些澳大利亞的土著黑人，為了治療牙痛，會將被稱為「卡立克」（Kariitch）燒熱的射矛器，貼在臉頰上，以解除牙痛。使用之後的射矛器被丟掉，他們認為牙痛也就跟著這個射矛器消失了〔註7〕。

文學創作事實上也表現出了類似的現象，作家們藉由作品，揭露了內心的矛盾與糾結，藉此發抒苦悶，向世人呈現焦灼與悲痛，呈現他們所犯的「罪」或他們完全清白，只是被世俗「定罪」了。這些作品經過作者「理性」的處理，有時不免放大或裝飾化受難的情節，醜化不利於自己的人。或者一而再，再而三的重複己身的創傷，沉溺其編製的故事間不可自拔。這種「放大渲染」或「一再複製」的現象，在宗教畫裡的聖人與惡鬼是常見的模式。作家將內在的痛苦移轉，使作品成為「代罪羔羊」（a scapegoat），成為「泰利斯曼」（talisman）。這種自我的揭露，存在著人們了解、同情與接納的期望；不避諱的將苦難寫出，事實上也期望能「解除」、「不要」這樣的困境〔註8〕，脫離不

---

〔註5〕兩例見喬伊・沙維瑞恩（Joy Schaverien），〈代罪羔羊與「泰利斯曼」〉，頁135～146。依作者描述莎莉只是個孩子氣的年輕女子，沒有表面可察知的病徵。露易絲則具有睡眠品質不良，經常為惡夢困擾的問題，可能具有心理或精神方面的疾病。

〔註6〕見鈴木清一郎著，高賢治、馮作民編譯，《台灣舊慣習俗信仰》，（台北市，眾文圖書公司印行，1981年再版），頁85、86。

〔註7〕喬伊・沙維瑞恩（Joy Schaverien），〈代罪羔羊與「泰利斯曼」〉，頁154。

〔註8〕喬伊・沙維瑞恩（Joy Schaverien），〈代罪羔羊與「泰利斯曼」〉，頁153、154。

斷出現的噩運。他們的作品除了抒發情緒之外，亦有洗清罪名、解厄除難的動機在裡面。文學作品可能如同莎莉以大便塗污的畫紙，露易絲與屍體共處的畫，道士驅魔時焚燒的五鬼、白虎、天狗、烏鴉等紙器，澳大利亞土著治療牙痛的卡立克（Kariitch）。這樣「泰利斯曼」（talisman）化的創作，除了讓別人產生共鳴之外，也期望讓它具有神奇的、超凡的力量。

## 二、台灣文學中的「泰利斯曼」（talisman）現象

台灣文學中，表現出「泰利斯曼」（talisman）現象的作家是相當多的，尤其是帶有自傳性質的作家。這些作家勇於將自己的人生經歷表露出來，不斷的用各種身分與角度，敘述自己的故事；而這些故事大多是創傷經驗與現實的苦悶。作家創作時，基本上是一種情感轉移的作用，藉文字書寫的「儀式」，鋪敘悲苦的情感，作品的完成及發表，對作者來說便達到了紓解及昇華的效果。當這些作品被寫出來，即成為「泰利斯曼」（talisman），作者將內在的「罪？」、「苦難」轉移在它身上，作品將被「毀棄」或形成具有神奇力量的東西，轉而對「持有者有益」，這樣的作家有如吳濁流、鍾理和、李喬、七等生等〔註9〕。吳濁流是一位「自傳型」的作家，大部分作品都是寫自己的經歷，他的作品如〈水月〉、〈筆尖的水滴〉、〈泥淖中的金鯉魚〉、《亞細亞的孤兒》長短篇小說，自傳式的《無花果》、《台灣連翹》等最為典型。這些作品社會性、批判性很強，充滿抑鬱、苦悶的激情。這種苦悶其實來源有兩方面，一是懷才不遇的哀傷，一是經濟上的不滿足感。這種苦悶，也可以說是吳濁流一生創作最基本的調子。〔註10〕這些充滿個人色彩的、憤恨的作品，因為具有普遍性，寫出了既是個人也是許多人的共同經驗，引起了很大的共鳴，逐步成為台灣本土文學陣營重要的聲音。

李喬是另一個例子，葉石濤在〈評李喬的兩本書——《飄然曠野》、《戀歌》〉一文裏寫到，李喬〈阿妹伯〉這篇小說，隱藏著令人哀傷的身世的秘密，小說讓人瞥見他時常淌著血的心理創傷；而「這心理創傷大概是迫使李喬走向寫作生涯的原始動機之一」〔註11〕葉石濤指出在饑餓和污辱交迫中度過的

〔註9〕此外龍瑛宗〈植有木瓜的小鎮〉裏的陳有三，〈勁風與野草〉裏的杜南遠，楊逵〈送報伕〉裏的楊君，鍾肇政《魯冰花》中的郭雲天，《濁流三部曲》中的陸志龍等，都有作者濃厚的身影，自傳性很強，值得做更多的討論。

〔註10〕詳見王幼華，〈面具在說話——政權變動下的吳濁流〉，收錄於《族群論述與歷史反思》，（苗栗市，苗栗縣文化局出版，2005年12月），頁343～358。

〔註11〕葉石濤，《台灣鄉土作家論集》〈評李喬的兩本書——《飄然曠野》、《戀歌》〉，（台北市，遠景出版社，1981年再版），頁208。

童年、孱弱的身體和「暗鬱負了傷的心坎」，是造就李喬成為作家的條件。唯一帶給他溫暖的母親去世，也使他藉由寫作來尋求慰藉，彌補那失去的痛苦。這些評論剖析了他步上寫作之路、成為作家的心理驅迫力。陳銘城〈期待平等公義的終極關懷〉一文，為歡迎李喬演講的開場白序言，他說：「一個作家的童年記憶、病歷表和家族背景的故事，往往是他創作上的秘密。」〔註12〕這段話很準確的道出李喬早期許多創作，如〈山女〉、〈哭聲〉、〈痛苦的符號〉、〈蕃仔林的故事〉等的動機，以及作品的特色。

七等生是對自己作品具有高度自覺的作家，經常以超越式的視角評論自己的寫作。他在〈我年輕的時候〉一文中，反省踏入寫作第一步之後，對於從前成長歲月所遭遇到的「貧困和苦難」，遭遇到的「人事的折磨等種種夢魘」，藉由創作「一步一步地獲得了舒解和擺脫」。讓他那忿忿不平的心，透過創作的發洩、修練，逐步平靜下來，熄滅了報復的火焰。作者站在自我昇華的高度，蔑視了曾有的仇恨心緒。他的寫作是在「揭開我內心黑暗的世界」，將內在「積存的污穢，一次又一次加以洗滌清除。」〔註13〕七等生自述他的文字具有兩層意涵：「他冷靜地展示和解析各種存在的現象，並同情地加以關愛。」〔註14〕

事實上，七等生所寫出的作品，並不如他自己所分析的那般超邁、高遠；他對於現實上遭遇到的扞格是耿耿於懷的，作品是具有攻擊性的。如〈復職〉、〈小林阿達〉、〈散步去黑橋〉、〈木鴨、沙馬蟹和牛仔的故事〉等，將父親的不幸遭遇、家族的齟齬、謀職的紛爭、婚姻的不安與鄉人間的爭執，都寫入作品裏。他的展示和解析，基本上是受創經歷的重新編製，或者稱為寫作藝術的投注與轉移。七等生認為自己在創作的狀態裏獲得解救了，以寫作清洗了仇恨與憤怒，以想像編織可能並非事實的情境，用精神勝利法安撫了受挫的心靈，在作品裏贏得了現實，原諒了敵人。甚至可以說現實的屈辱感、挫敗經歷，才是他寫作的泉源與動力，他依憑創作以減輕活著的無奈，化解粗鄙的現實帶給他的累累傷痕。

鍾理和作品的自傳性十分濃厚，是非常典型的例子。鍾理和寫作的動機

〔註12〕李喬，《李喬短篇小說全集》，（苗栗市，苗栗文化中心出版，2000年1月），頁324。
〔註13〕七等生，《散步去黑橋》〈我年輕的時候〉，（台北市，遠景出版社，1979年10月再版），頁252。
〔註14〕七等生，《散步去黑橋》〈我年輕的時候〉，頁252、253。

如其所述,來自兩次挫折與刺激。其一是升學的落敗,他在年少時有三個好朋友,他們同時考中學,四人裏唯一落榜的便是他。落榜的打擊很大,使他下定決心,想要在未來,由別種途徑贏過他們。不過這樣的心願要怎樣表現,「尚未定型」〔註 15〕,還未找到出路。其二則是十九歲時的戀愛事件,他愛上了同姓的女子。愛上同姓甚至可能是有親戚關係的人,在當時的社會是不被允許的,會遭受到極大壓力與議論的。因此「我想藉筆來發洩蘊藏在心中的感情的風暴」〔註 16〕,鍾理和想要成為作家的心願便萌芽了。

在鍾理和的自述裏,成為作家源自轉移羞恥為力量的慾望,而所述的內容基本上是一種創傷的自我揭露。作者將現實遭遇裏的苦難化為文字,鋪陳編寫出來,展現在眾人的眼前,而這種書寫,其實有著將創痛轉為有扭轉形勢,轉惡為益的期盼,很明顯表現作品的「泰利斯曼」(talisman)化。鍾理和作品表現出的挫敗與創傷,大約有幾點,其中包括「同姓結婚」、「貧窮」及「病痛」等。而同姓結婚應該是其悲劇人生的起點,也是創作的基本動力之一。許多小說如:〈同姓之婚〉、〈奔逃〉、〈貧賤夫妻〉、〈蒼蠅〉、〈錢的故事〉以及長篇小說〈笠山農場〉等,都重複的述說同樣的主題,是鍾理和成為作家的重要契機。本文下面一節以他的作品做為論述的範例。

## 三、鍾理和作品分析

### (一)荊棘之路

依據鍾理和早期的作品,如〈夾竹桃〉、〈白薯的悲哀〉、〈門〉、〈泰東旅社〉等小說,及 1945 年 9 月 9 日至 12 月 26 日所寫的日記來看,他具有相當強的寫實與批判精神,對政治與社會的狀況具有相當敏銳的觀察力,人際之間的糾紛與情慾的葛藤,也是描寫的重點。當然作品中處處可見作者的身影,穿梭其間。具有這樣特質的作品,在 1949 年 35 歲以後就少見了。原因是他肺結核病況嚴重,需與病魔搏鬥,生活圈變得狹小,創作只能以自己身邊的種種為主。美濃地區的風土民情,家族與自身的感觸、病痛,成為主要描寫對象。代表其內在最大情結的「同姓之婚」,在他 40 歲之後陸續的寫出來,這些作品可以看出摻雜著悲嘆、憤恨、痛苦與甜蜜。這個飽受詛咒的結合,

〔註 15〕鍾理和,《鍾理和全集》(六),(台北市,行政院客家委員會,2003 年 12 月),頁 217~219。

〔註 16〕鍾理和,《鍾理和全集》(六),頁 219。

使他走向了荊棘之路,人生充滿了坎坷與悲哀;為了這樣的婚姻,付出了巨大的代價。可能是年紀已長,一無所成,可能是感到病入膏肓,他開始咒怨造成悲劇的癥結,尋找「代罪羔羊」(a scapegoat),將罪惡歸之於牠,然後驅逐出去,他希望自己有「洗清除罪」的可能,有解厄除難的機會。鍾理和繪畫出了許多幅受難的圖像,這些圖像顏色晦澀,人物臉孔表情悲悽,整個世界暗沉沉的一片,見不到光明。他不斷的將這不被祝福的愛情過程寫在作品裏,反覆訴說其間的冤苦。

根據〈鍾理和生平與著作刊登年表〉〔註17〕有關同姓之婚的作品及其創作年代,分列如下:

| 作品名稱 | 歲數 | 創作年代 | 發表刊物 |
|---|---|---|---|
| 〈蒼蠅〉 | 40 | 1954 寫作,1959 發表 | 《野風》 |
| 〈野茫茫〉 | 40 | 1954 發表 | 《聯合報》 |
| 〈笠山農場〉 | 41 | 1955 | 1976《遠行出版社出版》 |
| 〈同姓之婚〉 | 42 | 1956 | 《聯合報》 |
| 〈奔逃〉 | 44 | 1958 | 《新生報》 |
| 〈貧賤夫妻〉 | 45 | 1959 | 《聯合報》 |
| 〈錢的故事〉 | 46 | 1960 | 《聯合報》 |

同姓之婚自古以來都是人類社會裡的禁忌,血緣過於接近的男女結合,會產生不健康的下一代,這是經驗法則。鍾理和與鍾台妹(平妹)〔註18〕的愛情與婚姻,在保守的高雄縣美濃地方,造成的震撼是可想而知的。兩人對愛情的堅持,無視社會禁忌,執意堅守愛情,自然造成軒然大波。鍾理和毫不忌諱揭露同姓婚姻的事實,與少女莎莉用大便塗污的畫紙向眾人展示,婦人露易絲畫與屍體共處的圖畫,其內在驅力有其相似性。「大便塗污的紙」、「惡夢似的圖畫」都足以讓人不快,都屬於「非正常」的社會行為,會招致人們的議論與抵制。兩人展現的其實是內在的情結或創傷,他們向眾人展示自己「惡」的目的,其實是希望「拋除」,期望自救,能夠如同澳洲土著拋棄卡立克(Kariitch)一般,讓牙痛轉移;至少希望那種狀態是能變成被眾人接受的。「同姓之婚」、「大便塗污的紙」、「惡夢似的圖畫」都可以說是一種「泰利斯

〔註17〕鍾理和,《鍾理和全集》(六),頁 225~233。
〔註18〕鍾理和的妻子本名為鍾台妹,小說中皆以平妹稱之。

曼」（talisman）式的表現，而這些「成品」也與創作者分離，具有多樣的意義，成為眾人都可參與解讀的標的。

## （二）罪惡與災難敘述 [註19]

鍾理和在作品中敘述出自己堅持與鍾平妹的愛情，造成了各種各樣的災難，這些打擊包括來自家庭、親友、社會議論等等，由於鍾理和個人際遇欠佳，身染惡疾，所生的孩子遭遇疾病與死亡，更讓他與妻子的處境極其艱難。他們的結合變成一種詛咒，變成人們期待看到的悲劇，「同姓之婚」終於演繹成「天所不容」的可怕境地。「代罪羔羊」（a scapegoat）除罪模式的根本，是在於人們承認自己有「罪」，所以必須藉由犧牲品來去除罪惡，「*在授與羊力量的行動中，我們必須承認罪行的存在，並且儀式化的與它分離。*」[註20] 不過鍾理和的認知裏並不以為自己有罪，是外人認為他們有罪，而且將眾多的懲罰施加在他們身上，要求他們認罪。鍾理和雖不肯承認有罪，但事實上已然接受自己是人們眼中的「罪人」，因為他與妻子都戴著人們給與的罪枷，行走在人間。這個枷鎖十分沉重，造成命運的坎坷。在他的作品裏可以看到如下的敘述，這些便是鍾理和內在苦難的移轉物，是代其受罪的羔羊，他描述自己陷入的災難至少有四類：

### 1. 與家庭親友的決裂

〈奔逃〉一文作者藉由兄弟景明的口述，父母親倆結婚三、四十年來，一直相敬如賓，為了他的事發生爭執，口角不斷。「*母親每天以淚洗面*」，父親斷了他的經濟來源，也不讓母親接濟他，希望阻止他們繼續交往。〈貧賤夫妻〉說和平妹的結合遭遇到「家庭和舊社會的猛烈反對」，他們經過艱苦奮鬥，不惜和「家庭決裂」，方始成為夫妻。〈同姓之婚〉裏說假使他們要結婚，便必須做到兩件事，「*第一，脫離家庭；第二，經濟自立！*」[註21] 父母親都不可能同意這個婚事的，如要這樣做，就必須甘冒大不韙脫離家庭，然後追求經濟獨立，自組家庭。

家庭方面的關係決裂了，連最親近的友人也出現裂縫，對他的做法不認同。〈奔逃〉裏敘述，堂兄魁光曾是他非常親近的人，對他的作為不認同，雖

---

[註19] 這些作品雖有不少企圖辯解或尋求自我認同的部分，但這樣的聲音其實是很微弱的，飽受現實摧殘的鍾理和，仍以展露創傷與哀痛為主調。
[註20] 喬伊·沙維瑞恩（Joy Schaverien），〈代罪羔羊與「泰利斯曼」〉，頁124。
[註21] 鍾理和，《鍾理和全集》（一），〈同姓之婚〉，頁97。

然沒有出言責備，但在眼光和行動上有著十分清楚的非難與責備，鍾理和無法取得魁光的支持，讓他感到孤獨與哀傷。追求愛情的結果，到了最後竟成為最孤單的人，「我仍然只有自己一個人！連最信賴我的人，也都離開我了。」〔註22〕這樣的情況也發生在平妹的身上，〈同姓之婚〉說「她從前的朋友，即使是最親密的，現在都遠遠的避開她了。彷彿我們已變成了毒蛇，不可親近和不可觸摸了。」〔註23〕鍾理和希望妻子的舊友能來家中相聚，以安慰妻子的心，有時甚至是用哀求的，但都不能成功。有次在一個山寺遇到妻子舊日老友，便熱誠的邀約她來家吃飯。在他們燒好飯菜，誠心等待之後，她舊日的友人竟爽約了。妻子跑去山寺找她，最後失望而回，非常哀傷說友人不願意來，是因為她「討厭我們！」〔註24〕他們倆個成為人群中的「毒蛇猛獸」，成為可怕的「罪人」，是必須被隔離的「異類」。

### 2. 社會議論與人身攻擊

由於這樣的結合不被家庭與親友認同，所以也沒有舉行「儀式」。他們不能舉行「正式的婚禮」，意味著兩人的婚姻關係是不被社會認同的。〈同姓之婚〉說「我們的結合，不但跳出了社會認為必須的手續和儀式，並且跳出了人們根深蒂固的成見——我們是同姓結婚的！」〔註25〕在當時台灣的社會，「這是駭人聽聞的事情。」〔註26〕既沒有人們認同的「社會儀式」，他們的婚姻基本上建築在一種不合法的、脆弱的狀態裏。人們對這種敢於觸犯眾怒、挑戰禁忌、違逆約定俗成做法，是不會輕易放過的。人們必須證明群眾的經驗是正確的，違反了這個規約，必然會得到災難。

〈貧賤夫妻〉一文裏，鍾理和住院三年，返家後妻子沒有到車站接他，只在老家附近的樹蔭等待。見面後，鍾理和問妻子為何不到車站等他？她回答是「車站裏人很多」〔註27〕人言可畏令她害怕。他們的婚姻是沒有社會認同的，人們樂於批評、攻擊，他們的災難足以證明眾人的議論是對的。沒有舉行結婚儀式，簡單的說就是自棄或被棄於社會之外了。

〈同姓之婚〉中，與鍾理和「結婚」後的平妹，過著憂鬱與苦悶的生活，

---

〔註22〕鍾理和，《鍾理和全集》（一），〈奔逃〉，頁81。
〔註23〕鍾理和，《鍾理和全集》（一）〈同姓之婚〉，頁99。
〔註24〕鍾理和，《鍾理和全集》（一），〈同姓之婚〉，頁100。
〔註25〕鍾理和，《鍾理和全集》（一），〈同姓之婚〉，頁91。
〔註26〕鍾理和，《鍾理和全集》（一），〈同姓之婚〉，頁91。
〔註27〕鍾理和，《鍾理和全集》（一），〈貧賤夫妻〉，頁109。

整日「就一直在迷惑、疑懼和煩惱的泥沼中。」〔註28〕鍾理和的母親對她展開批評,「母親眼看說我不動,於是遷怒到平妹身上去。罵她是淫邪無恥的女人;是一個專會迷惑男人的狐狸精。」〔註29〕鍾平妹選擇了愛情,遭來的是嚴厲的攻擊,而且攻擊她的是愛人的母親,用「淫邪無恥」、「狐狸精」的語詞,可以說是極其難堪的。除了這樣的批評,其後的婚姻更是長夜漫漫路迢迢,生病的先生沒有謀生能力,醫藥費的龐大讓經濟來源困窘,她必須承當家計,日夕勞苦,做最粗重的工作賺取微薄的金錢,來維繫家庭於不墜。

### 3. 前途茫茫被迫返家

〈奔逃〉一文中記述夫妻兩人,決定離開是非紛擾不斷的家鄉,去到中國。尋找可以安身立命的地方,尋找可以接納他們的桃花源。不過前程難料,未來是好、是壞,無法確定。他們乘的船離開基隆港,航行經過彭佳嶼,海水茫茫,故鄉已不見了,前途未卜。他感慨的說「廣大的天地,何處是我倆的歸宿?」〔註30〕可惜在中國一段時間後(1940～1946),發展並不順遂,生活仍是艱難。1946 年日本侵華戰爭失敗,在中國的日本國台灣人處境堪憂,恐遭報復。鍾理和夫妻搭乘遣返難民的船隻回到台灣,暫住高雄弟弟家。次年肺病惡化,從此疾病纏身,雖多次就業仍無法安於一職,最後返回故鄉,依靠分得的祖產維生。無法謀得好出路,只好回鄉的挫敗,這又是一件非常羞恥的情況。

### 4. 天所不容

鍾理和感受到「同姓之婚」除了家庭親友及社會的壓力外,還有更大的、更殘酷的試煉,更難堪的污辱,那就是他們的孩子成為人們取笑與尋開心的對象。他有無數次聽到人們指著孩子說:「牛,畜牲養的。」〔註31〕有一個女人曾對著孩子說:「小孩子,你有幾條腿?四條是不是?四條腿?」嘲笑鍾理和為牛公,平妹是牛母,是如同畜牲一樣的人類。他們生的孩子,自然也是畜牲。〈野茫茫〉鍾理和祭早夭的「立兒」說:因為名字上的第一個字相同,父親和母親受詛咒,「彷彿我們在道德上犯了多麼可怕的瀰天大罪」〔註32〕。

〔註28〕鍾理和,《鍾理和全集》(一),〈同姓之婚〉,頁 91。
〔註29〕鍾理和,《鍾理和全集》(一),〈同姓之婚〉,頁 95。
〔註30〕鍾理和,《鍾理和全集》(一),〈奔逃〉頁 85。
〔註31〕鍾理和,《鍾理和全集》(一),〈同姓之婚〉,頁 101。
〔註32〕鍾理和,《鍾理和全集》(一),〈野茫茫〉,頁 150。

人們用「牛」、「畜牲」、「逆子」等等名詞攻擊我們，你是無辜的，但人們張著眼睛注視我們的一舉一動，隨時張著口準備給我們「更多的侮蔑和嘲笑」，無時無刻「我們和他們之間」，都會產生那「激烈的，無休止的惡鬥。」悲哀的是你的哥哥不知是在學校跌倒，還是「蛀骨癆」，變成了駝背。人們對此更是振振有辭了，對父母的婚姻給予這樣的評語：「天不允許！」〔註33〕

這個立兒，曾是鍾理和夫妻期望向世人呈現的一個健康的孩子，只要立兒長得好，就能證明他婚姻是道德的、健全的，是有完整性的。不幸的是，曾經健康如同小獅子的他，不過一次感冒便奪去了生命。立兒的死，讓世人更相信「他們是對的」，鍾理和夫妻的結合「果真是天不允許」〔註34〕，他們的罪惡是天都不容許的，是要被正常的「人群」驅逐的。

鍾理和在他的「代罪羔羊」（a scapegoat）裏賦與了各種各樣的災難：家庭親友決裂、社會議論、人身攻擊、謀事不遂、身染惡疾，最後到了天所難容的境況。這樣一個被詛咒似的，無法見容於天地之間的「罪孽」，字裏行間顯示了瀕臨崩潰的絕望感，窮極問天的悲慟。這些作品揭露了「罪」與「災難」的糾葛，在眾人面前展現受難式的書寫。如同看見耶穌釘在十字架上的圖畫似的，讓人們對這種悲慘的畫面感動，震撼於他的殉教精神，轉而對基督教產生敬佩、皈依的念頭。事實上耶穌在羅馬人的觀點裏，他是一個罪犯，是混淆視聽、造成混亂的問題製造者，讓他受釘在十字架上的刑罰是恰當的，是合乎公平正義的。而這種轉變，正是喬伊‧沙維瑞恩（Joy Schaverien）詮釋的「泰利斯曼」（talisman）現象。在後來耶穌不但得到了「洗清除罪」的效果，還成為基督教立教最重要的人物，他生前受的苦難，反而成為重要的教訓，成為反覆被詮釋、編製的情境。

## （三）解厄除難的敘述

鍾理和1958年2月8日寫給廖清秀的信上說，他之所以寫作是為了發表，為了爭稿費，甚至願意為獲得多一些稿費，努力的去迎合「他們」。〔註35〕雖然如此，但事實上他卻只能「按自己的意思來寫」，如果寫出來不受歡迎，他覺得對得起自己就好，違心之作無法寫，也沒那個才幹。綜觀鍾理和的作品和寫作態度，恐怕並沒有所謂「迎合」的情形，反而呈現的是一種純樸和真

〔註33〕鍾理和，《鍾理和全集》（一），〈野茫茫〉，頁151。
〔註34〕鍾理和，《鍾理和全集》（一），〈野茫茫〉，頁153。
〔註35〕鍾理和，《鍾理和全集》（六），第一部分〈致廖清秀函〉，頁130。

誠的特質，作者將內在的心思和情感，十分真實的表現出來，看不到虛矯與浮誇的辭語、造作的情節。他的作品可以說是源自於一顆樸拙的心靈，這個心靈受到種種挫折，因而想將受創的痛苦傾洩出來。如前所述，他悲慘命運的起點就在「同姓之婚」，這個驚世駭俗的愛情，一個歷經艱難的、不棄不離的愛情，造成了他悲苦的人生行路。鍾理和在作品中不斷重述這個情結，一再的揭露內外在的創傷經驗，而這些非寫不可的痛苦，希望除罪解厄的動機，才使鍾理和成為鍾理和。

這樣毫無顧忌的自我揭露，目的何在？鍾理和曾為自己的行為抗辯，認為兩人只是同姓而已，無法證明有血緣關係；既是如此，又有何不宜之處。為何要遭到如此多反對？他用作品來控訴，來辯駁，來證明自己沒有錯。喬伊・沙維瑞恩（Joy Schaverien）〈代罪羔羊與「泰利斯曼」〉裏談到人們希望將邪惡與疾病的不祥之物，尋找一個代替品，將之轉移到「它」上面，這樣便可以把災難去除。在鍾理和來講有關「同姓之婚」的創作，基本上就是「泰利斯曼」，是一種除罪、除穢式的轉移。這些書寫的潛在慾望是「不要」，作者渴望「不要」再有這些惡境，希望以前沒有、以後不再發生，希望這些災難能盡快被消除。如果達不到這樣的效果，至少是能夠被知道，被諒解，不再那麼的受到攻擊。如同露易絲的畫，她為了驅逐屍體進駐內在的恐懼，害怕屍體的惡造成自身的毀滅，於是將它展現出來，這種揭露讓她比較可以安心。雖然「可怕」的狀況並未實際解除，但她至少覺得自己內在的「壞」，已然展現出來，已然有了別的意義。鍾理和期望經由他的作品能夠產生「魅力」，如同「驅邪符」有效，並「能夠製造奇蹟」；他的作品能成為「一種神奇物」，能使他「受益」。〔註36〕不幸的是如同很多人不斷的祈求上帝給予悲憫，改變命運，很多人寄望藉由驅魔除穢的儀式，脫離惡境，可惜都無法如願。鍾理和直到喀血而死，期望都沒能實現。

## 四、結語

鍾理和自述他走上寫作之路的原因，在「藉筆來發洩蘊藏在心中的感情的風暴」〔註37〕。他孜孜不倦的寫作，直到去世，二十餘年都未停筆。文學創作與他的生命可謂緊緊相連。如前所言他的作品主調在發紓困悶，揭露創

〔註36〕喬伊・沙維瑞恩（Joy Schaverien），〈代罪羔羊與「泰利斯曼」〉，頁116。
〔註37〕鍾理和，《鍾理和全集》（六），頁219。

傷，具有很強的「泰利斯曼」（talisman）現象。可惜這些作品並沒有為他「解厄除難」，也沒有達到清洗除罪的效果。除了一些文名，在他死前，所有的災難並未散去。張良澤在〈鍾理和全集總序〉裏提到，鍾理和在彌留的時候，召來鍾鐵民說，在他死後務必把所存的遺稿通通「付之一炬」，且家人不得再有從事文學者。他對《笠山農場》沒有出版耿耿於懷，「死有遺憾」〔註38〕。鍾理和希望將作品「燒毀」，且認為文學創作並未帶給他幸福，他曾經寄望創作帶來扭轉命運的機會，改善生活，讓同姓之婚的陰影消除。

比較起來，吳濁流、李喬、七等生等人幸運得多了，他們都因作品獲得了很多現實的回饋，使他們「受益」〔註39〕。不過鍾理和的作品畢竟受到了注目，悲慘的命運感動了無數的人，作品一再的刊印，使他在台灣文學中有著不可動搖的地位。也許可以這樣說，鍾理和作品的「泰利斯曼」（talisman）現象，在他活著的時候已開始醞釀，那些折磨他一生的災厄在去世後，才逐步的獲得了解除。

## 五、引用書目

1. 七等生，《散步去黑橋》，台北市，遠景出版社，1979 年 10 月再版。
2. 鈴木清一郎著，高賢治、馮作民編譯，《台灣舊慣習俗信仰》，台北市，眾文圖書公司印行，1981 年再版。
3. 葉石濤，《台灣鄉土作家論集》，台北市，遠景出版社，1981 年再版。
4. 李喬，《李喬短篇小說全集》，苗栗，苗栗文化中心出版，2000 年 1 月。
5. 鍾理和，《鍾理和全集》，台北市，行政院客家委員會，2003 年 12 月。
6. Tessa Dally 等著，陳鳴譯，《藝術治療的理論與實務》，台北市，遠流出版社，2004 年 10 月 1 日 7 刷。

〔註38〕《鍾理和全集》卷一，（台北市，遠景出版社，1983 年四版），頁 7。
〔註39〕三人中以李喬最為顯赫，他除了囊括國內外各項重要文學獎項外，還多次獲聘為總統府國策顧問，地位崇隆。

附　錄

# 否定記述與荒謬拼貼
## ——《騷動的島》創作試詮

## 一、在強權漩渦裏的島

　　1950 年代之後的台灣，事實上是被置放在以美國為首，日本為輔的太平洋戰略下的一環，是為這兩國維持其國家利益，防堵共產主義擴張所做的布局。做為日本五十一年（1895～1945）的殖民地，光復後面臨中國的再度來到，以美國為主的西方思想大舉入侵，台灣短短的三四十年內，面對主權的變動，戰爭的威脅，意識型態的對峙，文化的衝擊，形成一種紛殊曖昧的面貌，而這種多元混雜，變動不居的現像，正是這個島嶼的主體特色。

　　在強權浪潮席捲下的台灣，以其素來被支配、被擺置的命運，立身其間的知識份子，無法不去思索「她」的前途，無法不對「她」以及自身的出處，做出嚴肅的思考與探索。以文學的角度來呈現台灣境況的作品，在日據時期新文學的「搖籃期」便已出現〔註1〕，如追風《她將往何處去——致苦惱的年輕姊妹》、無知《神秘的自制島》、柳裳君《犬羊禍》、施文杞《台娘悲史》等，這些作品源自一種邊緣島嶼的愛恨矛盾心態，以及始終被強權支配的無奈感。其後賴和的詩作〈台灣通史十首〉、王詩琅小說〈十字路〉、吳濁流小說《亞細亞的孤兒》、鍾肇政小說《濁流三部曲》、《台灣人三部曲》、李喬小說《寒夜三部曲》等的作品都出現這樣的思考與糾纏。這些作品顯露了台灣往

〔註1〕見葉石濤，《台灣文學史綱・台灣新文學運動的開展》第二章，（高雄，文學界雜誌社出版，1987 年）。葉石濤將之分為，搖籃期（1920～1925），成熟期（1926～1937），戰爭期（1937～1945），頁 28、29。

何處去的惶惑，在歧路間尋求定位，這種尋找實際上尋求的便是自己的身份，或者告訴他人自己的定位。出版於 1996 年王幼華《騷動的島》〔註 2〕則再現了這樣的訴求與探索，這位作家環繞這個主題的相關作品另外有 1987 年《廣澤地》、1990 年《土地與靈魂》、1991 年〈九亂〉、1997 年〈吾島女子〉（劇本）等。〔註 3〕王幼華這方面的企圖，葉石濤，作者第一部長篇小說《兩鎮演談》（1984 年）的序〈談王幼華的小說〉中即已「看到」，他說，「惟有王幼華，才有透視中國和台灣未來動向的意向。」〔註 4〕顯然敏銳的評論者，很早便察覺了這位作者未來的創作視野與藍圖。

王幼華三十餘年的創作中，有關台灣歷史、政治、社會的相關作品，明顯具有批判與否定的色彩，對各種意識型態的爭攘與資本主義化的敗壞，有著強烈省察式的觀察。就其思想理路而言，可以看出受到舊俄作家杜思妥也夫斯基（Fyodor Dostoyevsky, 182?~1881），歐陸作家卡夫卡（Franz Kafka, 1883~1924）、沙特（Jean-Paul Sartre, 1905~1980）、卡繆（Albert Camus, 1913~1960）的影響，佛洛伊德（Sigmund Freud, 1856~1939）、榮格（Carl Gustav Jung, 1875~1961）及法蘭克福學派（Frankfurt School）〔註 5〕的精神分析及批判理論，都在作品顯現其運用與詮釋〔註 6〕。法國的作家卡繆小說及論述中提及的存在與荒謬的思想，在 1960~1980 年代風行一時，德國阿多諾（Theodor Ludwig Wiesengrund Adorno, 1903~1969）闡說的創作觀點如以及否定論述、痛苦意識等確實可以在其作品找到相同的質地。作家挑戰性了許多傳統觀點與流行論述，批判當下生存環境的荒謬與扭曲，「通過宣洩被壓抑的東西，藝

---

〔註 2〕王幼華（1956~）出生苗栗縣，作品有小說、散文、新詩及學術論述等。這本小說於 1995 年《文學台灣》秋季號節要刊出，1996 年 2 月允晨出版社出版。

〔註 3〕更早期的作品如 1980 年 5 月發表於《中外文學》的小說〈待嫁女兒心〉，以年輕待嫁女子為喻，鋪陳台灣將往何處去的兩難處境，然其意識並不突顯。

〔註 4〕葉石濤，〈談王幼華的小說〉，為王幼華小說《兩鎮演談》的序文，（台北，時報出版社，1984），頁 9。

〔註 5〕法蘭克福學派（Frankfurt School）是由德國「法蘭克福社會研究機構」相關的哲學家、文化評論家以及社會科學家共同建立起來的，其前後發展不盡相同，第一代的代表人物有阿多諾、霍克海默、馬庫色、洛文塔爾等人。見廖炳惠，《關鍵詞 200》，（台北，麥田出版社，2003），頁 118。

〔註 6〕如杜思妥也夫斯基（Fyodor Dostoyevsky）之於〈狂徒〉，卡夫卡（Franz Kafka）之於〈花之亂流〉，沙特（Jean-Paul Sartre）、卡繆（Albert Camus）之於〈生活筆記〉系列作品，佛洛伊德（Sigmund Freud）、榮格（Carl Gustav Jung）之於〈潮濕的島〉、〈模糊的人〉等。

術將壓制性的原則──即尚未挽救的世界狀況（Unheil 災禍）──予以內在化，而不只是擺出徒勞的抗議架勢。」〔註7〕深刻的表現出 1980 前後十餘年台灣的光怪陸離現像，對荒誕、混濁的精神文化面貌，進行不肯妥協的「獨言」姿態。作家有意的表現「揭露現實的異化而自身卻不被異化」〔註8〕的清醒，對資本主義化的橫行，有著不同視角的省察。本論文主要聚焦於《騷動的島》這本小說的討論。在「藝術乃社會的對立面（social antithesis）」〔註9〕而言，這部小說確實充滿了灼熱的異議與批判精神〔註10〕。

## 二、曖昧的存在

台灣的「歸屬」與「定位」是作者亟欲呈現的問題，在「他者」與「自我」之間究竟是如何存在的。《騷動的島》塑造的是一種「曖昧」的、「模糊」的島的形象，小說用歷史與事實證明，台灣並不能自主的定位，無法不受制於人，始終處於被外力拉扯的狀態之中，以致於面孔與身軀怪異而扭曲。

### （一）誰的島

《騷動的島》省視了台灣浮現在文明載體前後的景況，事實上這段時間不過四、五百年。期間的政治歸屬曾經多次變動，在有文字明確記錄之後，「台灣」歷經荷蘭、明鄭、清領的政治歸屬，1895 年〈馬關條約〉簽定，台灣被割讓給日本，全島三百萬多人成為日本人；1945 年日本戰敗無條件投降，台灣重回中國版圖，成為中華民國的一省。1949 年國共戰爭後，國民政府遷台又再度與大陸新政權斷絕關係，甚至成為誓不兩立的政治實體。割讓時成立的「台灣民主國」，曾致電尋求英、俄、德、法等國，期望這些強國能承認主

---

〔註7〕阿多諾說，「現代藝術的否定性（negativity），正是所有受傳統文化壓制的縮影。」〔德〕阿多諾（Theodorv W. Adorno）著，王柯平譯，《美學理論》（*Aesthetics Design Art Education*）第二章 情境，頁 34。阿多諾的相關著作有文意夾纏，意念重複，敘述不清之處，有些理念表達不甚清楚，本文以較能掌握的論述為依據。

〔註8〕王先霈、王又平主編，《文學理論批評術語匯釋》〈痛苦意識〉（《文學札記》第二卷），（北京，高等教育出版社，2009），頁 608。

〔註9〕〔德〕阿多諾（Theodorv W. Adorno）著，王柯平譯，《美學理論》（*Aesthetics Design Art Education*）第一章 藝術、社會、美學，（重慶，四川人民出版社，1998 年 10 月），頁 13。本書為其遺稿，最後未完成的稿件在 1969 年 8 月終止。

〔註10〕方婉禎曾在〈文字的城市──從王幼華黃凡窺探台灣八年代都會情境〉一文，運用詹明信（Fredric Jameson）、赫柏特·馬庫色（Herbert Marcuse）等的理論，討論王幼華小說中資本主義對「人性」的摧殘及社會的病癥，見《問學集》，（淡水，淡江大學中文系，1990），頁 19～33。

權〔註 11〕，中華民國在台灣數十年後，僅剩二三十個小國家「承認」台灣的政治名稱〔註 12〕。所謂中華民國在 1949 年之後，究竟是怎樣的一個「國家」，國際間的「承認」代表意義為何，在台灣的人要如何自我認定。「他者」不承認，是否就等於不存在，人們要如何認識這樣一個「面貌模糊」、「主權不明」的國家。台灣要成為一個獨立國家的願望起自日據時代，沿續了七八十年，卻始終不能達成願望〔註 13〕。希望台灣歸屬中國、日本、美國，或者台灣主權未定論的聲音不絕於耳，這樣交錯複雜的「存在」，是怎樣的情狀〔註 14〕。

此外，在文明邊陲的原始台灣，是一個「被他者命名」的島嶼，在中國曾被稱為，岱員、東鯷、琉球、澎湖、東番、東都、東寧、台灣府、台灣道、被葡萄牙人及後來的歐洲人稱為 Formosa，日本人稱為高砂國〔註 15〕，1943年開羅會議協議日本戰敗之後，台灣回歸中華民國，成為其中的一個行省。1971 年在被排斥出聯合國後，為了在國際間生存用了中華台北市、中華民國在台灣、台北市〔註 16〕……等。島內某些台灣人則透過「自我命名」、「自我確定」的方式，稱此地為台灣民主國、台灣共和國等等〔註 17〕。

---

〔註 11〕見黃秀政、張勝彥、吳文星合著，《台灣史》第七章（台北市，五南出版社，2003），頁 170。

〔註 12〕承認中華民國的國家 1970 年有六十六國，1972 年三十九國，1978 年二十一國，1988 年二十二國，1996 三十一國，1999 二十八國。這些外交策略略可分為，鞏固外交時期（1950～1971）彈性外交時期（1971～1988）務實外交時期（1988～）。見黃秀政、張勝彥、吳文星合著，《台灣史》第九章，頁 2682～72。

〔註 13〕民進黨 1991 年 10 月第五屆第一次全國黨代表大會，通過修訂〈建立主權獨立自主的台灣共和國〉的條文。然而在其執政的八年間（2000～2008），始終未見付諸實際行動。

〔註 14〕以台灣成為一個獨立政體的政治訴求由清領初期的朱一貴、林爽文等即已開始，清末割讓時唐景崧、丘逢甲等呼籲成立台灣民主國，二次大戰末期日本敗像已露後，1942 年之後台灣獨立的聲音及組織開始醞釀與運作。台灣獨立運動的文學呼應，則應在 1960 年代中期後才開始。參見趙遐秋、曾慶端合著的《文學台獨面面觀》，（北京，九州出版社，2001）。

〔註 15〕葡萄牙人稱台灣為 Formosa 約在 1543 年前後，日人稱台灣為高砂、高沙、高山國始於十四世紀室町時代，參見黃秀政、張勝彥、吳文星合著，《台灣史》第三章，頁 36～39。

〔註 16〕這是 1988 年李登輝繼任中華民國總統後提出的「務實外交策略」，見黃秀政、張勝彥、吳文星合著，《台灣史》第九章，頁 271。

〔註 17〕1956 年廖文毅組成台灣共和國臨時政府。1970 年辜寬敏、蔡同榮等四個團體聯合成立「台灣獨立建國聯盟」。1991 年當時的「反對黨政營」召開的人民制憲會議，通過了「台灣共和國憲法草案」，並主張將國號定為「台灣共和國」。同年民進黨第五屆全國代表大會則決議將其列入黨綱中，此即為「台獨黨綱」。

　　台灣曾經分散的屬於幾十種原住民部落，曾經被西班牙人、荷蘭人局部統治；被日本人占領過。中國人統治的時間最長，移入人口也最多。《騷動的島‧誰的島》說台灣是「許多國家的邊陲」所以「不是任何國家的重心」，邊陲不是國防重鎮，就是如蜥蜴般有著可以拋棄的尾巴。必要的時候，將被犧牲，而世界上居住在邊陲地帶的人民，都懷有「被棄的意識」〔註18〕。在島上的人，在被命名與自我命名之間，呈現的是一種國家認同曖昧的狀態，若將人民與國家的關係比擬為父母子女的親屬關係，則是一種父母不詳，子女不知如何歸屬的感覺。在政治強權的支配、擺置，島內思想紛歧之下，是難以主導自己的走向，無法清楚展現自己的面貌。而這種存在的狀態，便是台灣新文學追風、無知、柳裳君、施文杞、賴和以降共同的思索的問題。只是作者用更大的角度，不同的視角，呈現台灣以曖昧的姿態呈現的事實。

## （二）沼澤型文化

　　對台灣文化的解讀，一直有大陸文化、海洋文化、移民文化、殖民文化、棄民文化等的論述方式，1985 年張深秀的訪談〈有亂石的巨川──小說家王幼華訪問記〉，發表於五月號《新書月刊》。時年三十歲的作家已明確提出台灣文化「混合和拼湊」的現象，本身「不能產生獨有而明顯色彩的文化」且認為突出「獨特文化」沒有必要。然而這種融合是一種力量的呈現，彈性則是台灣生存有利的條件〔註19〕。年輕的作家，此時尚未提出「沼澤型文化」的說法。1987 年的長篇小說《廣澤地》則提出這樣的概念，認為台灣是魚龍混雜、泥沙俱下的場域，多元與變動才是其固有的特性〔註20〕。既沒有大陸文化的壯闊雄偉，積累豐厚，亦沒有海洋文化的冒險進取，殖民掠奪的精神，

---

〔註18〕 王幼華，《騷動的島‧誰的島》，（台北，允晨文化出版社，1996 年），頁 114、115。「邊緣區域」如蜥蜴般有可拋棄的尾巴。必要的時候，將被犧牲，這種「被棄的意識」的描寫最早見於 1991 年 2 月 20 日、21 日發表於《民眾日報》副刊的小說〈九亂〉。〈九亂〉事實上是其後〈潮濕的島〉、〈騷動的島〉最早的原型，其中的場景、人物、主題及批判意識都已在此篇中出現。〈潮濕的島〉、〈騷動的島〉可說是〈九亂〉命意的再次書寫。

〔註19〕 見王幼華編著，《王幼華研究資料彙編》，（苗栗，苗栗縣文化局出版，2006），頁 540。

〔註20〕 《廣澤地》於 1987 年 3 月 23 日的《自立晚報‧副刊》開始連載，1990 年尚書出版社出版。這樣的「台灣文化型構」，在劉登翰、庄明萱、黃重添、林承璜等著的《台灣文學史》上卷〈總論‧文化的轉型和文學的多元構成〉有所引述，並認為足以做為「台灣文學的當代走向」的詮釋，（福州，海峽文藝出版社，1991），頁 43～53。

缺乏可稱述的、偉大的歷史與人物。中國沿海窮困農、漁的移民，窮困者的謀生地，尚未文明化或半開化的原住民，無法建構豐厚的文化根基。以如此的思考詮釋台灣的整體面貌，並於作品中演述這樣的理念。《騷動的島》持續這樣的概念，「沼澤──濕軟的爛泥地，有時他是陸地，有時是海洋的曖昧地段。」既是陸地也是海洋，爛泥地臭氣蒸騰，灰黑穢濁，卻慾力蓬勃，各類生物在那兒生長，充滿生命力。以紅樹林則是另一個譬喻：

> 紅樹林不算是樹林，永遠不會長得高大壯偉；不是苔蘚或地衣，僅能匍匐在石頭上、陰暗處。它不是動物，不能四處行動，掠食其他生物、植物……讓它落入爛泥裏──在鹹水、淡水、陸地、海洋之間。沒有什麼植物足以適應這種環境，在沼澤地裏，綠意盎然的，密密麻麻的，繁富糾葛的活著。〔註21〕

在一個看似卑微、艱苦的環境裏，台灣的存在自有其力量，在諸多內外在勢力拉扯之下，仍然表現出生意盎然的力量。這樣「豐盛存在」的樣貌，作家認為事實上不必去挪用古老中國的輝煌文化歷史，無須去冒領近代崛起的日本帝國主義系譜，其命意即在不避諱的揭示和展現本身的精神文化面貌，由此出發便可顯示並建構它的特性。

### （三）陌生的血肉

小說中的主要人物麥慶夫，有個複雜的身世，父親是個難以測度的謎，他的過往難以確知，雖是父親，卻始終無法接近，也不能理解。母親則浮蕩而野鄙，隨慾而行，不能掌握自己究竟要的是什麼，總是在人世間漂流。阿多諾（Theodorv W. Adorno）在評論精神分析學派對現代藝術的分析時，談到了當代的藝術家的革命特徵，與弒父情結是相連結的，

> ……心理分析學派贊同這一觀點，它認為藝術否定現實原則，從而採取了一種反對父親形象的立場。在此意義上，藝術是革命性的，藝術雖然反對政治，但參與政治。〔註22〕

由於父母的難以親近，面貌模糊，帶給他的僅是一點點的溫暖與關愛，在成長之後，父母變成難以承受的重量。一個缺乏認同感與親情的心靈，很容易對現實採取採取否定的、質疑的立場，小說中對麥慶夫與父母間的描述，

---

〔註21〕王幼華，《騷動的島・繁富的濕沼地》，（台北，允晨文化出版社，1996），頁21。
〔註22〕〔德〕阿多諾（Theodorv W. Adorno）著，王柯平譯，《美學理論》（*Aesthetics Design Art Education*）第十二章　社會，頁435。

體現了這樣的特性。

麥慶夫的父親在小說中經由五種方式敘述出來，一是作者，二是麥天錫自述，三是妻子陳金鳳，四是情治人員王逸竹，最後是麥慶夫。這五種描述所呈現的是一位失敗的形像，是喪失自我意識的虛無者。麥天錫是來自大陸國民黨的殘軍，經過整編，在台灣滯留下來。上尉退伍，婚姻不成功，家庭破碎，後半生四處流浪，最後死在榮民之家。他可能曾是潛伏到台灣的共產黨，但後來思想有了轉變，不再信奉原有的信仰。身分被妻子發現，從此受制於妻子及情治單位。麥慶夫並不了解父親，彼此間沒有多少交集，父親的過往或者代表的世界他並不清楚，似乎也無意多了解。母親陳金鳳則是透過作者及麥慶夫的敘述呈現出來，她是個出生自爛泥灘海邊漁村的女子，浪蕩冶遊，拋棄第一任生病的先生和孩子，和駐軍麥天錫生另一個孩子後，再度結婚。之後又離棄了先生和人私奔，她的行為並未改變，仍然的和同居人倒了八百萬的債務，逃匿無蹤。陳金鳳始終在徘徊在罪惡的邊緣，惹出許多災禍。父母給他的是一種不確定感，不安全感。在小說尾聲的「九亂」裏，麥慶夫看到父親麥天錫，穿著軍服，帶著雷朋太陽眼鏡，精神奕奕的說，他要回家了。麥慶夫愣了一下，「家？」原來父親是有家的，母親也有，而他是無地可去，無家可回的，曾有的家也是破碎不堪的〔註23〕。

顯然的對麥慶夫而言，父親是模糊的，難以了解的，究竟是共產黨還是國民黨，是為哪個政權作戰，與母親的關係究竟如何，如何成為夫妻的。而浮華浪蕩的母親並沒有給予溫暖或者該有的愛，無所顧忌的拋棄先生與孩子，不知追求什麼的不斷奔逐，製造自己與家人的困擾，甚至曾經否認他是和麥天錫生的孩子。這樣陌生的「父母」，因為太多無法確定的可能，使他的認同始終是懷疑的、混淆的，對「犯罪」沒有太多道德負擔感。麥慶夫的「反社會性格」（antisocial personality）源自這樣「家庭」是可以想見的。對台灣的嫌憎感，表現在對環境穢濁的厭惡，慾望無節制追逐的質疑，虛無愛情的無奈。他對自己行為的「無罪感」，則在不顧情義，爭奪雜誌社的社長職位；利用文字力量對媒體或閱讀大眾進行餵食與取悅，對國家認同、意識型態抉擇，採取投機的，無可無不可的態度。他相信的就是一種肉弱強食，混濁式的人生態度，這便是在物慾橫流，淌著腥臭味的 1980 年代前後台灣，最可出人頭地，獲得成就的最佳方式。作者創造了這樣的角色，賦予了這樣的連結，事實上表現的是一種憤懣，對現實的

〔註23〕王幼華，《騷動的島·九亂》，頁 238～250。

質疑，是將弒父的或者革命的潛意識，鋪陳於文字之中。

## 三、商品、商品、商品

　　二次世界大戰之後，資本主義與共產主義的抗爭更趨激烈，以蘇聯為首的赤色政權，讓歐州的捷克、波蘭、匈牙利、羅馬尼亞等都成為共產國家。在亞洲中國、柬埔寨全面的赤化，韓國、越南等國家分裂為兩個政權，菲律賓、馬來西亞、泰國等都有共產黨組織，且與執政者不斷的對抗。拉丁美洲、非洲等地，情形亦很類似，紅色的旗幟被高高的舉起與揮動。以英、美、法等國為首的資本主義國家，除了軍事對抗外，思想的論戰更是從不稍歇。這兩種意識型態由 1940 到 1990 年代（1991 年 12 月 25 日蘇聯最高蘇維埃主席團主席戈巴契夫宣布辭職），深深影響了世界超過半數以上人民的生活。究竟哪一種生產方式對人民最為適合，能帶來最大的平安與幸福，「真正能帶給人民較好的生活」是兩大陣營爭執不下的焦點。事實上不同意識型態的論述，經由互相的攻防，不論是惡意的批判或修正式的建議，形成了既對抗又滲透的模式，在「教條」、「修正」、「堅持」、「妥協」、「路線」之間都造成些影響。台灣做為 1949 年後中國殘餘的資本主義國家，面對革命成功的共產政權，在軍事與政治上都面臨強大的威脅，中華民國所謂的「三民主義」立國基礎，受到嚴厲的挑戰。而在其後的三十年間正是共產思想在全球擴張最為興盛的時期，世界各國改變體制響應共產思想的愈來愈多，有著襲捲全球的趨勢。台灣主政者因為面臨生死存亡危機，在島內實施法西斯式的統治，以全民備戰的模式，動員全島成為一個作戰團體。這是台灣在太平洋戰爭後，再度次被要求全島備戰，支持國家戰鬥政策〔註24〕。然而另一方面，在主要以美國軍事、經濟援助的條款，日本工商業的下游的製造工廠，逐步建立一個以廉價勞工，產品代工為主力的經濟體。成為資本主義大國政治、軍事、經濟、文化殖民體下的一員〔註25〕。

〔註24〕做為日本國民，服膺國策本為天職，日本因發動侵華戰爭及太平洋戰爭，要求台灣民眾義無反顧的，全力支持。其後戰爭陷入膠著，美軍開始反撲後，更有擊退「鬼畜英美」、「本島決戰」、「全島玉碎」的呼籲。國民黨以軍隊、情治單位、警察系統、黨務系統掌控整個台灣，在消除異議，禁止「不當」言論上，嚴苛而有效。

〔註25〕1950 年韓戰爆發，美國因略需要提供台灣軍事、經濟援助，1951 年～1968 年之間，實際援助及貸款為 14.82 億美元，對防衛台灣避免赤化幫助甚大。1964 年後國際分工盛行，台灣發展出口導向工業，政府扶植民營企業，台、美、日三邊貿易高速發展，台灣成為兩國代工的基本勞動力。彼此之間的政治、軍事、經濟、文化關係密切。參見黃秀政、張勝彥、吳文星合著，《台灣史》

　　1980 年以後社會中產階級逐步形成，成為對台灣現狀具有思考與批判的群體，其論述不再依循威權政體的指令，尋找不同的發言角度。以英、美、法、德為首的資本主義政體，對世界其他落後及弱小民族，始終沒有改變帝國主義的本質，對這些開發中及未開發的區域，肆意的掠奪與剝削，這也是「被侮辱和被被損害」的國家及民族〔註 26〕，在共產主義號召下，極力抵抗的原因。二次戰後，英、美、法、德這些國家也出現了許多思想上的牴牾。勝利者未必全贏，戰爭的殘酷，人性的劣化，生命本身的缺乏意義，顯示在其後的文化思想中。人們對工業文明、物質主義的質疑產生更多的迴響，而生命存在的必要與否及其荒謬性，敲醒了渾渾噩噩的眾生，讓人們用不同的角度檢視自身存在的意義。

　　1950 年至 1980 年代，一方面兩岸局勢舒緩，中共政權出現領導危機，政策錯誤及不斷的內鬥，中國大陸局勢混亂，經濟停滯，發展遲緩〔註 27〕。一方面台灣在主政者社會控制良好，有效的政治措施，讓經濟情況大為改善，國民所得快速提高，十餘年間造成了「經濟奇蹟」的範例。將台灣由貧窮落後的農業社會，轉化為工商業社會。然而無法適應這種「爆發型」富有的狀況，出身於於鄉鎮的知識份子，對台灣的資本主義化〔註 28〕，一切向「錢」

第十章，（台北，五南出版社，2003），頁 284～290。

〔註 26〕此處借用舊俄作家杜斯妥也夫斯基（Fyodor Dostoyevsky）821～1881），1861 年所創作的小說之名。

〔註 27〕陳永發，《中國共產革命七十年，第二部　不斷革命》將中共掌握整個中國大陸後的政治發展分為四個階段，第一階段（1949～1952），第二階段（1953～195 年），第三階段（1958～1965），第四階段（1966～1978），其中有土地改革、人民公社、大躍進、三反、五反運動、文化大革命等運動，造成內部許多紛爭與動亂，許多人死於非命，人民活在一波又一波的群眾運動中，經濟衰退，生活艱苦。1978 年底十一屆三中全會後鄧小平重新掌握軍政大權後，實施改革開放的政策，中國的面貌才開始改變，進入新的紀元。（台北，聯經出版社，1998 年初版），頁 455～466。

〔註 28〕所謂資本主義（capitalism）並非嚴謹的意義，在學術定義及實施相關制度的國家，皆無法有一標準化的詮釋或政策模式。然而這個主義有幾個共同的特性，包括財產私有，雇用勞工生產，市場經濟、自由貿易等。每個實施這種制度的國家，都會有不同的政策縮減或增加的現象。共產主義（Communism）亦是如此，其共同點在不允許私有財產，共同生產與分配制度，消滅社會階級，反對特權。奉行這種主義的國家，也未必完全符應這樣的原則。兩個主義之間內部亦經常有路線與定義之爭，彼此的優點亦常被對方吸收，互相既鬥爭亦彼此影響。參見艾本斯坦（William Ebenstein）著，文矩譯，《當代各種主義》第三章、四章，（台北，龍田出版社，1981），頁 108～334。

看的社會風氣，敏感且強兀的凸顯他的否定意識。政治、道德、文化、女性……的商品化，對人性的扭曲，價值觀的巨大傾斜，表現了批判與異議。阿多諾說文學作品「必須通過與被詛咒的現實的差異，體現一種否定的立場，並創造一種第二現實，揭露現實的異化而自身卻不被異化。」（《文學札記》第二卷）〔註29〕。《騷動的島》可以看見作者批判這樣的「異化」，卻不得不使主要人物麥慶夫隨世俗「異化」的悲哀。

## （一）拜物者的教堂

大量的製造商品與不斷刺激消費，是典型的資本主義社會現象，為了銷售，誘使群眾購買，透過各種傳播媒體，宣揚產品。生產、生產、生產……消費、消費、消費……，人們被這樣的循環所宰制，並不清楚自己為何須要生產如此多的不知是否有用的東西，消費那麼多可能是無意義的產品。生產與消費變成一種無法控制的，令人著魔的巫術，使人深陷其中難以自拔，所謂「商品崇拜」（commodity fetishism）〔註30〕，所指的便是這樣的特色。《騷動的島‧拜物者的教堂》以人口大量聚集的都市裏的百貨公司，做為物慾社會裏的最大象徵。食、衣、住、行、娛樂的產品，整齊的堆積其中，等待並刺激人們的感官「巍峨的、巨大的、高聳的、壯觀的、華麗的、誘人的龐然建築，矗立在交通最繁密的地段，每日有不斷、不斷的人潮在那兒洶湧的、潮汐般的進出。」〔註31〕人們進入這美好、潔淨、精緻、寬敞的殿堂，脫離原先居處的簡陋、狹隘，感覺變得高貴、優雅了起來。櫥窗內價格驚人的產品，華麗的裝飾，讓人感受到自己的渺小，而有些消費得起的人，拿出大筆鈔票付款的人，是如此的令人敬畏。人們在其中不自覺的「經歷了一場視覺的、嗅覺的、聽覺的、味覺的、觸覺的、肉體的、心靈的洗禮。」〔註32〕置身其中，其實是來到一個自己永遠不可能實踐的夢想，心中塞滿了繽紛多樣的感覺，享受到物質慾望高度的；想像式的滿足。在這裏，人的價值是由金錢來界定的，這個教堂沒有宣道的神父或牧師，但經由貨品及標價訴說，人

---

〔註29〕王先霈、王又平主編，《文學理論批評術語匯釋》〈痛苦意識〉，（北京，高等教育出版社，2009），頁608。

〔註30〕「商品崇拜」（commodity fetishism）見廖炳惠，《關鍵詞200》，（台北，麥田出版社，2003 初版三刷），頁47。百貨公司的舶來品，跨國企業的精品，所造成的商品殖民現象，是小說為述及的部份。

〔註31〕王幼華，《騷動的島‧拜物者的教堂》，頁70。

〔註32〕王幼華，《騷動的島‧拜物者的教堂》，頁71。

們需要金錢、金錢、金錢、金錢……這是人生最重要的目標，如果個窮人，在這豪華的殿堂裏，將感到無地自容，須為自己的無能感到懺悔。每個精品店都像一則教條，要人們細細思考，讓人們獲得教訓。百貨公司如同寺廟或教堂，會按照時節辦理各項活動，情人節、兒童節、父親節、母親節、端午節、中秋節、聖誕節、週年慶、年終大拍賣……人們每隔一段時間，便會受到感召，前往那兒，再一次領受物質慾望的衝擊。

人們很難自覺的成為信徒，在堆積如山的貨品下，溫馴的成為羔羊，在物慾之神的魔力下，敬畏的膜拜；成為無法自拔的消費動物。王幼華描述了這種集體行為盲目的一面，對金錢造成的貧富差距，以收入多寡衡量人的價值，進行不以為然的批判。作家對「爆發」起來的台灣，依自己的鄉村型小鎮的成長經驗，表現了很多的不適應，這在他的短篇小說〈首市亂彈〉（1980）、〈麵先生的公寓生活〉（1981）、〈狂者的自白〉（1982）、〈健康公寓〉（1983），長篇小說《兩鎮演談》（1984）等作品，可以見出對都市經驗的不快與省察。《狂者的自白》一書主要作品事實上是作者未完成的「都市生活」系列作品的一部份。這些作品被標識為台灣最早發聲的「都市文學」〔註33〕，然而其內文表現的卻是一種思考與抵抗，不斷的質疑工商業政策，對傳統社會秩序的破壞，人格的扭曲。〔註34〕作者用農業社會的道德、經濟、人性觀，或者是某些社會主義的思考，去衡度不可遏抑的資本主義浪潮。這種抗拒與法蘭克福學派闡釋的某些價值觀相類，或者與作者從小熟讀的孔孟等聖賢思想、訓示等有關〔註35〕。

## （二）商品式的論述

年輕的麥慶夫最早是在《獨立時事報導》工作，這個雜誌是朱九陽、俞

---

〔註33〕 方婉禎，《從城鄉到都市八〇年代台灣小說與都市論述‧都市畸零人》，（淡江大學中文系碩士論文，2002）。相對於金錢橫行，貧富差距巨大的社會，可以見到作家身處經濟困窘，出路茫然的憤懣情緒，引見王幼華編著，《王幼華研究資料彙編》，（苗栗，苗栗縣文化局出版，2006），頁390。這些作品的陸續發表，引發了張大春〈公寓導遊〉（1986）、黃凡《都市生活》（1987，聯經出版）、《東區連環泡》（1989，希代出版）等的系列創作。

〔註34〕 王幼華，〈我的都市文學經驗〉，《台灣春秋》十二月號，（台北，寬德文化事業，1988）。

〔註35〕 在1982年〈狂者的自白〉，1982年《惡徒‧序》1998年〈我有一種高貴的精神病〉等小說，1996年〈淑世利他的寧靜革命〉《騷動的島‧序》等都可看到作者引用論語、孟子、杜甫、范仲淹等人的思想及名句。而這些中國傳統聖賢觀點，即在以天下國家為己任，克己任窮，反對汲汲營營追求富貴。這種承擔和理路，源自於載道文學的創作觀。

立羣等一群老國民黨所辦的刊物，雖然標榜「獨立」，掛著書生論政、文字報國的招牌，實際上與國民黨高層有著利益的糾纏。朱九陽的兒子朱石明則是繼承既得利益階級的第二代。民國八十年代的國民黨已顯露腐敗顢頂的現象，在經濟快速發展，國民知識普遍提高之下，黨政軍肆無忌憚的掌控台灣各行各業，已讓民眾感到不滿，有足夠的智慧判斷其間的荒誕。因為在雜誌上撰寫了許多暴露黑幕的文章，引起了負責思想控制單位的警覺。王逸竹的出現，約談了這個不知天高地厚的年輕人，警告這位思想出了「問題」的寫作者，要知所節制。這位情治人員將他父親的秘密透露出來，以委婉的方式威嚇麥慶夫，要下筆前多注意。這些「安全單位」的作為表面上是維護「國家安全」，實際上只是為了維護「黨國」與自身的利益。麥慶夫在震驚之餘，決定陽奉陰違，在舊勢力裏，運用手段，發展自己的事業版圖〔註36〕。

在取得《獨立時事報導》主導權後，他的媒體策略是「餵食與取悅」，做為一名敏感的編輯，自然知道什麼題材是人們愛看的，什麼東西會引起注意，什麼事件可以造成議論；什麼人出錢辦的刊物喜歡什麼觀點。例如因為開挖馬路急亂溪下游發現了千人塚，這個缺乏歷史記載的墳堆，給了媒體人很好作文的題目。同一題材用三種不同的角度去詮釋它。第一篇是寫給《獨立時事報導》的社會版用的。這篇用的是編說各類傳聞的方式來介紹，對無主荒塚的來源，是採用光緒年間洪水泛濫，地形改變，以致遭人遺忘來解釋，因為雜誌董事大都是年紀大的人，因此避免老、死、鬼怪等字眼。第二篇是寫給專門報導社會奇情百態，黑社會幫派內鬥、名人醜聞的《美夢雜誌》的。給這雜誌的文章，標題是刺激些、聳動的，內容光怪陸離，神神鬼鬼，才能吸引讀者。第三篇是寫給《新蕃薯通訊》的，將內容與政治連上關係。「千人塚」若不是二‧二八事變的遺骨，就應該是白色恐怖時代許多失蹤者絕命之

〔註36〕1970年代末期相對於國民黨對媒體的全面控制，限制、查禁、沒收、許多不同的聲音陸續湧現如1977年《這一代》、1978年《新生代》、《富堡之聲》，1979年《美麗島》、《八十年代週刊》、《八十年代半月刊》、《亞洲人》、《暖流》，1983年《鍾鼓樓》、《前進週刊》、《夏潮論壇》、《自由時代》，1985年《人間》，1986年《台灣新文化》、1987年《民進報》、《民進週刊》、《客家風雲》等創刊。這些異議的雜誌、期刊風起雲湧，造成廣泛的影響，是奠定台灣政治「民主化」、「現代化」重要的契機。在此之前，不同於國民黨主流聲音的雜誌有1949年《自由中國》、1957年《文星》1968年《大學》等，其他如《中華雜誌》、《醒獅》、《人間世》、《自由談》、《時與潮》等等，對時政、社會皆有所批判。

地。執政者當初以及屠殺的方式對待台灣人民，這裏或是掩埋大批屍體的墳場〔註 37〕。做為一個精明的撰稿者他知道如何將「作品」銷售出去，知道什麼地方需要什麼，他為買方提供所需的「貨品」。

　　將報導作為商品，販賣給特定風格的雜誌，便是這位媒體界新人的策略，雖然這種手法，在清末開始發展起來的中國媒體界屢見不顯並不稀奇，但作者對這種媚俗的、自甘墮落式的文字工作者，顯然是不滿的。面對商業化的媒體競爭，缺乏自省精神媒體工作者直接、間接的助長了這種劣化現象。媒體人恣縱的製造新聞，渲染色情、暴力，操縱政治意識，分裂族群，事實上成為八十年代影響力最大的動亂集團。作者在 1994 年寫作的《潮濕的島》，即對這種只知追求賣點的現象提出批判〔註 38〕，認為這樣的失控的媒體，扭曲了真相，也惡化了人性。

## （三）販賣的意識型態

　　王柯平解釋阿多諾有關「意識形態」這一個術語，是富含貶意的。阿多諾強調過所謂「意識形態」，在政治人物操弄之下，大部份變成虛假的東西「其真正的目的就是為了維護當政者的權力」而造成意識形態成為災難，成為禍根「主要在於不可告人的政治用心，在對於話語權力的壟斷性，在於對於公眾利益承諾上的迷惑性。」〔註 39〕既以其力量壟斷公眾發言的權力，又不停對群眾承諾假的利益，或包藏禍心的詞語，人們因此被其迷惑。「意識形態」變成爭奪政治權力、壓迫異己，造成人們互相殘殺的工具。

　　〈石頭的記憶〉一節小說藉公園裏新近所立的碑，以拉大時空的歷史之眼，討論立碑的意義。他說公園內是有許多其他的紀念物的。舊火車、古大砲、牌坊、亭樓，實際上大多數人除了些歷史趣味外，對那些並不真正關心，也缺乏了解；人們最關心的，是與自身相關的眼前的事務「一個執政者建立一批碑，毀壞一批碑。另一個執政者毀壞一批碑，樹立一批自己認為極其重

〔註37〕本節見王幼華，《騷動的島・餵食與取悅》，頁 132～136。

〔註38〕《潮濕的島》於 1994 年 8 月 30 日於《自由時報》副刊連載，1995 年收錄於遠流版《洪福齊天》小說集中。這個中篇小說主角也為媒體人麥慶夫，內容主要在描述報社以「票選十大作家」製造新聞、爭取閱讀率的過程，其間包含多重欺瞞、爾虞我詐的鬥爭技倆，展現媒體工作的虛妄、惡質。而被取悅或餵食的讀者，事實上都是被操弄者而已。

〔註39〕王柯平〈引言，阿多諾美學思想管窺〉，頁 11。阿多諾於二次大戰期間飽受希特勒法西斯摧殘，對官方意識形態深惡痛絕。

要的碑。」立碑或記念物是「全世界的人類都在做類似的事情」〔註40〕政治人物經常利用某些素材,作為維護權力或奪取權力的工具。日人據台後,曾有計劃的清除「中國」的紀念物,皇民化運動時,許多中國神像都遭到焚毀。日本人在全省各地都建有神社,以及日本歷史裏的人物。台灣「光復」後這些建築物、銅像、石像……又都遭到破壞,國民政府則四處的樹立了國父、蔣中正的石像、銅像、太原五百完人紀念碑等等「不朽」的紀念物,在本土運動興起的時候,這些石像、銅像、紀念碑遭到移除、破壞、醜化,而所謂二二八紀念碑,則始終無法取得共識,沒有完整的碑記。

主政者往往為維護其統治權說話,革命者往往無所不用其極的反對,為意識形態所說的話,本質上只是為了權力與利益而已。為政治目的而立碑與建碑,其實大部分都是一種「占領與標示」,隱藏的是一種權力的威嚇與警告,是當權者編造的歷史下認可下的「典範」,也經常是牟取政治利益的假面而已。

〈東魚鎮過往〉剖示的是台灣選舉的利益取向,政治人物愈來愈像商品,選舉必須花費大量的金錢,從黨內初選開始,請客、吃飯、致送禮物、各類文宣品、買票等等都須花費鉅款。由最基層的里長、鄉鎮代表、縣市議員、縣市長到中央級的民意代表,都是如此。選上的人必須爭取大家的利益,想盡辦法滿足自己或大家的慾求。愈能創造、掠取利益的愈能得到支持〔註41〕。而「愛中華民國」或「愛台灣」,「本省人」、「本省人」,二二八事件,白色恐怖等,歷史仇恨成為奪權的賣點,市場愈做愈大。〈榮耀永歸勝利者〉擴大了批判的層面,經由電視媒體的傳播,他看到了共產中國的質變,預見了資本主義即將改變大陸的可能。反商帝君毛澤東過世,一段時間後鄧小平接替他的領導權,開始修正路線,走改革開放的道路,在幾年內中國民眾啟動了集體追求財富的歇斯底里行動,世界的資金開始湧入中國,資本主義的浪潮洶湧而來,縱橫無阻。商人花巨量的錢來裝飾、紀念曾經最痛恨他們的人。證券公司、汽車集團、金飾製造商、銀行、海外投資集團等等花大筆的金錢,打敗了共產黨,消滅了最頑固、最徹底的共產主義信徒們。麥慶夫收看電視台播出紀念毛澤東的專輯,畫面如此商業化,他感覺到金色取代了紅色,共產主義將被瓦解,中國勢必商業化〔註42〕。而之前的打敗國民黨的主義與信

〔註40〕引文見王幼華,《騷動的島·石頭的記憶》,頁141。
〔註41〕王幼華,《騷動的島·東魚鎮過往》,頁90～98。
〔註42〕陳永發說鄧小平實施改革開放的政策後,人民的生活總值激增,生活改善許

條，各種曾經是數億人們堅定支持的理念，逐漸將遭到揚棄，變成歷史的「教訓」之一〔註43〕。

### （四）身體的偽造

〈美是不容許有缺陷的〉一位在都市遊蕩的女子金妹，成為麥慶夫的情人。她報名參加金美食品公司主辦的「金美公主」的選拔，所謂的選美賽事實上便是身體的修改、包裝與銷售，隱藏其後的則是權力的鬥爭，利益的攘奪。麥慶夫當時只是位記者，除了媒體的管道外，並無其它力量。為了讓金妹成功，他去找了「飛羚國際企業」副總裁霍中原幫忙。這家公司是個跨國的傳銷公司，霍中原曾是在校園內知名的「政客學生」，以其伶俐的口齒，長袖善舞的手段，週旋在政黨、教授、學生之間。現在則是在國際間販賣一些營養保健食品，看起來獲利甚高。霍中原第一個建議便是金妹必須修改她的身體，不足的或有些缺陷的必須先加以「美化」。在一個對美「高度苛求」的選美競賽裏，沒有人是天生合乎條件的。所有的參賽者，都知道如何遮掩弱點，凸出優點。霍中原覺得她是值得投資的「商品」，便請人對她進行一連串的修飾、包裝與訓練，完成之後，動用人脈，費心的為金妹進一步的經營。

選美會的現場，西裝筆挺，衣飾華麗的貴賓雲集，具有董事長、總經理身分的人物，讓選美會顯得隆重。在會場上作者藉由現場人們的對話，透露這是個充滿爾虞我詐的活動，聚集只是為了各種利益的謀取或交換。在「美就是心中有愛」這首歌曲的襯托下，參賽佳麗陸續的上場，展現她們刻意添補、去除、增大或縮減過的身體。她們熱切的展示所謂的美，吸引群眾的眼光，主辦單位也藉此銷售公司的產品。阿多諾曾對藝術的商品化提出批判，「做為商業，藝術只要能夠獲利，只要其優雅平和的功能可以騙人相信藝術依然生存，便會繼續存在。」〔註44〕而創作的純粹性、理想性不再是被歌頌、被肯定的精神產物。藝術家為市場、為客人服務，主要目的即是利益，而人們

---

多，一切向錢看的社會風氣，造成了「全國皆商」的熱潮。然而其中最大的問題是，「越來越不像毛澤東時代的中國，而和所謂資本主義近似的地方越來越多。」見《中國共產革命七十年，第十章　鄧小平時代》（下），頁923、957。中國包括台灣在1950年～1990年四十年的實驗，似乎證明了「資本主義」比「共產主義」更適合，「資本主義」為人民帶來較多的福利。而其貪汙腐敗、拜金主義、人的物化似乎是「必要之惡」。

〔註43〕王幼華，《騷動的島‧榮耀永歸勝利者》，頁100～112。
〔註44〕〔德〕阿多諾（Theodorv W. Adorno）著，王柯平譯，《美學理論》（*Aesthetics Design Art Education*）第二章　情境，頁32。

樂於接受這樣虛假的「藝術品」，造作的優雅，欺瞞性的假象，創作者與群眾之間的關係已淪為德國諺語「世界甘願受騙（mundus vult decipi）」〔註45〕的狀態。選美這項很具群聚效果的庸眾文化，代表的就是彼此欺瞞的偽美麗、偽優雅〔註46〕。參賽的女性甘於被包裝、被販賣，群眾樂於購買。台灣這種現象一再出現，濃妝豔抹，暴露身體，賣弄情色的銷售手法，成為有用的、廣受歡迎的模式。

　　F. A. Hayek（海耶克）說：「社會主義者對事實的認識是錯誤的」〔註47〕堅持這種理路的人，對經濟與人性的認知違反實際情況，犯了過度信賴理智的訛誤；自由競爭比中央控制更能符合人類社會的發展與需求。作者反對以利益為出發點的資本主義現象，不論是源自儒家傳統思想或是受到法蘭克福學派的影響，其實都具有一種理想性的憧憬與想像，不願人成為物質的奴隸，在盲目的金錢追逐之下，顯露人性敗壞與貪婪的一面。這種理念或有過於菁英思考，過於人文的盲點，然而相對於以物慾為導向的、無節制的掠奪與佔有的「資本主義雄心」，其所標識的節制、公平、理智（理性）仍具有不可易替的價值。

## 四、荒謬拼貼

　　卡繆（Albert Camus）闡釋所謂「荒謬」一詞，包含了很多的意義，在年輕時與年紀較長時的詮說也不相同〔註48〕。然而其主旨指向的是「一個清醒的人」遇到毫理性或錯謬的世界，產生出來的難以言喻、難堪的感覺。面對荒謬，只好以荒謬的行為反抗這個世界。因為反叛，因此，才感受到我的存

〔註45〕〔德〕阿多諾（Theodorv W. Adorno）著，王柯平譯，《美學理論》（*Aesthetics Design Art Education*）第二章　情境，頁 32。

〔註46〕王幼華，《騷動的島・美是不容許有缺陷的》，頁 210～222。

〔註47〕F. A. Hayek（海耶克，1899～1992）著，謝宗林等譯，《不要命的自負——社會主義的種種錯誤》，（台北，遠流出版公司，1995），頁 2。

〔註48〕如 1939 年 9 月札記上說，二次世界大戰「雖是基本的荒謬，但並不能改變戰爭存在的事實。」，1939 年 11 月說，他殺了波多勒密，只因為這人穿了比他更好的夾克。1941 年 1 月說「寫完《薛西佛斯的神話》。現已完成三種荒謬。」見阿爾培・卡繆著，張伯權、范文譯，《卡繆札記・札記三（1939～1942）》，（台北，萬象出版社，1991），頁 122、139、174。在《薛西佛斯的神話》中可以看到荒謬的理論、荒謬與自殺、荒謬的牆、荒謬的自由、荒謬者、荒謬的創造等章節，對「荒謬」做多向度的闡述。見阿爾貝・加繆著，劉瓊歌譯，《西西佛的神話》，（北京，光明日報出版社，2009）。

在。由於對二次大戰前後的歐洲或其他世界的不滿，他認為當今每一個藝術家都像坐上了「現代的奴役船（slave galley）」這船上充滿往昔的惡臭，划船的奴役太多，掌舵者沒有好好控制方向，但「他還是不得不屈居這艘船中」否則只能跳入大海死亡。不得不的只好親身的搖槳，「努力的活下去而且創造下去」〔註49〕他的作品不斷的對眼前世界批判，發出生存的無奈感，死亡的虛無感，撼動了無數飽嚐戰爭傷害的，對生存質疑的心靈。

《騷動的島》拼貼了許多台灣存在的怪現象，將各種場景湊合在一起，表現出一種不堪負荷的現實景像，這種主觀的，自以為是的描述，顯現了一種「知識者」嫌憎之心。這種在一般大眾或許習以為常、樂於加入的景況，卻讓作者對所見所聞，感到荒謬難當。以下幾則是典型的例子：

## （一）聖母的兒女們

〈聖母的兒女們〉記述媽祖生日時，某個濱海村落一場還願宴席出現的「荒誕」場面，而這個情景是台灣鄉鎮舉行婚喪喜慶時，經常可見的狀況。小說藉由記者麥慶夫回到母親出生的村落，參加鴛鴦姑婆邀請的宴會，帶出地方宗教信仰、政治運作、歌舞娛樂的種種面貌。這個村落眾多廟宇中最知名的是慈雲宮，是經頭人林高勝省議員費心經營，打敗其他廟宇才出現香火鼎盛的局面。指出地方政治人物大都透過寺廟拉攏信眾，凝聚人氣、聲望，便能勝選的模式。廟興盛，主持廟務的人就能獲得充分的支持。當選民意代表，廟的神威就更顯盛，善男信女的捐款多，政府補助經費充足，蓋得又更金碧輝煌，吸引更多信眾。

媽祖當天，鴛鴦姑婆舉行還願宴會，她家族唯一的男丁，得病多年，今年在媽祖庇祐下，有了起色，因此席開一百五十桌，葷素不忌，親朋好友全都到齊。作者展現一個看似熱鬧喧囂，卻充滿荒誕突梯的畫面。為了娛樂親友，主辦者請來「黑馬綜藝歌舞團」現場表演。這個歌舞團除了一般的歌舞外，現場演出了一些淫穢的肢體動作，主持人也同時附和一些曖昧的言語，逗得現場老老少少哄笑不已。上桌的菜，端來的酒，都是高價位的，眾人為主人的費心安排，紛紛說些場面話，讚美不已。宴會中途林高勝省議員扶著鴛鴦姑婆出現在眾人面前，在喧鬧中坐進了主桌，給主人充分的面子。坐中

---

〔註49〕〈危險中的創造（1957年12月在烏普沙拉大學的演說）〉阿爾培‧卡繆著，溫一凡譯，《卡繆雜文集‧抵抗、反叛與死亡》，（台北，志文出版社，1987再版），頁237。

有人傳說，省議員將和鴛鴦姑婆合作，在一片沙地上蓋海景別墅。有人質疑
那個區域土質不穩，靠海太近，土地也不是丙種建地。了解其中運作過程的
人說，就算土質再不穩定，蓋屋的品質再不佳，建築執照、使用執照一定可
以核准下來，屋子還是賣得出去。暴漲的房地產，衝上萬點的股票市場，曾
經是當時經濟狂熱的指標，社會陷入歇斯底里式的買賣炒作，大批未做好水
土保持、偷工減料的住宅群，一棟棟的被草草興建起來。浮誇的金錢遊戲，
使得原本各行各業勤檢務實的風氣大變，上至各行各業的領導者下至升斗小
民，紛紛投入各種投機市場，尋求暴利。林高勝省議員與鴛鴦姑婆的合作，
凸顯的是政治勢力與財富家族的勾結，是當時風潮下的一個樣本而已，法令
並不能或無意拘限他們的做為。

　　宴會後段，兩位幾乎全裸的女子穿梭在各桌間敬酒，向客人調笑，極盡
挑逗之能事。無視於客人中大部份都是親戚，具有血緣與倫理關係，若非則
是同村里的鄉人、舊友。人際間傳統關係與秩序，受到嚴重挑戰。作者以全
知觀點鋪述宴會前後的景況，拼貼並呈現現場實像，身處其中的麥慶夫沒有
表達批判的意識，然而讀者可以感受到那種喧囂與荒謬的侵襲，和無以言述
的難堪〔註50〕。

## （二）滿是魚鉤的池子

　　〈滿是魚鉤的池子〉敘述的是一種擁擠、殘酷而荒誕的景象。麥慶夫所
居住的福德社區，有一日忽然出現兩隻貨櫃屋，屋裏住裏一些人。接著怪手
出現，開挖地面，築起了一個釣魚池。這個釣魚池為何會突然出現，合不合
法，沒有人知道。不過自從有了這個「熱情釣魚池」，社區的生活便有了很大
的變化。一些奇奇怪怪的人出現，酒客來此喝酒、喧鬧，釣客圍滿池子。在
擁擠的都市一角，竟然出現這樣的地方。這池子為一些不知如何打發剩餘時
間的人，找到一個出處。釣客將鋒利的鉤子垂入不大也不深的池子，池內的
魚幾乎沒有迴避的空間，釣客幾乎不需要餌，便能鉤到魚。池子發出的臭味，
附設卡拉 OK 的聲響，烤魚、烤蝦的氣味，充滿在這狹小的社區裏。有人檢舉，
但似乎沒有用，據說開魚池的人背景很硬，有議員插乾股，所以警察不敢管。
由於來客複雜，魚池內外有聲有色，不時發生鬥毆、槍擊事件。

　　有法卻不願管、不可管的釣魚池，不知何故，突然發生了火災，「曾有的

---

〔註50〕王幼華，《騷動的島・聖母的兒女們》，頁 24～42。

繁華、美夢竟然破滅去了。」曾經有的喧囂、躁動突然的終止，焦黑的碎片、殘破、狼狽的景像，讓人「感到莫名的哀傷和虛幻」〔註51〕。這種無法言喻的突兀與荒謬，在那個時空裏是經常可見的場景，法律與人情之間的罅隙，造成許多難以想像的生活實景。因為對之無能為力，知覺又尚未癱瘓，作家有不得不記述的衝動。

### （三）為何而戰

〈榮耀永歸勝利者〉指出國、共兩黨的領導者，用簡單的兩分法，告訴人們誰是好人、壞人，敵人、同志，驅使頭腦渾沌的人，勇於拿起武器，在中國大陸互相殘殺：

> 在都市、鄉鎮、原野、沼澤、湖海裏奔跑。戰鬥，互相殘殺，死了一群又一群的人，敵人死了，同志也死了。幾十萬、幾百萬個家破碎了，上千萬的人遭到無法形容的苦難。〔註52〕

戰爭後來是共產主義在獲得勝利了，勝利者自然歡欣鼓舞，向殺與被殺的人們及其親朋好友，向全世界，傲岸的炫耀血腥撲鼻的果實。製造了一堆建國有成的英雄與烈士，醜化戰敗者為惡人與敗類。推倒了舊時代的種種符號，興建了一些紀念堂與塑像。不過，很快的獲勝者之間便開始搶食成果，以路線、教條、反黨……為名，進行一波波的血的浪潮「屠戮之後仍是屠戮」，歷史及偉人，由獲勝的政治人物界定，並交由指定的人書寫。不過 1980 年末期以後，逐漸改於商人來論述了。可以看得到，商人的角度是，「歷史並不重要，真實並不重要，再醜惡的事情也可以美化，再沈重的印記也可以輕輕帶過。」其實「仇恨當然也是種商品，只不過效果比較難掌握，風險太大的貨品是不值得投資的。」〔註53〕不符合商人的原則，仇恨是給政治人物去運用的。卡繆說，每次聽到政治性的演講，或讀到某些領導者的講辭，心裏都很驚駭。因為那裏面沒有人性的聲音，「永遠都是陳腔濫調，永遠都是同樣的謊言」，荒謬的是「人們卻理所當然地接受它」，人們對統治者的「統治方式漠然無動於衷」〔註54〕。卡繆指出了人類群體的愚昧，無法辨識政治人物的謊

---

〔註51〕王幼華，《騷動的島·滿是魚鉤的池子》，頁 52。

〔註52〕王幼華，《騷動的島·榮耀永歸勝利者》，頁 111。

〔註53〕王幼華，《騷動的島·榮耀永歸勝利者》，頁 111、112。

〔註54〕阿爾培·卡繆著，張伯權、范文譯，《卡繆札記·札記一（1937 年 8 月）》，（台北，萬象出版社，1991），頁 39。

言，安於他們建構的統治、控制模式，服從各種類型的謊言。然而人們或許沒有如此愚昧，雖然察知其間欺瞞性，或者本身便是謊言製造者、傳播者，卻缺乏面對的智慧及反抗的勇氣。

〈戰爭焦慮症〉中連結了兩個人物，其一是深受戰爭陰影威脅的蘇教官，他認為兩岸一定會戰爭，共產黨一定會打過來，語氣堅定的要大家必須準備好，因此在家裡挖了地洞、水池，儲存食物與飲水。另外一位則是黨政大老的第二代，這人住在大員們的宿舍區，他不時以顯貴者的眼光審視同儕，學校中的師長、學生很少人不認識他。而那些權貴們的孩子，絕大部份都在美國、英國、法國……而他也準備大學畢業後服完兵役，立刻出國。那個時代「優秀點的，有辦法的是不會留在這個島上的。」〔註55〕這些跟隨國民黨來台灣的權貴，只要有機會便會逃離台灣，走不了的才願「與台灣共存亡」。有些人的孩子已取得綠卡，他們暫時便不離開台灣，因為這裏有很好的待遇，只要繼續呼喊愛中華民國，參加國民大會、立法委院會等等代表法統的政府組織，就可以繼續領受高額的薪資。〔註56〕因為這個政府給予高額的薪水，各項的優惠，所以非常的「愛國」。對不「愛國」的人他們就會與政府相關機構合作，有辦法讓不服從者人必須愛國。他們支持具有純正「法統」的政府，要求在台灣的人，接受嚴格的軍事訓練，認清敵人是誰，有機會時要做反共的前鋒，打第一戰。若沒機會到前線，也該隨時準備犧牲生命保衛台灣。然而萬一真有狀況，身份顯貴的他們便可以以依親之名，前往子女之國尋求安身，所以是沒有後顧之憂的〔註57〕。至於如蘇教官等人，在危急時並沒有能力離開台灣，所以只能自保，用他曾有的經驗與訓練，挖地洞、水池，儲存

〔註55〕王幼華，《騷動的島‧戰爭焦慮症》，頁160。

〔註56〕1949年以後陸續來台的中華民國的各民意代表如監察委員、立法委員、國民大會代表等因國家處於「動員戡亂時期」為維持政權的合法性，故在台灣持續執行職務，若有代表去世，則以曾在大陸參選者遞補。這種「臨時性」的組織，讓這些民意代表不須改選，持續領取薪資長達三十多年。許多民意代許多年齡過大，無法勝任工作，或無意執行職務，造成許多荒謬的情景。1989第一屆資深中央民意代表自願退職條例公布，給足了各項優惠辦法，才使得他們逐步讓出職位。資深國代的問題則到1991年年底才正式結束。然而其中不少人也自願放棄優惠措施，表現不眷戀、不貪求的風範。

〔註57〕每逢台灣有重大政治、外交危機時，就可以看到國內美金、黃金飛漲、出國人數大增的現象，如1972年中日斷交、1978年中美斷交時最為明顯。其後中華民國的邦交國愈來愈減少，只剩下中南美洲、大洋洲、非洲等二十餘個國家，大部分只能靠金錢外交，維持關係。

食物與飲水，以確保戰爭時能存活下來。

透過宣傳及組織，政治人物不斷的操弄大眾，自願或非自願的跟隨者，在其發動的對或不對或無法判斷的指令下，奉獻出力量與生命。不論是東方或西方，事實上活在世上的人，基本上是無力反抗既成的龐大組織，往往也無法獨立思考。只能服從那些下命令的極少數人，成為被支配的無意志的一員，直到死亡也弄不清楚原因何在。這種不知為何而戰的荒謬情境，從古至今一再出現，作者僅是眼前所見的將之「演繹」一番而已。

### （四）黑與金的縱橫

雖然蔣經國本身清廉自持，青年時代在俄國受過共產主義薰陶與訓練，生活素樸，然而在其執政末期，國民黨的黑金政治跡象已然萌起。如 1982 年亞洲信託案，1984 年華僑信託案，1985 年的台北市十信案，1988 年鴻源案，都造成國家金融傷害，投資者血本無歸，社會動盪不安。台北市十信案主要人物蔡辰洲與其結拜的國民黨立法委員有「十三兄弟」的稱號，聯手在國會演出金錢遊戲，嚴重影響社會觀感，同年雲林縣立委蕭瑞徵因土地案遭人槍殺。在政治暗殺方面 1980 年林義雄滅門案，1981 年陳文成案，1984 年江南案，讓反對勢力大表不滿。因為執政者縱容金錢橫行，表面上富裕起來的台灣社會，不得不面對道德淪喪、經濟秩序失控、物慾橫行的代價；《騷動的島》的創作正是在呈現這樣的時代「景像」。蔣經國的繼承者李登輝執政期間（1988～2000）根據統計 1994 年當選的縣市議員，其中有三百位曾有犯罪記錄及前科，占全數三分之一。1995 年台灣省二十一縣市正副議長，四十二人中有十九個縣市二十七位正副議長，有犯罪前科；比率之高令人驚訝。所謂黑金政治在李登輝執政期間，只是更加擴大化、劣化〔註58〕。

在這樣的社會背景下，做為一位亟欲力爭上游的小人物，想在這片「穢沃」出人頭地的媒體人，他體會到「醜聞、暴力、金錢是新興產業。」〔註59〕

〔註58〕《騷動的島》出版後九個月，1996 年 11 月發生桃園縣長劉邦友血案，包括縣長本人、縣議員、警衛等共九名在其官邸遭到行刑式槍殺，造成八死一重傷，最令社會震驚。其後半年內又發生彭婉如、白曉燕命案，再再顯示問題嚴重。事實上國民黨縱容黑道漂白，金錢橫行，黨內派系傾軋，劣幣逐良幣，讓民進黨以打倒貪腐，實施清流政治為口號，逐步取代國民黨的執政。然而民進黨全面執政的八年（2000～2008）這種情況並未改善，黑金政治仍然籠罩台灣。

〔註59〕王幼華，《騷動的島・九亂》，頁 247。

必須隨著時代的脈動，才可能躋身上流社會。前輩《美夢雜誌》的柯志良給了很好的示範；雖然這人因報導開採河川砂石案，遭人報復被擊斃。麥慶夫接收他的手下，擁有了一把屬於自己的手槍，開始了另一面向的生活。他依靠媒體及黑色的力量，加入掠奪財富的行列，領悟到想成功就不能扭捏，畢竟「談論道德和理想」都是群失敗者，而從慾而行，讓他感到亢奮、感到無比的快樂。這就是那個年代某種所謂成功者的某種典型。

做為一個對台灣處境深思者與觀察者，作者以近於議論式的敘述，拼貼許多扭曲的場景與現象，面對荒誕的「存在現場」，可以看出難以抑制的焦慮與無奈之感。

## 五、結語

作者以沼澤為象徵對台灣歷史與文化進行詮說，以曖昧的存在定位這個島的位置，不論是否得宜，至少表現了作家個人的觀察與記述。在創作上，《騷動的島》的二十一章表現的都是種沉重的、尖銳的、批判的敘述，看不到光明與善良。麥慶夫最後以一個流氓文化人的角色，成位上流社會的人物。靠著販賣黑幕、髒消息，勒索富商換來金錢，筆下這個島是「昏熱的、騷亂的、叫囂的、雜亂的、污穢的、爬滿慾望的、擠滿人的島。」〔註60〕麥慶夫（或是作者）感受到這個「社會是集體心理現象的呈現」〔註61〕他不愛國，因為那些說謊的政客及圍繞在領袖身邊的權貴，大部份只是利益薰心的、自私自利的傢伙，「國家不是每個人的，是某一小撮人的。」〔註62〕所以不必去為虛構的國家效忠，為那些人上戰場或流血，犧牲自己的生命保衛那些人的利益。而台灣的混亂正因「人治理人毫無希望。」在這裏「粗鄙獲得勝利。」〔註63〕他後來的「成功」證明了「穢污之地更能繁花怒放」〔註64〕阿多諾在藝術表現「痛苦意識（Bewusstsein von Noeten）」裏說「不該用預言拯救真理，給人安慰與希望，而應該表現現實的無希望性與不可改善性。」藝術創作不必

---

〔註60〕王幼華，《騷動的島・九亂》，頁238。
〔註61〕王幼華，《騷動的島・九亂》，頁238。
〔註62〕王幼華，《騷動的島・九亂》，頁238。
〔註63〕王幼華，《騷動的島・九亂》，頁238。
〔註64〕阿多諾對藝術創作的「痛苦意識（Bewusstsein von Noeten）」有三個層面的闡說，內容見王先霈、王又平主編，《文學理論批評術語匯釋》〈痛苦意識〉，頁609。

給人們安慰和希望，要表現的是絕望與不可能改善。〔註65〕其次是「必須表現生命的痛苦，社會的不人道和現實的醜惡。」〔註66〕作者讓人看見人活在當下的世界是如何的沉重，八十年代的台灣黑金橫行，公權力癱瘓，街頭政治抗爭一波一波，社會秩序失控，荒誕的場景隨處可見，作者毫不留情的暴露現狀的醜陋。作者對功利性的行為表現了強烈的偏執，認為人與人之間不可被「交換價值」所主導，不能被文化工業污染，當自我警覺「不至被物化並淪為商品」〔註67〕《騷動的島》對人的「物化」，政治、人性、意識型態、論述……的「商品化」，感到焦心與憤怒，認為一個僅有商業文學作品的島嶼與閱讀市場，僅能看見娛眾活動的藝術呈現，那將是「文化衰敗的活證明」〔註68〕作家不願意成為庸眾創作者的一員，也不願成為意識型態的俘虜，或謀取所謂「正義利益」的打手。始終堅持其否定與批判的立場，嚴肅面對歷史交付作家的「獨言」任務，由這本書是可以見到作者一貫的使命感。然而卡繆說，「從沒有一位天才的作者曾經立基在仇恨和鄙視之上。」〔註69〕作家總是以赦免來代替控告，不是裁決的法官，而只是一個見證者。卡繆以生命存在的必要與否及其荒謬性，讓人們用不同的角度檢視自身存在的意義。《騷動的島》及環繞其主題的作品，在否定與荒謬的書寫下，替那個時空留下了個人的詮說。

　　本文發表於「2010 華文傳播與創意學術研討會」育達商業科技大學。

## 六、引用書目

1. 何欣主編，《從存在主義觀點論文學》，趙拾譯，卡繆，台北市，環宇出版社，1971 年。

2. 艾本斯坦（William Ebenstein）著，文矩譯，台北市，龍田出版社，1981 年。

---

〔註65〕王先霈、王又平主編，《文學理論批評術語匯釋》〈痛苦意識〉，頁609。
〔註66〕王先霈、王又平主編，《文學理論批評術語匯釋》〈痛苦意識〉，頁609。
〔註67〕王先霈、王又平主編，《文學理論批評術語匯釋》〈痛苦意識〉，頁609。
〔註68〕「當今文化產業（cultural industry）整合、操縱和引起質變的庸俗藝術與娛樂活動。娛樂活動從未納入純粹藝術的概念。」〔德〕阿多諾（Theodorv W. Adorno）著，王柯平譯，《美學理論》（Aesthetics Design Art Education）第二章　情境，頁30。
〔註69〕〈危險中的創造（1957年12月在烏普沙拉大學的演說）〉阿爾培·卡繆著，溫一凡譯，《卡繆雜文集·抵抗、反叛與死亡》，頁253。

3. 阿爾培·卡繆著，張伯權、范文譯，《卡繆札記》，台北市，萬象出版社，1991 年。

4. 王幼華，《騷動的島》，台北市，允晨文化出版社，1996 年。

5. 陳永發，《中國共產革命七十年》，台北市，聯經出版社，1998 年初版。

6. 〔德〕阿多諾（Theodorv W. Adorno）著，王柯平譯《美學理論》（*Aesthetics Design Art Education*），重慶，四川人民出版社，1998 年。

7. 廖炳惠，《關鍵詞 200》，台北市，麥田出版社，2003 年。

8. 王先霈、王又平主編，《文學理論批評術語匯釋》，北京，高等教育出版社，2009 年。

9. 阿爾貝·加繆著，劉瓊歌譯，《西西佛的神話》，北京，光明日報出版社，2009 年。

# 林燿德《迷宮零件》創作法論析

## 一、前言

　　1970～1980 年代正是「台灣意識萌起」的年代，在這十年間發生了許多政治性議題與文化運動的衝擊，正視台灣主體性的要求日趨激烈，質疑當時國民黨統治模式的團體，引進各類思想與政治鬥爭方式，進行瓦解定於一尊的威權統治。另一方面文壇上充斥惡性西化的模擬作品，主流媒體吹捧海外留學生、學者的文學風氣，崇洋媚俗的習氣，在在使得文學界感到不滿。其間主要仿至左翼文學理論的「鄉土文學運動」（1970～1980）興起，在長達數年各種意識形態的文化界人士激辯下，「書寫台灣」成為蜂起一時的潮流。這種尋求自我認同與要求政治權力的波瀾，獲得了很多民眾的迴響，和既有的文學主流呈現了對立的局面。以描寫鄉村人物故事，陳述基層農人、工人、漁民，遭到社會上層結構剝削的情況，一時間蔚為大觀。然而以聯合報、中國時報、中央日報及中國寫作協會、中國青年寫作協會等媒體、雜誌、藝文團體仍是最具影響的文學力量。出身於外省軍公教家庭的如蘇偉貞、朱天文、張大春、林燿德等青年作家，事實不能進入那樣的「普羅大眾」，缺乏鄉村經驗，也不願意書寫「假的鄉土文學」。林燿德在高中時代即加入的「三三集刊」（1977 年創刊）文藝團體〔註 1〕，是與「鄉土文學運動」站在對立面作家群

---

〔註 1〕「三三集刊」文藝團體，發起人與最初成員為朱天文、朱天心、馬叔禮、謝材
　　　　俊、丁亞民、仙枝、盧非易等。所謂「三三」第一個三為立國基本精神三民主
　　　　義，第二個三為基督教的教義，聖父、聖子、聖靈三位一體的真神。成員作品
　　　　具有濃厚中國傳統文化精神，亦深受《紅樓夢》及當代作家胡蘭成、張愛玲等
　　　　影響。

體。是故尋找一個和自己出身背景相似，理念相同的創作出路，尋求潮流之外的路線，也是理故宜然。1980 年代伊始，年輕的林燿德開始舉起「都市文學」的旗幟，透過本身的創作實踐，理論建構〔註 2〕，開創性的思考，有效的組織運作（中國青年寫作協會），積極與平面媒體、出版社合作，形成了一股強大的風潮。一面鼓舞新的寫作者，一面挑戰「老根盤纏的台灣文學」〔註 3〕，期待作家具有「嶄新的期望視野以及反主流的詮釋姿態」〔註 4〕，短短數年內造成了重大的影響。然而必須加以說明的是：林燿德引領的行動，具有很強的批判性與顛覆性，除了反對主流文學的鈍化、惡性西化，也質疑奉寫實主義為無上圭臬的單一標準。他追求更純粹的藝術境界，也準備重新排列「文學明星」，用新的視角及規範，重定 1950 年代以降台灣文學的價值與標準。鄭明娳在〈重組的星空・序〉中寫到林燿德文學思想自成一格，且在面臨文化巨變的台灣「開闢新穎有趣，引領風騷的新面向。」〔註 5〕，其作品表現了解構、衝突、變遷、融會的必要。另外與黃凡等作家合作，編製「新世代文學大系」（包括新詩、小說），試著構成一個新的寫作世代，引領新的寫作脈動。在其短暫而豐沛的創作中，確實造成了一股強大的風潮。本文以其代表性的散文作品集《迷宮零件》做為討論的對象，分析其書寫的實踐與特色。

## 二、林燿德的散文創作

### （一）相關作品

　　林燿德（1962～1996）的散文集共出版有四本，1987 年《一座城市的身世》（時報文化出版公司），1992 年《夢的都市導遊》（與徐堝合著，竹友軒出版社），1993 年《迷宮零件》（聯合文學出版社），1997 年《鋼鐵蝴蝶》（聯合文學出版社）。

　　前兩本作品作者明白標示出他以「都市」做為書寫的對象，後兩本則充滿了這樣的符碼與意志。蔡詩萍認為：《一座城市的身世》是作者摸索都市散文

〔註 2〕如收錄於《重組的星空》一書中的論文，〈文學新人類與新人類文學〉、〈都市，文學變遷的新座標〉、〈八〇年代台灣都市文學〉等，已為他認為都市文學的範圍及特色，做出完整的定義。（台北市，業強出版社，1991），頁 140。

〔註 3〕黃凡，《林燿德短篇小說集 I・序》，（台北市，希代書版有限公司，1988），頁 5。

〔註 4〕林燿德，〈文學新人類與新人類文學〉《重組的星空》，（台北市，業強出版社），頁 183。

〔註 5〕鄭明娳，〈重組的星空・序〉，（台北市，業強出版社，1991）。

創作的「初步嘗試」，有著明顯的「過渡的色彩」，《迷宮零件》則充分發揮了實驗特色，將作者都市散文的創作理念「精彩的凸顯出來」〔註6〕最晚出版的《鋼鐵蝴蝶》為早期某些作品的重錄和過世前未集結文字的收輯，作品最早為1982年6月《明道文藝》〈臨沂街十七號〉，最後一篇為1994年1月《中時晚報》〈哈洛德在台北〉，這本選集表現了許多思想發展的脈絡，對作者的創作研究很具有參考價值。蔡詩萍認為《迷宮零件》這本集子，應該是作者最完整的散文創作。〔註7〕林燿德的創作跨越散文、詩、小說及評論，且都有一定的成績。事實上除了評論外，他的作品經常有跨文類的現象，散文中有詩的句法與韻味，詩裡有散文的敘述與直白，小說則穿插散文與詩的素質，經常有越位與綜合的表現手法。而這種跨越作者是有自覺的《都市之甕‧跋》，林燿德說詩集中的〈聖器〉、〈廢墟〉、〈炎〉三卷是「文類邊緣的冒險，屬於敘事詩，小說和小品文類互滲的『中間文類』。」〔註8〕在《鋼鐵蝴蝶》中則自稱散文、詩、小說及評論各類文體中，散文是他「最鍾情的文類」〔註9〕。

### （二）《迷宮零件》內容分析

　　《迷宮零件》出版於1993年6月，作者時年三十一歲。這本散文集除了〈序‧如何對抗保險箱製造商的陽謀〉之外，共分為四個部分：卷一生命零件，卷二公寓零件，卷三人類零件，卷四地球零件。其中字數最多的是卷四地球零件約七萬字，其次是卷一生命零件，約五萬字，卷三人類零件，約兩萬五千字，卷二公寓零件最少約一萬三千字。根據以上的統計，四卷的內容分量差距很大。其中卷二公寓零件所描述的十則題目「洗衣機」、「果汁機」、「冷氣機」、「電唱機」、「電視機」、「電話機」、「答錄機」、「傳真機」、「攝影機」、「終端機」，每題皆以日常機器用品為名，看得出是刻意設計書寫的系列之作。卷四地球零件中的〈小亞細亞〉、〈特洛伊號〉、〈希臘〉、〈鐵歐托卡斯

---

〔註6〕蔡詩萍，〈八〇年代後都市散文的新世代性格——林燿德的一種嘗試〉見中國青年寫作協會編印，《林燿德與新世代作家文學論——悼念一顆耀眼文學之星的殞滅》，1997年6月，頁104。

〔註7〕蔡詩萍，〈八〇年代後都市散文的新世代性格——林燿德的一種嘗試〉見中國青年寫作協會編印，《林燿德與新世代作家文學論——悼念一顆耀眼文學之星的殞滅》，1997年6月，頁104。

〔註8〕林燿德，《都市之甕‧跋》，（台北市，漢光文化事業出版，1989），頁211。

〔註9〕見林燿德，〈都市‧迷宮‧沉默‧跋〉，《鋼鐵蝴蝶》，（台北市，聯合文學出版社，1995），頁290。

島〉是作者應《時報周刊》邀請去到土耳其、希臘所寫的文章〔註 10〕，與同卷的〈海圻艦〉、〈地圖〉、〈中國〉關係不大。其餘兩卷各篇之間並無共同的主題，其內容僅可說是作者著意書寫及倡導的「都市文學」創作理念下的作品。這本書並不是一開始便是有整體觀念下的創作，而是收錄了歷年來的作品，運用一個可以涵蓋的概念加以統攝編列的。

至於《迷宮零件》的命意，作者曾在作者過世前不久結集的《鋼鐵蝴蝶》的跋〈城市·迷宮·沉默〉一文，對自己的創作有頗為清晰的概說，其一「城市」，他提倡的都市文學「是主題而非背景」，是「精神產物而非物理的地點」，最精簡的講法是「都市即當代」，都市書寫表現的即是當代文學的主要潮流。「迷宮」的概念，出自於曾經走在舊社區古老巷道裡，方向感迷失的感覺，當時內心浮現的「迷陣」詞彙，給予他靈感。作者自陳在撰寫長篇小說《高砂百合》時，面對一堆台灣史料和多元詮釋、互相控訴的紀錄時，感到陷入迷宮，無法脫逃的困境。他引述了馬奎斯《迷宮中的將軍》和波赫士的《歧路花園》，強化了自己的困境。「迷宮」對年輕的作者來說是一個他不能掌握與了解的世界，是個既成的，充滿教條的陷阱，走入其中可能是危險的，甚或喪失生命。然而「走入迷宮，是為了走出迷宮。」，他覺得走出「教條」，鼓舞「創造力」是他可以努力的工作。在這本早幾年的作品中，「迷宮」所指為都市本身與創作者的文本，「零件」則為構成此一迷宮的配件。作者說在寫作《都市筆記》系列作品時，浮現了兩個主要的意象系統，其一是地圖，其二是迷宮〔註 11〕。他將台北市視作一座原始叢林，必須仰賴「嚮導專用的地圖」，才能找到創作者（林燿德）虛擬建構的「東區（八〇年代新興的都市心臟地區）」。同時指出《迷宮零件》所創作的小說、詩或者散文，是另一座迷宮，導遊者（作者）隱匿在文字之後，成為零件的一部分〔註 12〕。

---

〔註 10〕相關文章另收錄於張國立、林燿德《古國奇兵·伊拉克到希臘》一書，本書 2003年由《閱讀地球》出版社出版。書中記載張國立的好友，已故名詩人林燿德也應《時報周刊》之邀，赴古希臘神話現場作採訪報導，他以一個知識豐富、見解獨到的詩人觀點，介紹了希臘神話的人性之美，並以深刻華麗的筆法，描繪了從希臘半島、愛琴海諸島到土耳其特洛伊等地的人文景觀，令人神往。

〔註 11〕林燿德有關地圖的創作概念，或源自於余光中 1967 的作品〈地圖〉，然林燿德的作品更有拓展性，具備了在地性與國際視野。

〔註 12〕鄭明娳主編，鄭明娳，〈當代散文中的兩種「怪誕」〉《當代台灣都市文學論——以世紀末視角透視文學書寫中的都市現象》，（台北市，時報文化，1995），頁 169、170。

事實上就《迷宮零件》的四卷標題來看，除了卷二〈公寓零件〉以外，卷一〈生命零件〉，卷三〈人類零件〉，卷四〈地球零件〉，所述及的範圍非常龐大，並非台北市這個「定點」所能涵括。台北市應該只是一個醞釀體，一個發想點，這個作者難以掌控並無法充分知解的城市，不斷刺激了著作者的想像和書寫的慾望。和所有年輕的創作者一樣，在寫作旅途的開始，林燿德呈現的是一種不知往何處去的困惑，不知如何尋找到適當路徑的焦慮。雖然外表顯得霸氣和昂揚，仍無法掩藏內在的惶然。諸多的作品裡，作者不斷透露的訊息是他面對的是「迷宮」，需要的是「地圖」。

## （三）散文的特色

林燿德本身即是作品的詮釋者，在他所主倡的「都市文學」概念，有多次的論述，不斷的修正與補充，讓其面貌相當完整的呈現。他認為都市文學包括小說、散文、新詩或介於三者之間的創作，不僅是某個行政區都市外觀表面的報導描述，也需「進入詮釋整個社會發展中的衝突與矛盾的層面」要「釋放出隱埋其深層的沉默的集體潛意識」〔註13〕。他所要批判的「台灣鄉土作家」是那種「本質上恰是一群停滯在懷舊氛圍裡的市民作家」〔註14〕。林燿德以「新世代」之名質疑八〇年代的重要特徵如：國家神話是否該存在、媒體中介的資訊內容是否應替換，因循苟且的文類模式還在延續，甚且意圖顛覆「語言本身」。他認為都市文學的創作「是在舊價值體系崩潰下所形成的解構潮流」〔註15〕，都市文學和田園模式下謄寫的現代主義或鄉土派寫實文學，最大的不同不是素材、主題、情節所描素的「地點」，而是在「世界觀和文體的『差異』」〔註16〕。以上的論述林燿德指出了一個重要現象，那就是台灣在工商經濟快速發展之下，所謂「農村」已非舊時的農村面貌，作家筆下的「鄉土」也只能是一種憑悼與懷想，這些作家刪去了窮困與落後的一面，凸顯了人情倫理的美感，強調了經濟發展對農村的侵害，抵抗工商時代的來臨。「那些」作家們缺乏面向國際的視野，文體上也依循舊章，這與期待台灣向「已開發國家」邁進的藍圖不合，沒有足夠的「世界觀」，是不能符應新時代浪潮的期待和要求。此外「新人類文學」的概念在台灣都市文學裡，也是

---

〔註13〕林燿德，〈都市，文學變遷的新座標〉《重組的星空》，頁200。
〔註14〕林燿德，〈都市，文學變遷的新座標〉《重組的星空》，頁199。
〔註15〕林燿德，〈都市，文學變遷的新座標〉《重組的星空》，頁214、215。
〔註16〕林燿德，〈八〇年代台灣都市文學〉《重組的星空》，頁223。

一個重要的元素。在定義上他概括了形式和內容上的兩個特徵：1. 次文化經驗 2. 掙脫寫實主義表達的單一模式，以寓言性格和象徵手法，重新豐富題材的處理。另一種有趣的表現則在文體的俚俗化。且認為台灣新人類文學已經「直接源自於社會意識和文化哲學了」〔註17〕。

就這樣的自我省察與定義的創作下，蔡詩萍認為林燿德散文的特性主要有兩個，其一是「結構的嚴謹」，對結構的要求是為了要反對傳統散文抒情性、浪漫性所帶來的文義「隨興飄逸」，以及思緒和論述的「蔓生枝節」。楊牧在《銀碗盛雪》的序中認為他的詩「以結構取勝」，大部分作品如「嚴密的黼黻，略無造次」，認為他在這方面下了很多功夫，將成為一大特色。〔註18〕可見注重結構是他文學創作非常重要的元素之一。就本書《迷宮零件》來看，共分為四卷，在書寫的結構上有這樣的安排：

卷一〈生命零件〉共六篇，皆以數字 1、2、3……分段。〈魚夢〉共八段，〈房間〉、〈HOTEL〉、〈音樂〉皆七段，〈綠屋酒吧〉五段，〈顏色〉四段。卷二〈公寓零件〉共十篇，卷三〈人類零件〉，共十二篇，這兩卷沒有分段，皆為單題鋪陳，內容較短。卷四〈地球零件〉共八篇，如同第一卷以數字 1、2、3……分段，最長的為〈希臘〉共十六段，最短的為〈中國〉共兩段。

這四卷散文的結構只有兩種方式，其一是以數字號碼分段，其二是單題鋪陳。在書寫方式上運用了起承轉合，首尾相應、轉折、賓主、正反、拓境等等手法，讓文章變化多端。

其二是「知性論述」，作者自覺的壓抑情感，減少抒情成分。林燿德說：「過去以抒情美文為主體的觀念，其實促使散文步向主題陳腐，文體因循的狹路上。」〔註19〕反對陳腐的抒情主題，要寫出切合時代，具有創造力的作品。蔡詩萍引用鄭明娳的說法「把許多概念及名詞與文學本身做有機的整合」〔註20〕，作品中充斥大量的概念、名詞、玄想等，展現一種新世代風格的散文現象。〔註21〕林燿德所批判及期望創造的「新風格」，是呼應了台灣由農業

〔註17〕林燿德，〈文學新人類與新人類文學〉《重組的星空》，頁188。
〔註18〕見楊牧在《銀碗盛雪》〈序〉頁1～6。
〔註19〕林燿德，〈都市·迷宮·沉默·跋〉，《鋼鐵蝴蝶》，頁294。
〔註20〕引見蔡詩萍，〈八〇年代後都市散文的新世代性格——林燿德的一種嘗試〉，頁110。
〔註21〕參見鄭明娳，〈台灣現代散文現象觀測〉《現代散文現象論》，（台北市，大安出版社，2001年1版2刷），頁58～71。

經濟、鄉村社會，進入「現代化」、工商社會的時代脈動。他所亟欲擺脫過往來自農業社會式的書寫方式，展現的是成長於都市青少年所知所見的社會及環境。在已國際化的都市，時髦的青少年幾乎與美國、日本同步接受最新的科技資訊，受到同樣流行文化的影響。他們的視聽聞見，是與農業台灣大相逕庭的。對過往時代的嫌憎在 1982 年〈臨沂街十七號〉的短文中，他對住著祖父母的日式舊平房嗅到「歷史的、黑暗的潮濕」，對過年期間祖父過世而其他鄰人仍尊崇傳統習俗，不斷的燃放鞭炮，做為喪家，對這樣的作法感到很深的痛惡。他決定「不再可恥地懷舊，不再對任何土地依戀……。」〔註22〕

做為一位激進的年輕創作者，處在「新人類」的潮流裡，書寫這個屬於他們的時代是非常自然的現象。這些作品條理嚴謹，結構分明，作者以冷靜的眼觀察，淡漠的筆描述，在人口密稠空間狹窄的小世界，依靠各種媒體大量蜂擁而來的知識，以知性的理路進行描述與批判，以離奇的玄想虛構出異質世界。

## 四、創作的體現

林燿德刻意表現的是一種新時代的散文氣象，所謂「新」事實上是具有很強的挑釁與重構的意味。被認為是舊的；必須革而去之的是那些作家或作品，而他所謂新的作品又具有那些特質。《迷宮零件・自序》中作者用魔術大師胡丁尼與保險箱製造商的「掙脫挑戰」為例，講述自己在創作領域追尋典範的過程，因為無法找到適切的對象而感到困惑。曾經敬佩的人物，很快在他者的批判和自己的審視中褪色。是故他認為真正的文學典範應該是：「只有那些不斷掙脫更嚴酷的束縛的人物，才能令人恆久敬仰。」〔註23〕許多被困死在保險箱和逃離創作的人物，是無法承擔新時代挑戰的。這樣的看法顯現的是一位青年作家，進入文壇摸索及認同的歷程〔註24〕。王潤華曾對其都市詩提出看法，認為他的作品是「自由無度、破壞性的文學」，林燿德醉心於「反形式、反意義」對「傳統文學和現代經典的反叛更為激烈」歸結其原因在「後

---

〔註22〕林燿德，〈臨沂街十七號〉，《鋼鐵蝴蝶》，頁 152、153。這篇文章很短，不能很清楚的看出作者對舊時代、傳統習俗甚或祖父母所代表的舊文化，真正嫌憎的焦點何在。

〔註23〕林燿德，《迷宮零件・自序》，頁 9。

〔註24〕有關保險櫃的寓意或來自林或散文〈保險櫃裡的人〉，其文出自《愛草》（台北市，文經出版社 1986）。

現代主義的現象」〔註25〕。

以「文壇革命青年」姿態出現，並引起廣泛迴響，林燿德的路線與 1960年代的余光中（1928～2017）頗多相類之處，1964 年余光中發表了〈下五四的半旗〉認為「五四」那批太老的；患有嚴重心臟病的文人舉行喪禮，要升起「現代文藝的大纛」，在他們墓前出發。他認為五四文人最大的成就在於語言的解放，卻缺乏語言的藝術表現〔註26〕。正是舉起革命旗幟之前，已有不少先行的論述，其中〈剪掉散文的辮子〉（1963）是很重要的文章。余光中將中國現代散文分為四種：1. 學者的散文 2. 花花公子的散文 3. 浣衣婦的散文 4. 現代散文。前三者各有褒貶，然則屢見不鮮尖刻、嘲弄的詞句，顯示了余光中的自信與傲慢，或者說是一種進入文壇的「策略」。他所肯定的第四類「現代散文」，其標準是「講究彈性、密度和質料」的一種新散文，在現代詩和現代小說的前行範例下，一定會有所成績〔註27〕。在實踐上〈逍遙遊〉、〈四月，在古戰場〉、〈伐桂的前夕〉等作品，充分的表現了這樣的特色。余光中所追求的散文的「現代化」，作品必須具有的「彈性、密度和質料」，這種思想與變革的具體陳述，引起不少人迴響。可以看到王鼎鈞、沈臨彬、蕭白、陳慧樺等都在同時或之後有很多類似的作品。然而並非全面性的，其他三類散文，並沒有因他的批判與呼籲而消失，仍然是主要的書寫大宗。林燿德帶動的是一個新的寫作路線，是一個更具啟動性、召喚性的寫作潮流，在新詩、散文、小說各文類中都可以看到這樣的特質，是一個具有時代標誌的寫作類型。

《迷宮零件》的書寫手法可以在修辭理論中，尋找出脈絡。以下舉出數項：

## （一）多領域詞語運用

文化學術詞語的夾雜而出，在學者型的散文作家較為常見。余光中 1960年代的作品如〈論題目的現代化〉、〈鳳・鴉・鶉〉、〈象牙塔到白玉樓〉、〈從靈視主義出發〉等滿目中西哲學家、作家、詩人，各類文學書目、思想、主義，排列拼貼，荊眼棘目。林燿德則更進一步，使用更多領域的專有名詞置

〔註25〕王潤華〈從沈從文的都市文明到林燿德的終端機文化〉，鄭明娳編《當代台灣都市文學論》，（台北市，時報文化出版社，1995），頁 31、32。

〔註26〕余光中，〈下五四的半旗〉《逍遙遊》，（台北市，大林書店，1973 三版），頁 1～4。

〔註27〕余光中，〈剪掉散文的辮子〉《逍遙遊》，頁 27～38。

入其中。《迷宮零件》卷一〈HOTEL〉使用的詞彙：「當一棟大廈擠進一層 HOTEL 以後，這棟建築即刻被『異化』了。」，「HOTEL 的普遍設立，主觀來看，並非全然出自某種改革社會行為模式的集體潛意識，……。」，「きゅうけい的 HOTEL 所以和你家的臥室有所區別，在於其開放性與民主性總是和婚姻機械堆砌出來的社會觀頡頏到底。」〔註28〕異化、集體潛意識、開放性與民主性，分別屬於宗教、心理、政治領域的用語，另外還有「弔詭」、「理解和詮釋」、「衍義」、「無機空間」等等哲學、化學等生硬的詞彙散布在各篇中。

卷二〈果汁機〉果汁機刀片高速旋轉的動作及頻率，是一種「一種急速昂揚又瞬間萎謝的敘事風格」〔註29〕。「敘事風格」的用法通常用在對某些作家、作品的批評。卷三〈角色扮演〉這一段有如滔滔雄辯的學術論文：「當資本主義和社會主義體制在實證上逐漸合一之刻——我們正目睹資本主義國家在民主的招牌下實踐集體主義，社會主義政權則讓商品經濟泡爛了根柢——」〔註30〕。同卷「角色扮演遊戲的顛覆行為是『內向、內化的』。」〔註31〕卷四〈火山地形〉作者觀察陽明山國家公園小油坑噴氣孔的特異地貌與顏色說：「這種感覺究竟是先驗的、經驗的、還是後設的。」〔註32〕內向、內化的、先驗的、經驗的、後設的，都是文化理論的、哲學的用語。楊牧在《銀碗盛雪》的序亦說他驅遣文字「不辭百科術語」，讓閱讀者目不暇給〔註33〕。鄭明娳在〈詭異的銀碗——林燿德詩作初探〉歸納其詩的詞彙共有九項：1. 自然科學 2. 應用科學 3. 醫學 4. 政治學 5. 宗教 6. 神秘學與占星術 7. 哲學 8. 歷史典故 9. 稗史傳說。〔註34〕可見他在詩的創作，也是這樣泛用多領域的專有詞彙。

## （二）陌生化修辭

林燿德的散文修辭有非常多獨特的創意，充滿想像力的句子，營造出一種非常深刻耐讀的意象。有關這方面的修辭可以用「陌生化」的理論來加以討論。所謂「陌生化」的創作法，維克多·什克洛夫斯基（Виктор Борисович

〔註28〕林燿德，〈HOTEL〉《迷宮零件》，頁22～24。

〔註29〕林燿德，〈果汁機〉《迷宮零件》，頁60。

〔註30〕林燿德，〈角色扮演〉《迷宮零件》，頁78。

〔註31〕林燿德，〈角色扮演〉《迷宮零件》，頁79。

〔註32〕林燿德，〈火山地形〉《迷宮零件》，頁127。

〔註33〕楊牧，《銀碗盛雪》，頁2。

〔註34〕鄭明娳，〈詭異的銀碗——林燿德詩作初探〉，《當代文學氣象》，（台北市，春暉出版社，1988年），頁251。

Шкловский, 1893～1984），的論點包括：「是使對象陌生化，使形式變得困難，增加感覺的難度和時間長度。」、「……不是要使它帶有的意義更接近我們的理解，而是要創造它的現象而不是對它的認知。」「……要把司空見慣的東西當作反常的東西來談。」〔註35〕等等。在這本書中作者有許多這樣的寫作法，例如：卷一〈房間〉：「垃圾是一切隱私的鑰匙」〔註36〕這句話包括了垃圾、隱私和鑰匙三個詞，這三個常見的詞連接在一起，形成了一個新的概念，要知道別人一切的隱私，打開別人的秘密，垃圾便是鑰匙。拼貼幾個常見的詞彙，形成一種新意，這樣的手法會讓人有種特殊的感受，也會為這樣的新意作一番思考，評斷其是否恰切或感到驚喜。在林燿德之前的余光中、王鼎鈞最擅長這樣的手法，余光〈逍遙遊〉中的「太陽統治了鐘錶的世界」〔註37〕、「戰爭正在海峽裡焚燒」〔註38〕，〈黑靈魂〉中的「夜涼在窗外唱太陽的輓歌」〔註39〕。王鼎鈞，《左心房漩渦》〈大序〉中的「對於礁石，海水是雕刻家」〔註40〕、〈驚生〉「人海的浪有時比山還高，而回憶是載著我的一葦不沉的小舟。」〔註41〕、〈寫下格言的漢子〉「宗教凍結，不見上帝；情感凍結，不見朋友；責任凍結不見長官。」〔註42〕。等等，皆具有這樣的特色。

卷一〈魚夢〉作者將「游動的魚」及「一排排靜止無言的書籍」比擬為「音樂」及「另一種音樂」〔註43〕。卷一〈音樂〉將某一種睡眠初醒的體驗，描述成非常夢幻式的畫面：「我從睡眠中渾身沾滿夢的泥沼向醒豁的現實緩緩踏出」，其後的接續更具有創意之美：「如同一座自岩石表面掙扎而出的石雕……」〔註44〕。這種非日常經驗的感受，經由作者超現實的描述，帶來嶄新的閱讀經驗。卷一〈顏色〉作者將爾多許聽到窗外的車聲，比擬成是油漆粉刷的動作「一道道粉刷的痕跡，每過一會兒就乾一道。」〔註45〕這是以視

---

〔註35〕王先霈、王又平，《文學理論批評術語匯釋》，（北京市，高等教育出版社，2009 第 3 次印刷），頁 315。

〔註36〕林燿德，〈房間〉《迷宮零件》，頁 18。

〔註37〕余光中，〈逍遙遊〉《逍遙遊》，頁 154。

〔註38〕余光中，〈逍遙遊〉《逍遙遊》，頁 159。

〔註39〕余光中，〈黑靈魂〉《逍遙遊》，頁 195。

〔註40〕王鼎鈞，〈大序〉，《左心房漩渦》，（台北市，爾雅出版社，1988），頁 2。

〔註41〕王鼎鈞，〈驚生〉，《左心房漩渦》，頁 19。

〔註42〕王鼎鈞，〈寫下格言的漢子〉，《左心房漩渦》，頁 75。

〔註43〕林燿德，〈魚夢〉《迷宮零件》，頁 41。

〔註44〕林燿德，〈音樂〉《迷宮零件》，頁 47。

〔註45〕林燿德，〈顏色〉《迷宮零件》，頁 51。

覺的動作經驗取代聽覺感受的修辭法。卷二〈攝影機〉將「黝黑而安靜的走廊」比擬成「一道懸浮的河川」，且這河川「慢慢地流進我的瞳孔」〔註46〕同卷作者認為當時剛開始流行的行動電話，是人類有史以來首度發明的「分離式陽具」，「可以讓男人遺失，可以任女人掌握。」〔註47〕作者在行動電話普遍流行之後，在男女關係之間，看到了一種獨特曖昧的關係，將通訊體與人際的互動變動，做了直觀的描寫。

### （三）抽換詞面

因為作者同時是現代詩的創作者，在文字與意象時時可以看到費心經營的痕跡。事實上有許多語體文散文家將文言文、駢文、古典詩、現代詩的「形式設計修辭法」，如排比、頂真、押韻、鑲嵌、類疊、回文、錯綜、層遞、抽換詞面等運用在在作品中，在傳統古文作法裏汲取養分。如王鼎鈞的〈人，不能真正逃出故鄉〉、〈腳印〉，簡媜〈漁父〉等作品皆有明顯的例證。卷一〈HOTEL〉第五段出現一段整齊的排比句，作者引用「瞎子摸象」這個成語，反覆排列之後，抽換幾個詞語，表現了作者內在對他人及自己的質疑。台灣解嚴之後，商業活動蓬勃，在都市中具有色情意味的旅社，酒店，按摩店等不避諱地展露在街道、巷弄間。性的活動，成為活耀的商業行為。然而與其他行業的招牌比較起來，更顯得突兀和曖昧。以一位出身公教人員家庭背景的青年，基本對這種刺眼的 HOTEL 的存在，不能不有許多虛擬與想像，作者一方面對這個行業缺乏了解，一方面也充滿好奇。兼具販售色情的旅社，在男人需要召妓、看情色表演，或情侶需要纏綿，或外遇男女需要做愛，HOTEL提供這樣的場所；旅社畢竟是都市不可避諱的重要的「地景」。然而作者對自己的鋪陳自己可能也感到虛心，於是出現了六段以「眼睛」摸象的描述。整個句子是這樣的：

> 要不閉起眼睛用大象的「鼻子」理解大象。
>
> 要不閉起眼睛用大象的「耳朵」理解大象。
>
> ……
>
> 「鼻子」，之後置換為「耳朵」、「牙齒」、「前腿」、「肚皮」、「尾巴」〔註48〕。

---

〔註46〕林燿德，〈攝影機〉《迷宮零件》，頁71。

〔註47〕林燿德，〈攝影機〉《迷宮零件》，頁67。

〔註48〕林燿德，〈HOTEL〉《迷宮零件》，頁26、27。

　　這段夾置於其間的段落，表現了變換書寫方式的創意，也使文章出現了伸縮、突轉的變化。這個技法在他的詩中經常出現如：〈老人的搖滾樂〉、〈穿著中國的服飾——在適合穿著中國服飾的早晨〉、〈你不瞭解我的哀愁是怎麼一回事〉等〔註49〕。

## （四）引文陳意

　　林燿德散文的知性色彩濃厚，援引資料是很重要的創作撐持點。卷一〈魚夢〉的前言引用秦始皇東巡到瑯琊，夢到海中大魚化為人形，要拿著戈與他作戰。秦始皇覺得不安，找來占夢博士為他解夢，用這個故事做為文章的起始。第二段引用中國河姆渡考古的資料，鋪敘有關魚的木魚陶魚的殘片，以及台灣雅美族老人吃黑色魚、女人吃紅黑紋魚、白色魚，男人吃灰綠色魚的分類習俗。〔註50〕第七段引用《恐龍事典》中「時間龍」的模樣，加以衍伸記述。文章最尾段則引述了干寶《搜神記》中有關南海鮫人的故事〔註51〕。

　　卷一〈音樂〉的六段，作者用交響樂來形容人生，引述了一個象徵派詩人在二十年代寫下他的情詩：

　　　　我是一個永遠的旅人永遠步纖纖的灰白的路頭

　　　　永遠步纖纖的灰白的路頭在薄暮的灰黃的時候〔註52〕

　　　　……

這首詩是都市派的作家穆木天的〈旅人情結〉，作者並說這首寫於六十年前「飄狂的交響」，迄今仍在「耳際蕩漾」。尾段再引德布西〈尺牘〉中的說法：「人類醜惡的軀殼怎麼可以浸泡在聖潔的海洋中呢？」〔註53〕

　　引用資料最極端的例子是卷一〈HOTEL〉第四段，只有一行字「第四杜象定律，兩個人才能跳探戈，……。」

　　作者給予的訊息太少，讀者很難準確解讀文意，且第四杜象的定律的正解為何？作者與讀者之間理解是否一致，也容易造成歧義。

　　引用資料最多的是第四卷的〈地球零件〉，這卷做原本即來自《時報周刊》的邀約，他與模特兒及攝影記者一起前往土耳其、希臘等地。在遊覽及攝影

〔註49〕林燿德，《你不瞭解我的哀愁是怎麼一回事》，（台北市，春暉出版社，1988）。
〔註50〕林燿德，〈魚夢〉《迷宮零件》，頁36～38。
〔註51〕林燿德，〈魚夢〉《迷宮零件》，頁44。
〔註52〕林燿德，〈音樂〉《迷宮零件》，頁49。
〔註53〕林燿德，〈音樂〉《迷宮零件》，頁50。

的同時，他以文學之筆歷敘所見所聞。這些篇章屬於文學或報導文學，林燿德雖沒明說，但可以看得出來還是文學的成分較多。作者在〈台灣報導文學的成長與危機〉一文中曾對報導文學做了一些討論，並有所定義：

> 以報導概念和報導語言的存在為特色，針對特定時空下的人文現象及生態環境演變過程，彙集經驗與資訊，而以科學的思辨方式加以記錄、評價的文學體裁。〔註54〕

此外他認為文學語言是「巫術式語言」，而報導則是「技術式語言」，在台灣許多作品可以看到兩個類型：夾雜報導的文學，夾雜文學的報導。〔註55〕這樣的邏輯規範性很大，界線很寬。至於報導文學的資訊來源他歸納有四個：採訪記錄，史料彙整，資料剪輯，田野調查〔註56〕。這四個來源，也是他寫作時的基本準則。

以上的理論在卷四〈特洛伊七號〉可以做為例子。這篇文章是他到土耳其寫的報導文學，他做了 1. 資料蒐集，引述由 1871 年開始到 1993 年的考掘報告，歷史上曾出現過的九座名為特洛伊的城池，分別將這九座城的文明發展作一簡述〔註57〕。2. 人物訪談，正在進行工作的德裔考古學家，告訴他挖掘的狀況，回台北後與台大歷史系教授西洋史專家劉景輝，討論特洛伊戰爭是否真為了海倫而啟動，甚或海倫這個人是否真的存在。3. 實地走訪，他隨團去到那兒，進行了親歷實境的觀察。4. 思辨與評價，對特洛伊在歷史上的史實與虛構，進行文獻探討與評論。在書寫上夾雜了「巫術式語言」與「技術式語言」，文學的語言例如：

> ……那時我將重新回到希臘人縱火屠殺特洛伊人的現場，目睹木馬的腹部悄悄開啟，一個個靈巧的黑影墜落地面。然後是火光、尖嘯、混亂雜沓的聲音……〔註58〕

這是一種懸想式的現場描述，以文學重現那段「史實」的過程。報導式的語言便是先將特洛伊所在的位置加以定位，這座古城位在土耳其西北海岸，這座城「它可能是人類歷史中最聞名的城市」，作者佇立在禁區的圍欄之

---

〔註54〕林燿德，〈台灣報導文學的成長與危機〉，《重組的星空》，（台北市，業強出版社，1991），頁140。

〔註55〕林燿德，〈台灣報導文學的成長與危機〉，《重組的星空》，頁141。

〔註56〕林燿德，〈台灣報導文學的成長與危機〉，《重組的星空》，頁134、135。

〔註57〕林燿德，〈特洛伊七號〉《迷宮零件》，頁150、151。

〔註58〕林燿德，〈特洛伊七號〉《迷宮零件》，頁149。

前觀望，得意的考古學家匆忙間告訴他，特洛伊七號原只比現在大得多，「也許大得足以獨力對抗希臘十萬雄獅十年之久」。分析起來，這篇作品報導性的文字分量最少，資料引述及編排份量最多，文學次之，人物訪談最少。

值得注意的是在卷四〈地球零件〉內有幾篇有一個特殊的方法，那便是不避繁瑣的引用數字資料，例如：〈海圻艦〉時速二十四浬，馬力一萬七千匹。配置八吋砲二門、四吋砲十門、四七厘米砲十二門、二十一吋魚雷發射管七具……。〔註59〕同卷〈地圖〉歷敘「中國」的行政區域：三十一個省級行政單位（三「直轄市」、二十三「省」）、五「自治區」，三三四個地級行政單位（一一四「地區」、三十「自治州」、一八二「市」、八「盟」、二一八五個縣級行政單位（一七九三「縣」、一一〇「自治縣」……）〔註60〕。

同卷〈火山地形〉主題是描寫見到早已過度開發的「陽明山國家公園」，竟然需要成立國家公園。其中引述了動植物的調查資料：除台灣水韭之外，有六種稀有植物生長在「陽明山國家公園」中，加上其他值得或不值得保護的植物共一千二百二十四種左右。鳥類約五十九種，蝴蝶約一百三十三種，兩棲類十二種，爬蟲類二十八種，哺乳類八種〔註61〕。

同卷〈小亞細亞〉作者為使讀者對了土耳其共和國有所了解，文章第二段引用了一些認識這個國家的基本資料：「人口五千八百五十八萬人，百分之八十是土耳其人，百分之十七是庫德族人，全部人口的百分之九十八是回教徒，主要語言依次是土耳其語，庫德語，阿拉伯語。……」〔註62〕

這些數字在文章中至少有幾個作用，包括：說明性、權威性及教育性，讓閱讀者獲取某些資訊，然而也因為過於繁細，讓較為「感性」的讀者，或對此內容沒有興趣的，很容易便跳開這些段落。過多的引用也容易讓人覺得是資料的堆砌與抄錄，如果消納鋪陳不佳，所占比率不當，很容易造成失敗。

〔註59〕林燿德，〈地球零件〉《迷宮零件》，頁107～182。
〔註60〕林燿德，〈地圖〉《迷宮零件》，頁116。這裡的「」是代表中共統治下的行政區域劃分，不是中華民國的規劃，「」代表的是不認同，不同意，不接受，只是暫時的「事實」，是兩岸冷戰時代的產物。有關「地圖」的創作，可參考焦桐〈地圖與記憶——台灣現代詩的認同〉一文中提出畢曉樸（Elizabeth Bishop, 1911～1979）的地圖創作，對台灣詩人、作家的影響。見中國青年寫作協會編印，《林燿德與新世代作家文學論——悼念一顆耀眼文學之星的殞滅》，1997，頁267～293。
〔註61〕林燿德，〈火山地形〉《迷宮零件》，頁128。
〔註62〕林燿德，〈小亞細亞〉《迷宮零件》，頁129。

卷四的〈中國〉引述了不少歷史與地圖的資料，在引述資料之後，再加以數字不多的引申〔註 63〕。然而在絕大部為資料堆疊的文字中，作者提示了台灣出版的中國地圖，與北京及世界各國通行的中國地圖有著很大的出入，在這三個不同思考模式下出現的「地圖中國」，台灣（中華民國）出版的包含了整個中國大陸，甚至是蒙古共和國，且歷久不變。而中華人民共和國提供給世界認知的國界疆域圖，則有很多伸縮與調整，對照閱讀起來很令人驚訝，藉由這樣的對比，作者揭露的是一個荒謬而值得深思的課題。

## （五）反轉生新意

林燿德喜歡使用顛倒語、倒反語，來增加文字效果，強化意念，例如本書〈自序〉的標題：「如何對抗保險箱製造商的陽謀」，在一般習慣的說法裏，人們要警覺的是商人為牟利而使出的「陰謀」而非所謂「陽謀」。卷三〈角色扮演〉中有一段十分冗長，必須費心弄懂其中邏輯的話，他說角色扮演遊戲「它唯一的害處是讓遊戲者體會到遊戲外的現實其實遠比遊戲本身更不現實」〔註 64〕這個遊戲在作者的眼光裡是很無聊的，熱衷參與角色扮演遊戲，結果應該會很後悔，因為現實人生比之更有趣。這段話的批判性，經過了許多的轉折，需要更多的思索、辨析才能了解其間的邏輯。另外卷三〈千面人〉裡有一個 A 公司，發現勒索他們的千面人，是 B 公司派來的，要如何解決這個困境呢？「唯一防治的方法，就是你也聘請一位『千面人』做企業顧問吧。」〔註 65〕這種翻轉顯現很強的效果，要解決「千面人」的問題，只有找來另一位「千面人」。

其他類似的造句與造意有卷三〈月亮〉：「人類製造團圓是因為人類製造離亂，月亮有情是因為月亮無情。」〔註 66〕卷三〈王瑪莉〉人偶的故事太多「因為它們模仿人類的能力實在太強」〔註 67〕後句完全翻轉前句的意思，因而產生新的意義。另外卷四〈希臘〉作者詢問一位住在雅典，專門以仿製文物維生的當地人拿翁，詢問有關希臘古代的神話與文化，拿翁說他並不了解，自己只是個翻模者，且說他們家沒有考古學家：「何況，什麼又是正確的知識

〔註 63〕林燿德，〈中國〉《迷宮零件》，頁 120～123。
〔註 64〕林燿德，〈角色扮演〉《迷宮零件》，頁 79。
〔註 65〕林燿德，〈千面人〉《迷宮零件》，頁 90。
〔註 66〕林燿德，〈月亮〉《迷宮零件》，頁 81。
〔註 67〕林燿德，〈王瑪莉〉《迷宮零件》，頁 90。

呢？」〔註68〕這人的反問，翻轉了作家對希臘遠古知識的渴望。且質疑「什麼是正確的知識」，對專家學者所建構的知識，提出了反智的論調。

### （六）連作式的散文

卷二公寓零件所描述的十則連作：「洗衣機」、「果汁機」、「冷氣機」、「電唱機」、「電視機」、「電話機」、「答錄機」、「傳真機」、「攝影機」、「終端機」。相類的寫作方式的散文收錄在《鋼鐵蝴蝶》卷八，包括〈樹〉（1985）、〈火〉（1985）、〈海〉（1986）、〈城〉（1986）、〈舞〉（1993）等。同一主題，同一命意下寫出多首作品的創作方式，從魏晉南北朝時期的左思的〈詠史詩〉、顏延年的〈五君詠〉等即已出現。林燿德這些連作可以說是「藉物寄意」的創作法。這個類型的創作李光連《散文技巧》中說將類似的「詠物散文」的作用歸納為三點：1. 增添畫境 2. 藉物抒情 3. 因物述理。詠物的方法有：1. 描述形態 2. 因物寄慨 3. 以物寫事，互相映照 4. 以物擬人，生機灌注。〔註69〕然而李光連的分類在「作用」和「方法」的界定頗為模糊，統而言之，「藉物寄意」散文的創作方法及用意至少可以歸類為以下十一種：

1. 鋪陳狀物 2. 藉物起興 3. 藉物擬人 4. 以物譬況 5. 托物言志 6. 援引資料 7. 雕琢文字 8. 刻鏤意象 9. 表現機趣 10. 虛實相間 11. 夾雜諷諭。

林燿德這十則連作的作意，包含在上述分類之中。這些作品有意呈現都市生活的特點，場景設定在最普遍的居住單位公寓之中，生活在其間的人們必須具備現代化生活的「零件」，沒有這些基本的配備，是無法符應社會「要求」的。而生存於其間的人，也不得不變成被機械系統下的附屬品，指出人缺乏了各式各樣大大小小的「機械」就無法生存。這些作品有如下的特色：

1. 擬題齊整，排比有序。比較上面諸家的作品，可以看得出林燿德的嚴謹化與格式化，十篇題目皆三個字，都屬於現代人生活上經常需要運用的機器。

2. 多樣的寫作方法。如〈電唱機〉使用了「鋪陳狀物，摹寫形貌」，以及「援引資料，夾雜諷諭」兩種方法。〈電視機〉使用了「表現機趣，虛實相間」，以及「援引資料，夾雜諷諭」；〈答錄機〉使用了「藉物擬人，以物譬況」，以及「表現機趣，虛實相間」等等的方式創作。

---

〔註68〕林燿德，〈希臘〉《迷宮零件》，頁 163。
〔註69〕李光連，《散文技巧》，（台北市，洪業文化出版社，1996），頁 213～224。

3. 用意奇巧，造語尖新。例如：〈洗衣機〉洗衣機清洗的是「混雜的族群」，是「用『家』的觀念所攪拌而成的一堆記憶」。衣服被晾在竹竿上「吸吮陽光」。〈果汁機〉果汁機的刀刃「像一朵即將綻放的蓓蕾」，且期待啟動「剜刮成熟的漿果」。〈電話機〉埋設在地面下的纜線將細密的語言之河「由支流到主流，匯為洪洪巨川。」等等。

以上十篇作品彼此間沒有橫的聯繫，單獨成篇，然而這些零件，作者有意指明是構成「都市人類」整體的必要條件。

### （七）轉化與譬喻

所謂「轉化」的修辭，根據黃慶萱的定義：描述一件事物時，轉變其原來性質，化成另一種本質截然不同的事物，而加以形容敘述的叫做「轉化」。內容包括三種：1. 人性化——擬物為人，2. 物性化——擬人為物，3. 形象化——擬虛為實（1）擬人為人（2）擬物為物〔註70〕。本書之中使用「人性化——擬物為人」的非常普遍，例如：卷一〈房間〉：「這個永遠不曾啟用的房間……但是它卻成為一個無意識的竊聽者。」〔註71〕作者想像所有建築物中總有一間無人使用的房間，這個房間是位令人不安的「竊聽者」。卷一〈音樂〉的句子，將音符擬人化：「音符在挫折中反覆徘迴，在巷道間艱困漂流」，「二樓的練琴聲踩醒我的意識」〔註72〕。音符的「反覆徘迴」、「艱困漂流」、「踩醒」，都是擬人行為的修辭。

卷一〈顏色〉抽屜中的物品有的會增多，有的會默默逃逸「打開幾個抽屜，總有些事物默默繁殖，有些則悄悄逃逸。」〔註73〕、綠色植物變成人，從泥土中拔出樹根逃出來「綠色植物……就會狂嘯著從泥土中拔出根莖，奔逃到市街上，揮舞著千枝萬葉」，還「把一片片的綠色撒落在即將熔化的柏油路面」〔註74〕這些畫面在許多將植物擬人化的童話故事，或是《哈利波特》、《魔戒》等魔幻小說中經常可以看到。卷二〈答錄機〉將會傳輸電子資訊的白紙，具象的設定為一個小白人：「小白人每一分每一秒都在那個微小機身中靜靜等待。他模仿主人的語調，一絲不苟地重複主人留話。」〔註75〕卷四〈火

---

〔註70〕黃慶萱，《修辭學》，頁 267～282。
〔註71〕林燿德，〈房間〉《迷宮零件》，頁 13。
〔註72〕林燿德，〈音樂〉《迷宮零件》，頁 45。
〔註73〕林燿德，〈顏色〉《迷宮零件》，頁 13、52。
〔註74〕林燿德，〈顏色〉《迷宮零件》，頁 55。
〔註75〕林燿德，〈答錄機〉《迷宮零件》，頁 68。

山地形〉作者主觀的賦予白楊樹人格化的情緒：沒有一棵植物比得上白楊樹的「陰沉詭異」，此外「白色的樹枝，凝聚著數千年來徘徊不去的哭泣。」〔註76〕等等，都是一種擬人化的修辭用法。

所謂「譬喻」是指兩件或兩件以上的事物中有類似之點，在說話、作文時運用彼此相似之點藉彼喻此的修辭法〔註77〕。例如：卷一〈房間〉：「有的房間就像是蛹，亮著不變的燈光。」有些則「化為蝶，或者永遠蟄伏。」將房間譬喻為蛹或者蝴蝶。卷一〈音樂〉：「四分音符和十六分音符如女奴和囚犯在空盪盪的草原上纏抱旋舞，震撼大地。」〔註78〕將四分音符譬喻為女奴，十六分音符則如囚犯。「……啄木鳥般的琴槌以及被啄食的不銹鋼琴絃。」〔註79〕以啄木鳥譬喻琴槌，琴弦如同被啄取的食物。卷一〈顏色〉，將星星做了兩種譬喻「它們是被白晝遺忘的傷口，一閃一閃的黑夜的潰瘍。」〔註80〕

以上所舉的例子有許多一句之中包含數個修辭法，既是譬喻也有轉化，用陌生化、刻鏤意象來解說亦無扞格之處，可見作者語文能力的豐富與多樣。

## （八）不貼切的修辭

在這本散文集中，出現許多不夠準確的譬喻，例如卷一〈HOTEL〉：「當然 HOTEL 和臥房相較起來，就如同民主與獨裁之間的距離。」〔註81〕旅社和臥房用民主和獨裁做對比，兩者的重疊性、可比擬性似乎不高，雖然作者有意用這個場景來比擬台灣的政治現象，其後也再做詮說，然而仍然顯得晦澀、生硬。之所以如此，在於作者將〈HOTEL〉想像成太多如召妓、外遇約會、男女幽會「不正常」男女關係的場所。然而在都市經營的 HOTEL，所做的生意未必盡然如此。同文「此外，朋友告訴我，住進 HOTEL 的斗室，萬萬不可忘記掀開印花床單，看看床底下有沒有一碗孤冷無依的米。……其中原委大概講鬼的司馬先生最清楚。」〔註82〕這篇共有七段的散文，充滿「華爾滋」、「CD」、「答錄機」、「昆蟲針」、「豪華大廈」、「達達主義」、「杜象」等現代詞彙，在尾段出現「一碗孤冷無依的米」這樣的民俗器物，又加入講述鄉野鬼

---

〔註76〕林燿德，〈火山地形〉《迷宮零件》，頁150。
〔註77〕黃慶萱，《修辭學》，頁227。
〔註78〕林燿德，〈音樂〉《迷宮零件》，頁47。
〔註79〕林燿德，〈音樂〉《迷宮零件》，頁47。
〔註80〕林燿德，〈顏色〉《迷宮零件》，頁51。
〔註81〕林燿德，〈HOTEL〉《迷宮零件》，頁24。
〔註82〕林燿德，〈HOTEL〉《迷宮零件》，頁27。

狐的司馬中原，令人感到突兀。這種「觸引連綴與想像拼貼」的寫作法，顯示了一種跨距太大，寄寓隱晦，讀者難以知解的困境。雖然台灣已飽受都市化的洗禮，許多積澱及傳承在民間的信仰及禁忌仍深深影響「都市人」的行為，作者也許想表達的是這種現象。然而就篇幅來說，這個民間禁忌的描述份量太少，與都市景觀現代化詞彙的數量不成比率，「鄉野」似乎變成一種諧趣，只是增添了 HOTEL 這篇文章的荒誕感。卷一〈綠屋酒吧〉原來的構思或許只是想表達一個意見，因為無法直說，便編造一個人物、一個的情境，其合理性頗不足。其中對酒吧中友人范姜的介紹：「退休是他的『傷痛』，離婚是他的『隱痛』，目前政局紛擾是他的『悲痛』。」〔註 83〕排比兼類疊的句法及內容，與其他充滿機趣，深刻銳利的文句相較，讀來頗有造作之感。

此外，林燿德的作品充滿充滿創作者的自信與傲慢，不斷挑戰閱讀者的閱讀與想像能力，事實上它需要更多的作者和讀者的相互詮釋，以便完成這便作品的解讀，或者這樣的作品本身就是不能完全，也不必尋求正解的。而自以為抓住林燿德作品重心的人，很可能遭到作者另一角度詭辯式的否定。這種可以多樣詮說與不可能說清楚的設計，正是林燿德自顧自樂的作意。

## 五、結語

林燿德以三十四歲之年過世（1962～1996），就其二十歲左右（1982）發表文章開始，寫作的時間大約十五年。一位年輕的寫作者，要選擇怎樣的文學創作方式，要如何及掌握、認識既有的文學脈動，面對意識形態及國家認同的差距，如何尋找自己的位置。什麼作家是值得傚慕學習的，什麼是該批判的，而最終要建立怎樣的個人文學特色。林燿德文學發展過程，一路上都在迷宮中打轉，他很需要地圖的指引。雖然看似立場堅定，聲勢浩大，許多前輩不斷給予指引，然而他的作品中仍然不時呈現困惑與虛無以及犀利的質疑。那些被給予的地圖，似乎尚未能讓他找到確切的方向。在不確定的狀況下，林燿德使自己成為一隻顏色鮮艷的導遊旗，在人群之上揮舞，引導眾人在迷宮中前進，他的作品也成為一張張地圖，讓人們低頭審視依圖尋驛。在他十餘年的作品與行事上來看，「迷宮」與「地圖」兩個象徵，正可準確的做為解說林燿德文學的兩個核心。

就「都市文學」發展脈絡來說，1930 年代的上海已經萌發了這樣特色的文

〔註 83〕林燿德，〈綠屋酒吧〉《迷宮零件》，頁 30。

學創作。劉吶鷗、施蟄存、穆時英等人鋪寫的都市文本，形成了一個瑰麗炫奇的世界，與當時佔絕大多數社會寫實的、描述鄉村面貌的創作大相逕庭。自然在外敵入侵、內戰紛擾的 1930 到 1940 二十年間，書寫紙醉金迷，摩登時髦的都市現象，顯得十分不合時宜。在寫實主義取得全面勝利，鄉村佔領都市成功之後，1950 到 1970 三十年間，兩岸的文學為政治服務成為主潮，表現個人情志的作品受到壓抑，政治正確成為最重要的標竿。直到 1980 年代林燿德主倡的「都市文學」，1930 年代萌起的這股潮流重新來到文學界，這是兩岸都市文學的「再現」，而其所抗拮的也正是以寫實為正宗的「台灣鄉土文學」。時隔四、五十年，台灣「都市文學」的思想內涵與書寫內容，自然有所差異，然而最重要的是「都市文學」一度成為主潮，鄉土寫實也並未潰撤，雙方縱有不同意見，卻也未有激化的鬥爭，事實上在 1990 以後的創作形成了多元化的現象，在下一個十年，台灣新生代作家如高翊峰、甘耀明的作品，呈現的是互相滲透、影響與交融。

如前所述林燿德是台灣都市文學的旗手及實踐者，在散文方面的成就亦是卓然可觀。確實鄭明娳認為「台灣都市散文」的特色有：1. 思考方式立體化 2. 巨視的世界觀 3. 人類本質的探討 4. 輻射式的主題投射 5. 敘述者與作者的關係有距離〔註 84〕。這五個特點是綜括林彧、杜十三、林燿德等人的作品得出的結論，且認為他們的文字「乾燥、冷靜、中性」〔註 85〕。就《迷宮零件》這本書四卷的作品來說，除了具有上述這些外，結構嚴謹也是很重要的特色。細究林燿德與林彧、杜十三較不同之處，在於瑰麗的文字，豐沛的想像以及詭異的造境，然而在其壯闊華麗的外表，銳利諧謔的詞鋒表之下，看不到的是感性的一面。確實的站在他所批判的「感傷懷舊」、「耽溺人情」、「描述鬆散」鄉土書寫的對立面，以〈魚夢〉、〈顏色〉、〈音樂〉三篇精采的作品來說，頗多部分應該是具有很強的抒情成分，然而在精練、冷冽的文字背後，作者隱藏的情緒是無法察覺的。這種冷硬，形成作者與讀者間的「隔閡」，文章美則美矣，缺乏的卻是可感知的溫度；而這種「知性武裝」所呈現的冷漠感，應該是都市「人際」間高度競爭下產生的現象，這種「不安全感」，也處處反映在林燿德的作品中。

本論文發表於 2014 年 2 月 1 日福建師範大學「兩岸三地林燿德學術著作研討會」

---

〔註 84〕鄭明娳，《現代散文現象論》，頁 58～71。文本標題原為：5. 敘述者與作者的
　　　　關係有距離，「有距離」三字為撰述者所加。
〔註 85〕鄭明娳，《現代散文現象論》，頁 70。

# 六、引用書目

1. 林燿德,《重組的星空》,台北市,業強出版社,1991 年。

2. 黃凡,《林燿德短篇小說集》,台北市,希代書版有限公司,1988 年。

3. 鄭明娳,(台北市,業強出版社,1991 年)。

4. 中國青年寫作協會編印,《林燿德與新世代作家文學論——悼念一顆耀眼文學之星的殞滅》,台北市,幼獅出版社,1997 年。

5. 林燿德,《都市之甕》,台北市,漢光文化事業出版,1989 年。

6. 林燿德,《鋼鐵蝴蝶》,台北市,聯合文學出版社,1995 年。

7. 鄭明娳主編,《當代台灣都市文學論》,台北市,時報文化,1995 年。

8. 鄭明娳,《現代散文現象論》,台北市,大安出版社,2001 年 1 版 2 刷。

9. 鄭明娳,《當代文學氣象》,台北市,春暉出版社,1988 年。

10. 王先霈、王又平,《文學理論批評術語匯釋》,北京市,高等教育出版社,2009 年第 3 次印刷。

11. 王鼎鈞,《左心房漩渦》,台北市,爾雅出版社,1988 年。

12. 林燿德,《你不瞭解我的哀愁是怎麼一回事》,台北市,春暉出版社,1988 年。

13. 林燿德,《重組的星空》,台北市,業強出版社,1991 年。

14. 李光連,《散文技巧》,台北市,洪業文化出版社,1996 年。